六《りつ》花《か》落《ふる》々《ふる》

西條奈加

祥伝社文庫

目次

第一話　六花《りっか》邂逅《かいこう》

雪が降るたびに、つい足が止まる。

尚七《なおしち》は、渡良瀬《わたらせ》川のほとりで空を仰《あお》いだ。光のささない天から、雲がその身を削《けず》っているかのように、さかんに白いものが落ちてくる。欠片《かけら》というよりも、小さくちぎれた綿のようで、手で受けたとたん水に変わる。

「また、ぼた雪か」

手のくぼみにたまった水たまりをながめ、尚七はため息をついた。

それでも待ちかねていた、この冬はじめての雪だった。どうにも足が動かない。

十一月半ば。関八州《かんはっしゅう》のちょうど真ん中に位置する古河《こが》の地は、雪はそう多くない。袖《そで》を広げて布代わりにしてみたり、腰から刀を抜いてその鞘《さや》で受けてみたり、あるいは足許《あしもと》の枯れた芦《あし》の葉にとまったかたまりを、地面に這《は》いつくばってながめてもみたが、目当てのものは見つからなかった。

手足が凍《こご》え、指先が動かなくなってきたころ、ふいに背中で声がした。

「こんなところで、何をしているのだ」

このあたりでは見かけない顔だった。日に焼けておらず、身なりも上等だ。尚七のような野歩きの下士とは違う、ひと目で位が高いとわかる武士だった。歳は尚七と、そう変わらなそうだ。尚七は、次の正月で二十七になる。

「もう一刻半《いっときはん》も、ここにおるだろう。何かあるのだろうかと、気になってな」

「一刻半……そんなになりますか」

夢中になると時を忘れるのはいつものことだが、もしや一刻半ものあいだ、この御仁《ごじん》は自分を見ていたのだろうか。尚七の訝《いぶか》しみを察したように、相手は重ねた。

「さきほど、城へ向かう折に見かけてな。下城してみれば、やはり同じ場所にいる」

そう説《と》いた背中に、古河城が見えた。西には渡良瀬川の大きな流れがあり、残る三方には堀を巡らせてある。水に守られた堅固《けんご》な城だが、一方で渡良瀬川の氾《はん》濫《らん》により、浸水に見舞われることも少なくなかった。

城を訪ねたということは、他国からの客人か、あるいは江戸詰の家臣かもしれない。

下総《しもうさ》古河藩は八万石。譜代としては中ほどだが、代々の藩主は幕府の要職につくことが多く、いまの土井利厚《どいとしあつ》も老中を務めている。江戸に詰める家臣も、それだけ数が多かった。

どちらにせよ、垢抜《あかぬ》けたこの男の目には、自分はさぞかし田舎《いなか》じみて映るに違いない。尚七は、着物についた芦の葉や枯草を、急いで払い落とした。

「いや、ただ、川をながめていただけで……」

「地に腹這いになってか？」

即座に返されて、ぐうの音も出ない。

細面《ほそおもて》に鼻筋がとおり、上がりぎみの目は怜悧《れいり》だった。あたりさわりのないこたえも浮かんだが、その目とぶつかると、何故か嘘《うそ》をつくのがためらわれた。

「もしや、探し物か？」

「はい……ですが、人の目には映らぬものを探しておりました」

「目には映らぬもの？」

「……雪の欠片です」

尚七は空を見上げ、侍もつられたように顔を仰向《あおむ》けた。

先刻にくらべ、空はわずかに明るくなっている。さかんに落ちていたぼたん雪も、いまはだいぶ頼りなくなっていた。

「欠片、とは？」

「雪のひと粒ひと粒が、どのような形をしているのか、どうしても確かめたく……」

声がだんだんと、尻《しり》すぼみになる。たいがいの者は、ここまで話すと呆《あき》れた顔をする。おかしな奴だ、変わり者だとの嘲笑《ちょうしょう》が、あからさまに現れる。

だが、目の前の侍は逆だった。それまで怜悧に見えた瞳が、明るい輝きを帯びた。

「なるほど、雪の形が見たいというわけか。それは面白い」

こんなふうに興《きょう》を寄せられたのは初めてで、尚七はかえってうろたえてしまった。

「おかしな奴と、思わぬのですか？」

「おかしいことなぞあるものか。万物の形を確かめんとするのは、すなわち格物究理の真髄《しんずい》であろう」

「かくぶつ、きゅうり……」

初めてきく言葉だった。後の世では物理や化学と称される。要は物の道理を深く調べることだと、侍は尚七にもわかるよう簡潔に説いた。

「そのような学問が、この世にあるのですか」

「異国では盛《さか》んでな。ただ残念ながら、わが国ではほとんど手つかずのありさまだ。名の通った蘭学者《らんがくしゃ》ですら、知る者は少ない」

蘭学といえばまず医術、次いで天文学が来よう。国外情勢をつかむだけでも至難の業《わざ》という時代だ。諸外国の趨勢《すうせい》に明るいというだけでも、十分、蘭学者を名乗る資格があった。

「蘭学ですか……私もぜひとも、学んでみたい学問です。ですが、ここでは蘭書すら、なかなか手に入りませんし」

「それなら、蘭医の河口《かわぐち》家へ行くといい。医術書がほとんどだが、中には蘭語で書かれためずらしい書物もある」

「蘭語の読み書きが、できるのですか？」

「まだ修業の最中だが、少しはな。たとえ蘭語が読めずとも、図をながめるだけでも面白いぞ」

河口家は何代も続く蘭方医で、実をいえば尚七も何度か足をはこんだことがある。ただ、あの家にはどうも苦手なものがあり、それを告げるのははばかられた。幸い相手もそれ以上は強《し》いることをせず、思い出したようにたずねた。

「そういえば、お主《ぬし》はどうして雪の形にこだわるのだ？」

何かわけがあるのかと問われ、尚七はうなずいた。少し長くなるがと断りを入れたが、かまわぬと相手は促《うなが》した。

「古来、雪を六花《りっか》と称しました。何故、六つの花と呼ばれるのか、かねがね不思議に思うておりました」

尚七がまだ、藩校に通っていたころだ。藩校の教官を務める学者ですらも、古い時代に唐《とう》から伝わった雪の異称だと、そこまでしかわからなかった。尚七はそれではあきたらず、藩校にあった書物を片端からあさってみた。知り得た限りのもっとも古いものは、平安時代、菅原道真《すがわらのみちざね》の詩文集だった。宮中に初雪が降ったと記されて、そこに「六出」とある。この六出は、「ゆき」と読む。

そして室町《むろまち》に入ると、六花の文字が散見するようになる。尚七が特に印象に残ったのは、三条西実隆《さんじょうにしさねたか》の日記であった。

「日記の中に『六花落』とありました。『ゆきふる』と読むそうです」

「六花落か……風情《ふぜい》があるな」

いまは小やみになり、風花のようにはらりと落ちる雪に、目を向けた。

室町期になると、家紋や着物の柄に雪輪紋《ゆきわもん》が現れるが、波形の丸い模様は、雪のかたまりであるぼたん雪を、そのまま図案にしたものと思われた。

「ただ、書物でわかったのはそこまでです」

尚七が知りたかったのは、その先だった。

「草木に咲く花は、みな花びらが五枚です。どうして雪だけが六弁なのか、何よりもそれが不思議でなりませんでした」

誰にきいても、こたえが得られるどころか、何故そのような些末《さまつ》にこだわるのかと疎《うと》んじられる。ひとかどの知識を誇《ほこ》る者にかぎって、己《おのれ》の知らぬことをたずねられるのを嫌う。毎度、相手の機嫌を損《そこ》なう結果となった。六花ばかりでなく、尚七が疑問に思うたくさんの事柄は、おおむねこたえが見つからぬものばかりであった。

「半ば諦めかけておりましたが、今年の早春、初めて六花を目にすることができたのです」

「それは、己の目で、直《じか》にということか？」

尚七はうなずいた。そのときの興奮を思い出すと、いまでもからだが熱くなる。

正月初めの明け方だった。滅多《めった》にないほどの冷え込みで、しんしんと降る雪は、いつもより目が細かく見える。厠《かわや》に立った尚七は、ぶるりと身震いしてから手水鉢《ちょうずばち》にかがみこんだ。おや、と気づいたのはそのときだ。黒っぽい手水鉢のふちに、小さな花模様が見える。千代紙の白い模様を正確に切り抜いたような、きれいな花形をしているが、針孔《はりあな》を楽に通りそうなほどに小さい。

雪片ではないかと気づいたのは、足裏に廊下の冷たさが伝わったときだ。板張りの廊下ですら、まるで氷のように冷えきっている。石でできた手水鉢は、それよりもっと冷たいはずだ。

思わず顔を近寄せて、だが、その瞬間、花模様の雪は、あっという間にとけてしまった。

自分の吐いた息がかかったためだと悔《く》やんでみたが、もう遅い。それでも尚七は、夕刻に雪がやむまで、ほぼ一日中、手水鉢から離れなかった。だが、形を成した欠片は二度と現れず、尚七はひどい風邪《かぜ》を引きこんで、数日のあいだ床《とこ》についた。

しかし本当に応《こた》えたのは、その後だった。

「誰に言っても、信じてはもらえませんでした。六花に執着するあまり、気が迷うてありもしない形に見えたのであろうと」

以来、雪が降るたびに、家の中にいれば外にとび出して、役目や散策で歩いていれば足が止まるようになった。周囲に対する意地ではなく、もう一度あの美しい形を目にしたい、ただその一心だった。

「あのとき見た雪の花は、いまでもはっきりと目に焼きついています。まさに六つの花びらを、広げた形をしておりました」

「お主の言うとおりだ。雪はたしかに六弁の花の形を成しておる」

「あなたさまも、見たのですか！」

渡良瀬川の水音さえ、かき消さんばかりの勢いで叫んでいた。

「ああ、たしかに見た。ただし、直に目にしたわけではないがな。わしが見たのは、雪の欠片を描いた絵図だ」

「絵図……」

「さよう、さきほど申したであろう。格物究理を説いた蘭書の中に、雪のひと粒ひと粒を描き写したものがあった」

その本には、さまざまな形が十二種ほど載っていたが、基本は六つの花弁を持つ花に似ていると侍は請《う》け合った。

「その書物を、見せてはいただけませぬか！」

「見せたいのは山々だが、江戸の屋敷にあってな」

「江戸に……さようですか」

沸騰《ふっとう》せんばかりであった頭の中が、みるみる冷える心地がする。この地から江戸までは、わずか一日、二日の行程だ。だが尚七にとっては、海を越えるくらいに遠かった。

目に見えて意気消沈する尚七が、哀れに思えたのか、侍は慰《なぐさ》めるように言葉を継いだ。

「あいにくといまは人に貸してあるが、戻りしだいこちらに送ろう。そこもとの名と住まいを、きかせてくれぬか」

言われて初めて、互いに名を知らぬことに気がついた。何をおいても名乗り合うのが武士の礼儀だが、尚七はしばしば忘れてしまう。

「これはご無礼いたしました。郡《こおり》奉行配下にて物書《ものかき》見習をしております、小松《こまつ》尚七と申します」

あわてて頭を下げると、相手が思い当たるふうに呟《つぶや》いた。

「小松尚七……どこかできいたような……」

と男は、ぽん、と手を打ちそうな表情になった。

「そうか、おまえが『何故なに尚七』か」

「……そのふたつ名は、あまり有難くはないのですが」

尚七にとっては、この世は不思議で満ち満ちている。何故だろう、どうしてだろうとの疑問は、子供のように自《おの》ずと口からこぼれ出る。それを日に何度もきかされるものだから、誰かが呆れ半分にその名を進呈した。江戸にいるこの男が、どうして知っているのだろう。

「それがしの耳目《じもく》は、世界の果てにまで届いておる。古河の地など、目と鼻の先だ」

煙《けむ》に巻くようなこたえだが、そのひと言に、尚七は風を感じた。

「世界の、果て……」

「こちらこそ申し遅れたな。鷹見十郎左衛門忠常《たかみじゅうろうざえもんただつね》と申す」

知らぬ間にからだにまとわりついていた淀《よど》んだものを、吹きとばすような風だった。

「それじゃあ、江戸詰のお物頭《ものがしら》さまと、半刻あまりも立ち話をしたというのかい？」

母の敏《とし》が頓狂《とんきょう》な声をあげ、役目から戻った父の葦兵衛《よしべえ》は、ほほう、という顔をする。

大根のみそ汁と漬物だけの、いつもと変わらぬ粗末な夕餉《ゆうげ》だが、十六歳の妹のとなりでは、食べ盛りの弟たちが無心に飯をかっ込んでいる。

夕餉の席で尚七は、今日の午後に会った人物の話をした。

「十郎左衛門殿といえば、鷹見三家の中では出世頭だ。先のご当主は御用人まで昇られたが、数年前に身罷《みまか》られた。おそらくはそのご子息であろうな」

鷹見忠常と名乗った武士は、同じ古河藩土井家の家臣だが、江戸屋敷で先手物頭《さきて》を務めていると語った。家中に鷹見家は三家あるが、代々十郎左衛門を名乗る家系は、もっとも格が高く二百五十石だという。

「ご子息というのが、またたいそうな出来物《できぶつ》だそうでな、親父殿をしのぐ勢いで、とんとん拍子に出世なさっているそうだ」

「父上、ようご存じですな」

「尚七殿が、世事に疎すぎるのですよ」

敏にたしなめられて、尚七は首をすくめた。父の葦兵衛は大らかなたちで、人の噂《うわさ》のたぐいには、さして興を示さぬ方だ。しかしこの方面にさらに疎いのは尚七で、他人がもっとも熱心に語る、藩内の人事や風聞にはまるきり関心がなかった。

「せめてお役目とお名くらいは、忘れぬようになさいませ。また先様の機嫌を損ねますよ」

「なまじ覚えがめでたい御仁だと、こちらが覚えたころには役目替えとなる。覚えきれぬのも道理だがな」

父の葦兵衛が呵々《かか》と笑い、母はため息をつく。

小松葦兵衛は、やはり郡奉行のもとで代官手代を務めているが、わずか三石二人《ににん》扶持《ぶち》というしがない禄《ろく》である。日がな一日、田畑を歩きまわるから、まるで炭《たど》団《ん》のように真っ黒に日焼けしており、それは物書見習の尚七も同じだった。物書といっても、祐筆《ゆうひつ》のように屋内で座っている仕事ではない。手代につき従い、米の作柄や虫のつき具合などを細かに筆記するお役目で、一日終えると草鞋《わらじ》がぼろぼろになった。

「老いも病も足腰から来る。郡方《こおりがた》のお役目は良いぞ。足腰の衰えとは無縁だからな」

七年前に見習いをはじめたころ、数日で音をあげた尚七に、葦兵衛は笑いながら言った。

小松家は先祖代々似たようなもので、不始末をしでかすこともない代わりに、出世にも縁がない。下士の中でももっとも低い部類の禄に甘んじているのだが、葦兵衛のこだわりのなさは、生まれもっての性分もあるのだろう。母の敏もまた、同様の家の娘だった。

尚七の下には、歳の離れた弟妹が三人もいる。見習いの尚七はわずか一人《いちにん》扶持で、親子合わせても、一家六人が食べていくにはとても足りない。父や尚七はもちろん、母も夏場は畑仕事に精を出し、武家の妻女というよりも百姓女に近いありさまだが、格別の不満はもらしたことがない。

「そういえば、おとなりの基輔《もとすけ》殿に、お子が生まれたそうですよ。めでたく男子を授かったと、谷村《たにむら》の家でもたいそう喜んでおられました」

「さようですか」

敏が出した懐《なつ》かしい名前に、つい箸《はし》が止まった。

「同じご領内なら、お祝いに駆けつけることもできましょうが、三河《みかわ》では遠すぎますね」

はい、と母に、あいまいな笑みを返した。

谷村基輔は、尚七と同じ歳の幼馴染《おさななじ》みだった。谷村家の次男で、藩校へも一緒に通い、誰よりも近くにいたかけがえのない友だった。それでも大人になれば、同じ道を行くわけではないのだと、あたりまえのことを思い知ったのは四年前だった。

城下の居酒屋で、ふたりで呑《の》んでいたときだ。何を話題にしていたのかは忘れてしまった。ただ話の途中で、基輔はふいに顔を上げた。

「尚七、おまえはいつも、考えてばかりいるのだな」

いつもとは違う、冷めた目がこちらを見ていた。

「考えたところで、何も変わらぬ。なのにおまえは、考えることをやめようとしない」

疎ましい癖《くせ》だと、はっきりと顔に出されたのは、それが初めてだった。

しかし尚七が慄然《りつぜん》としたのは、友の態度に傷ついたからではない。

では、他の者は、考えることをしないのか――。

つきつけられたその事実に、丸太で頭を殴《なぐ》られたような心地がした。単に興味の矛先《ほこさき》が違うだけ、あるいは、己のようにいちいち考えを口にすることがないのだろう。それまで尚七は、そう思っていた。だが、基輔も皆も違うのだろうか。頭の中に、何の疑問も生じることがないのだろうか。思考を止めるということが、尚七にはできない。それが他人には鬱陶《うっとう》しくてならぬのか。

竹馬《ちくば》の友とのあいだに穿《うが》たれた、底知れぬ深い溝を、尚七は茫然《ぼうぜん》と覗《のぞ》くしかなかった。

あのころの基輔は、ただ倦《う》んでいただけかもしれない。曲がりなりにも嫡男《ちゃくなん》の尚七とは違い、継ぐ家のない基輔には先の望みもない。他人にぶつけられぬ焦燥《しょうそう》を、あのような形でこぼしただけかもしれない。

だが、それからというもの、なんとなくぎくしゃくするようになり、まもなく基輔は古河を離れた。三河土井家の家臣の家に、養子の口が見つかったのだ。大名格の土井家は三家あり、下総古河、三河刈谷《かりや》、越前大野《えちぜんおおの》をそれぞれ治《おさ》めている。家臣同士もやはり、縁続きにある者が多かった。

出立のとき、尚七は型どおりの挨拶《あいさつ》をしたが、別れぎわに基輔は言った。

「おまえは、そのままでいろ」

おれは別の道を行くが、おまえは変わらず留まっていろ――。そう言いたかったのだろうか。突き放され、永《なが》の別れを告げられたような心地がした。

しばらくぼんやりしていたが、長男にはよくあることだ。母はことさら咎《とが》めることもしなかったが、ふと見ると、とうに食事を終えたふたりの弟が、尚七の横にならんでいた。

「兄上、今日から五経《ごきょう》の礼《らい》に進みました。あとで教えてほしいところがあります」

「兄上ぇ、先に独楽《こま》を見てください。作った独楽がうまく回りませぬ」

長兄が箸をおくのを待ちかねて、いっせいにしゃべり出す。

「ふたりとも、兄上が食べ終えるまでお待ちなさいな」

十六の寧《ねい》はおっとりとした娘で、十三の祐吉《ゆうきち》は歳のわりにしっかりしている。九つの末っ子参之助《さんのすけ》だけは、まだ頑是《がんぜ》ない。尚七と寧のあいだには、二子が生まれたが育たなかった。幸い下の三人は過ぎるほどに元気で、わらわらと長兄にまとわりついてくる。

暮らしは貧しいが、のんき者の両親と、弟妹たちのおかげで家の中は明るい。物書見習も、きついとはいえ月に十日ほどのお役目で、領内を歩きながら、さまざまなものを見聞きすることは嫌いではなかった。

父と同様、特別な不満はなく、この先もずっと同じ暮らしが続くものと、そう思っていた。だが、江戸の物頭と出会ったことで、尚七は己の本当の望みに気がついた。

しっかりと蓋《ふた》をして、いちばん奥に仕舞いこんでいた。埃《ほこり》をかぶって忘れ去られていた箱の蓋に、隙間《すきま》があいて風が通った。

識《し》りたい——。それは物事の原理を希求する、抗《あらが》いがたい欲求だった。

だが古河の地では、誰も尚七の疑問にはこたえてくれず、書物も限られている。

蘭学なら、可能なのだろうか——。

やがて年が明け、正月半ば、尚七は蘭医の河口家を訪ねてみた。

「久しいな、信順《しんじゅん》殿」

この河口家に足を向けたのは、何年ぶりになるだろう。尚七の話し相手になってくれた若先生が江戸に出てからは、自ずと足が遠のいていた。その信順が帰省するのを待って、出向いてきたのである。

「ご無沙汰《ぶさた》しております、尚七殿。少し見ぬ間に、逞《たくま》しゅうなられましたな」

「役目柄、日に焼けただけよ。いまに父上のように、炭団と間違えられそうだ」

歳は尚七の方が、七つ上になる。親しげな口調はそのためもあったが、蘭医の家に育ったこの若者とは、藩校で顔を合わせるたび、何がしか相通じるものがあった。

河口家の先祖が初めてオランダ医学を学んだのは、徳川《とくがわ》三代家光《いえみつ》のころにさかのぼるという。やがて土井家に抱えられ、その国替とともに、唐津《からつ》を経て古河の地へ来た。

信順は、いまは江戸に暮らしている。『解体新書《かいたいしんしょ》』を著《あらわ》した、高名な杉田玄白《すぎたげんぱく》のもとで医術を学んでいるのである。

「今年は祖父の三回忌ですから、父とその相談をするために帰りました」

「もう、そんなになるのか……早いものだな」

信順の祖父、河口信任《しんにん》とは、尚七も面識がある。医者でありながら俳句をたしなむ趣味人でもあり、どこか飄々《ひょうひょう》とした人物だった。

玄関脇の小部屋に通されて、しかし腰を落ち着ける間もなく、あわただしく新たな来客があった。信順が、身軽に応対に立つ。

「あ、若先生！　助けてくだせえ、おらの、おらの指がとれちまう！」

百姓らしき男が、布でぐるぐる巻きにした左手を示して懸命に訴える。女房につき添われているが、どちらも身なりは貧しい。ここは藩抱えの蘭医だというのに、診療代など払えるのだろうかと、よけいな心配が胸にわいた。

信順は、その場で左手の布をとり去り、傷をたしかめた。目を逸《そ》らす間合いが一瞬遅く、人差し指と中指のつけ根に、ぱっくりと開いた大きな傷が見えた。農具の手入れをしていて、誤《あやま》って切ってしまったようだ。

「案ずることはない。傷は深いが、指がもげるほどの怪我《けが》ではない。鍬《くわ》を使うころには、きっとよくなろう」

信順の落ち着いたこたえに、百姓はようやく安堵《あんど》したようだ。奥から出てきた門弟の医師に連れられて、診療室へと入っていった。

「お待たせして申し訳ない。あの者は、冬場はここの下働きをしておるのです。種蒔《たねま》きの仕度がありますから、この時期には家に帰るのですが」

　まるで尚七の疑問が見えたように、信順はそう説きながら小部屋に戻ってきたが、

「おや、尚七殿、どうなされた」

　よく漬かった糠《ぬか》漬《づ》けの胡瓜《きゅうり》のごとく、ぐったりした尚七の姿にびっくりする。だが信順は、すぐに気づいた顔になった。

「ははあ、未《いま》だにあの病は、治ってはおりませんか」

　おかしさと、同情の入り混じった視線が向けられる。

「まったく難儀な病ですね。腰の刀が泣きますよ」

「それを言ってくれるな。私とて、不面目は百も承知だ」

　尚七が、五つ六つのころ、父の葦兵衛と一緒に鮒《ふな》釣《つ》りに行き、その帰り道のことだった。道に百姓女がうずくまっていた。急に産気づいたときかされて、葦兵衛は仰天した。近くにいた村人とともに戸板に乗せて、どうにか家まで送り届けたが、産婆《さんば》を呼ぶ暇《いとま》もなく、女はその場で赤ん坊を産み落とした。

　床に広がる赤い水たまりを見て、尚七は目をまわした。以来、二十年以上経《へ》たいまも、血が苦手でならない。

「あれはまるで血の海だった。たとえ滅多刺しにされたとて、あれよりひどくは

あるまい」

「大げさですね。私も産科は詳しくはありませんが、ほとんど血を見ぬ場合も多いとききました。子供であった故《ゆえ》、そう見えただけなのかもしれませんよ」

幸い母子ともに助かったというから、信順が言うように、尚七が思うほどの血の量ではなかったのかもしれない。だが、刷り込まれてしまった恐怖は容易には消えない。

河口家には他所《よそ》では手に入らない蔵書も多く、それを目当てに、信順がいたころは時折立ち寄っていたのだが、しばしば今日のような機会に出くわすことがある。そのたびに難儀な思いをする羽目になり、信順の江戸行きとともに、自ずと足が向かなくなった。

「おじいさまの本を開いただけで、青くなってましたからね」

信順が、おかしそうに思い出し笑いをする。彼の言う祖父の本とは、『解屍編《かいしへん》』のことだ。

二代前の藩主が京《きょう》の役目に就いたとき、信任も同行した。その折に刑場で斬首《ざんしゅ》された死体を得たのである。信任は自ら解剖を行い、人体の内部を書き記した。山脇東洋《やまわきとうよう》の『蔵志《ぞうし》』に次ぐ、国内では二冊目となる解剖書で、杉田玄白の『解体新書』はこの二年先、三冊目となる。

全身に鳥肌を立てながら、それでも尚七は食い入るように『解屍編』を読みふけった。骨や臓腑の気味の悪さより、未知のものへの興味が勝ったからだ。『解屍編』はことに人の頭部に詳しく、脳や眼球について丁寧《ていねい》に記されていた。

書物の中の人体図なら、どうにか克服できる。しかし生傷や出血となると話は別だ。

「藩校きっての秀才でいらしたのに、医者を目指さぬのはまことに惜しまれますね。たしか江戸詰の御側医《おそばい》に、縁続きの方がいらっしゃると伺《うかが》いましたが」

「縁というても、はるか彼方《かなた》だ。とっくの昔に切れておる」

母方の遠縁にあたるそうだが、向こうは二百石の藩医であり、まったく行き来はない。

信順は残念そうな顔をしたが、尚七には何より先立つものがない。医者や学者に憧れはあるが、この歳になれば現実も見えてくる。父親が退《しりぞ》かないかぎり、わずか三石という小松家の禄でさえ尚七には受けられないのだった。

「そういえば、信順殿は、鷹見十右衛門《じゅうえもん》というお物頭をご存じですか」

「十郎左衛門さまですね」

どういうわけか、人の名だけは覚えの悪い尚七に、すかさず信順が訂正を入れる。面目ないと詫《わ》びながらも、あの怜悧な目だけははっきりと思い出した。

「存じておりますよ。たしか尚七殿よりふたつ上ですが、十二の歳に江戸に移られたそうですから、藩校ではちょうど入れ違いになったのでしょう。ご一緒していれば、馬が合《お》うたかもしれませんね。あの方の知恵袋は、余人とは桁《けた》が違いますから」

藩校は、十歳から入学を許される。江戸詰になった父と一緒に、鷹見忠常の一家は江戸に引き移った。尚七が入学したのは、その後になるようだ。

二百五十石の家格となれば、いずれは藩の中枢《ちゆうすう》を担《にな》う。それを見越して、子息は早いうちから出仕することが多く、忠常も江戸に移った翌年、十三歳から藩主の側仕《そばづか》えをしていた。

「いまや殿さまのお気に入りだそうで、その分お忙しくなさっておいでです」

師の杉田玄白らとも親交があり、信順のいる医学塾にもたまに顔を出すという。

「やはり信順殿とは、ご昵懇《じつこん》であられたか。なるほど、それで河口家へ行けと……」

ふた月ほど前に、たまたま川岸で出会ったと、簡単に顚末《てんまつ》を説いた。

「そうでしたか。滅多に古河には戻られぬそうですが、よい出会いをなさいましたね」

「久方ぶりに実のある話ができたのだが……解《げ》せぬことがひとつある。何故かあの御仁は、私のふたつ名を知っておった。まさか江戸屋敷にまで、広まっているわけもなかろうに」

「ああ、それなら、私がお話ししました。だいぶ前になりますが、あの方は一度きいたことは忘れぬそうですから」

「話の出所は、信順殿であったのか」

あっさりと種明かしをされ、尚七の肩ががっくりと落ちた。

「もちろん、陰口のつもりはありません。せっかくの才を、生かす場所がないのは惜しいと、そう申し上げたのです」

にこにこと、人の好い顔をほころばせる。信順の好意は、何より有難く思えたが、尚七には、別の気がかりが生じた。

「それほどに御用の多いお方なら、蘭書を送る暇などそうそうありはしないだろうな」

懸念どおり、格物究理の書は尚七のもとに届くことはなく、そのまま月日が過ぎた。


春夏が遠のき、秋が過ぎ、また冬が来た。

文化《ぶんか》十年のこの年、古河藩土井家には、ひとつの出来事があった。

先年、若殿さまが早世し、嫡子として養子を迎えたのである。新たな若さまは、刈谷藩を治める三河土井家の四男だった。尚七の幼馴染み、谷村基輔が仕える家だ。

「刈谷のお殿さまというのがまた、大変な道楽者で、民百姓はたいそう困っているそうな」

「そんな方の倅《せがれ》では、古河も先行きが危ぶまれるのう」

「いまの殿さまの出世道楽も、たいしたものだからな。同じようなものじゃろう」

面白いことに、この手の噂には、家臣よりむしろ百姓たちの方が敏感だった。領主のしわよせが、直接肩にのしかかるのだから無理もない。

三月に養子話が決まってからというもの、物書として領地をまわりながら、噂はたびたび耳にしていたが、尚七自身にはさしたる関わりはない。蜂はどのようにして巣へ帰る道がわかるのだろうとか、何故ツバメが低くとぶと雨になるのだろうとか、あるいは、昨今ますます増えてきたように思える水害を、止める手立てはないのだろうかとか、相変わらず尚七の関心は、人が言うところの些末で無駄な方向に向いていた。

古河の領地は、渡良瀬川と利根《とね》川の合流する場所にあたり、頻発《ひんぱつ》する水害に悩まされていたが、おいそれと手をつけることのできない治水は、口にしても仕方のないことであった。

十一月の半ば、若殿は刈谷藩の屋敷から、古河藩中屋敷へと移った。どちらも同じ江戸の内とはいえ、江戸詰の者たちは仕度に大わらわだとの噂は届いたが、やはり郡方には障《さわ》りはない。

しかしそれからまもなく、父の葦兵衛がびっくりするような話をたずさえてきた。

「父上と一緒に、江戸へ出府《しゅっぷ》せよというのですか」

「そうなのだ。お代官からの命でな」

国にいる家臣も何人か、手伝いに行くこととなり、その中に葦兵衛も入っているという。若殿を迎えるのに、どうして郡方が駆り出されるのかと、尚七は首をかしげた。

「父上はともかく、何故、私が？」

「しかとはわからぬが、共に連れていけと申されてな。ほれ、このように過分な路銀まで賜《たまわ》った」

と、葦兵衛は、金子《きんす》の入った袋をもち上げた。小松家では、まずお目にかかることのない結構な額だ。弟妹たちが、たちまち色めき出す。

「兄上、江戸に行かれるのですか。うらやましゅうございます」

「兄上ぇ、お土産《みやげ》は凧《たこ》を買《こ》うてきてくだされ。あ、やはり釣り独楽の方が……」

「私は櫛《くし》を……路銀が余ったらで良いのですが」

下の弟たちはもちろん、めずらしく妹までが頬《ほお》を上気させている。

「すぐのお立ちとなれば、急いで旅仕度を整《ととの》えなければなりませんね」

母の敏だけは、さっそく夫と息子を送り出す算段をはじめた。

二日後、敏のそろえた旅装束《たびしょうぞく》に身を包んだふたりは、興奮気味の弟妹たちに見送られ、古河を後にした。

郡方で鍛《きた》えたふたりの足なら、急げば一日で江戸に入ることも可能だが、夜遅くに訪れるのもはばかられる。葦兵衛と尚七は並みの旅人と同じに、江戸の手前、越谷《こしがや》で宿をとり、翌日は日の出とともに立ち、昼前には中屋敷に到着した。古河藩の中屋敷は、霊巌島《れいがんじま》箱崎《はこざき》町にある。

尚七は右も左もわからなかったが、意外にも父の葦兵衛は淀みなく道をたどる。街の華やかさと人の多さも予想をはるかに超えていて、尚七は口をあけっ放しのありさまだったが、父親はやはりあたりまえのような顔をしている。

「三十年も昔だが、相変わらず江戸は異郷のようだな。退屈の心配はないのだが、とかく銭がかかってな」

若いころ、葦兵衛は二年ほど、江戸上屋敷に仕えていたことがある。妻を娶《めと》るより前の話で、独り身の気楽さで、よく仲間とともに出歩いていたと懐かしそうに語る。

おかげで迷子になることもなく、親子は無事に中屋敷に到着した。

御用部屋で出府の旨を伝えると、奥から取次役が姿を見せた。葦兵衛には、土蔵からの蔵出しが命じられたが、尚七はただ、別の案内役についていけとだけ告げられた。

やたらと長い廊下を右に左に曲がり、着いたところは書院と思われる一室だった。

「こちらで、しばし待たれよ」

それだけ告げて、案内役の者はさっさと出ていく。座敷にぽつんと残されて、不安だけが募《つの》った。黒光りした床柱《とこばしら》や手の込んだ欄間《らんま》が、場違いな闖入者《ちんにゅうしゃ》を威圧するように見下ろしてくる。ぴたりと閉められた障子《しょうじ》をあけて、庭に降りれば少しは気も紛《まぎ》れようが、それもできない。尚七はただ、籠《かご》に入れられたネズミのように、小さくなっていた。

——あの方もここに、おられるのだろうか。

浮かんだのは、ちょうど一年前に会った鷹見忠常だった。江戸行きが決まったときから気にはかかっていたが、己の身分ではこちらから知らせるのもはばかられる。

どれくらい待たされたろうか。尚七が思うより、わずかな間だったのかもしれない。

廊下の向こうから、足音がした。板はひどく重そうに、きしみをあげる。

「入るぞ」

よく響く太い声とともに障子がひらき、廊下に大きな影が立った。

六尺はあるだろう、滅多に見ぬほどの大男だ。肥《こ》えてはいないが胸板は厚く、立派なからだつきをしている。大股で畳《たたみ》を踏むと、上座にどっしりと胡坐《あぐら》をかいた。

あわてて平伏したが、垣間《かいま》見えた顔は、案外若かった。尚七と同じか、もっと若い。身なりから、かなりの身分と察せられるが、家老や用人にしては若過ぎる。相手が誰なのか、尚七には見当もつかなかった。

「小松尚七と申すはそちか」

さようでございます、とこたえた声は上ずっていた。

「面《おもて》を上げよ。おまえに見せたいものがある」

わずかに頭を上げると、尚七の前に、ずいと何かがさし出された。

一冊の書物だった。その中ほどをひらき、畳の上に広げてみせる。

「これは！」

それまで感じていた窮屈《きゅうくつ》な気おくれが、たちまちのうちに吹きとんだ。尚七は思わずにじり寄り、書物の上に覆《おお》いかぶさった。

「六花ではございませんか」

そこには十二種の文様《もんよう》が描かれていた。梅に似た形のもの、松の葉を並べたようなもの、あるいは亀甲《きっこう》形もあるが、六枚の花弁をもつのはいずれも同じだった。

「さよう、雪の粒を仔細《しさい》に写しとったものだ」

「やはり雪は、このように六花の形を成しているのですね」

書物に張りつくほどに顔を寄せ、十二の模様をひとつひとつ丹念に見入った。

「おまえがその目で見たという六花は、どのような形をしていたのだ？　似たものは、ここにあるか？」

「そうでございますね……これと似ておりましたが」

「ほう、これか。桜の花に似ているな」

「もう少し縁《ふち》がぎざぎざとして、桜というより撫子《なでしこ》に近いかと」

「そうか、撫子か。わしもひと目でよいから、見てみたいものだ」

いかにもうらやましそうなため息をつかれ、くすぐったいような嬉《うれ》しさがこみ上げた。

「それにしても不思議ですね……雪は雨が凍《こお》ったものだというのに、何故このように、きれいな六弁になるのでしょうか」

こたえるより早く、相手は吹き出した。

「『何故なに尚七』というのは、まことのようだな」

「何故、そのふたつ名を……いえ、ことさら何故を重ねているわけではありませぬが」

ひとつのことに夢中になると、一切を忘れてしまう。どうして初見の相手が、尚七の渾名《あだな》や六花を見たことを知っているのか。いまさらながらに、その疑問にたどり着いた。

若い侍はさらにおかしそうに笑い、それから種明かしをしてみせた。

「おまえのことは、十左《じゆうざ》からきいたのだ」

「十左、と申しますと？」

「鷹見十郎左衛門よ」

ああ、と尚七はようやく合点《がてん》がいった。

「鷹見さまと、お知り合いでございましたか」

「よう知っておる。この書物も十左のものだ」

以前きいた、格物究理の書とはこれのことかと、尚七は思い当たった。

「蘭語で書いてあるために、わしにはまったく読めぬがな。折を見て少しずつ、十左が中身を説いてくれる」

「この書物の中には、どうして雪が六弁を呈《てい》するのか、そのわけも書かれているのでしょうか」

「おそらくな。古河屋敷に入れば、もっとたびたび教えてもらえると思うたが、当てが外れた。十左は父上の気に入り故、忙しゅうてな、なかなか暇がとれぬのよ」

「お父上と申しますと？」

「上屋敷におわす、殿さまだ」

端的すぎて、意味がすんなり入ってこない。一瞬ぽかんとし、それから全身の血が一気に引いた。

「……もしや、土井のお殿さまのことでは」

「いかにも」

「では、あなたさまは……」

「養子と相成った、土井利位《としつら》じゃ」

廊下にとび出そうな勢いで後ずさり、のしイカのように畳に這いつくばった。

「若さまとは存じませず、ご無礼の数々、平にご容赦《ようしゃ》を」

尚七の変わりようが、おかしいのだろう。頭の上で、苦笑がもれた。

「もうよいから、頭を上げよ。これでは話がし辛《づら》いではないか」

「そうは参りません。私は、御目見《おめみえ》以下の分際ですので」

「うむ、きいておる。だからこそ十左は、この折におまえを呼んだのだ」

すでに刈谷藩を出た身だが、公方《くぼう》さまに挨拶をすませるまでは、正式には古河藩の嫡男を名乗れない。御目見はあくまで、殿さまとその身内に対してだ。忠常はその方便で、利位《お》と尚七を引き合わせた。

「ここでおまえと会うているのは、十左ということになっておる」

「しかし……」

それでも下士として骨身にしみついた下っ端根性は、おいそれとは変えられない。変わり者とはいえ、尚七も武士の子だ。身分の上下がどれほど大事か、身にしみてわかっている。畳の目に入り込んでしまいたいとばかりに、いっそう身を低くした。

「尚七よ、おまえに会いたいと乞《こ》うたのは、このわしじゃ。十左からおまえの話をきき、この蘭書を見せられた。去年の暮れだから、一年前だ」

養子話が決まったのは今年の三月だ。一年前というと、それより前になる。

「十左とは、養子縁組が調《ととの》う前からのつきあいでな。かれこれ三年になろうか」

利位が蘭学に興味をもちはじめたころ、古河藩邸に詳しい人物がいるとききつって、忠常を呼び寄せたという。以来、年に数えるほどだが、忠常は刈谷屋敷に行き、刈谷家の四男に蘭学の手ほどきをした。尚七についても、やはり刈谷屋敷で耳にしたという。

「だからおまえが来るときいて、ことさら楽しみにしておった」

「……楽しみ、でございますか？」と、平たい姿勢のままで呟いた。

「さよう。おまえが六花に魅入《みい》られていると、きかされてな、さらにこの蘭書を見せられて、たちまち夢中になった。わしもおまえと同じだ。六花を直にこの目で見たいと、切に願《ねご》うておる」

「若さまも、六花を……」

おずおずと顔を上げると、てらいのない瞳とぶつかった。まるで十年来の旧知の仲のような、親しげな光が宿っていた。

「せっかく小姓《こしょう》どもにも、人払いを申しつけたのだから、そろそろ頭を上げよ」

つき従う小姓たちを、ふり払うのが大変だったと楽しそうに語る。

利位は、尚七よりもふたつ下だときいている。二十五の若者らしい、快活な笑顔だった。

まるで計ったように、襖《ふすま》をへだてた隣座敷から声がかかった。

「若殿さま、そろそろお戻りになられた方が」

最初から控《ひか》えていたのかもしれない。襖が静かにあいて、鷹見忠常の姿があった。

「もうそのような刻限か。尚七が長らく亀になっていた故、あまり話ができなかったぞ」

と、若殿が冗談めかし、忠常がたずねた。

「いかがでございましたか」

「たいそう面白かった。十左、わしは気に入ったぞ」

「さすれば」

「うむ、後はよしなに頼む」

御意《ぎょい》、と忠常が平伏し、尚七もそれにならう。

「ではな、尚七、また会おうぞ」

来たとき同様、廊下を踏み鳴らしながら、利位は大股で去っていった。

「さて、尚七、お主には話がある。ここからが本筋だ」

いったい何事かとびくびくしながらついていった先には、すでに父の葦兵衛が待っていた。

蔵出しを手伝っていたのだが、仕事の途中で呼び出されたと、後になって仔細を語った。葦兵衛も、何も知らされてはいないようだ。座敷には、三人きりだった。

「実は、折り入って相談したき儀があってな。小松家の先々に関わる、大事なことだ」

上座に座した忠常は、まずそう切り出した。

手短に語られた話の主旨は、信じがたいものだった。

「この私に、若さまの御学問《おがくもん》相手を務めよと、かように仰《おお》せなのですか！」

仰天のあまり、完全に声が裏返っている。となりにいる葦兵衛は、さらに驚いているようだ。呆《ほう》けたように上座をながめていた。

講義をするのは、さまざまな分野の学者であり、蘭学については鷹見忠常も教官役を務める。若殿とともにこれらの講義を受け、勉学の友となり手助けをするのが、御学問相手の役目であった。

「若殿さまは、ひときわ学問がお好きでな。歳の近い学問相手をご所望《しょもう》になられ、真っ先にお主の顔が浮かんだ」

調べたところ、藩校での出来もとび抜けている。人材としては申し分ないと、忠常は判じたようだ。

「あとは若殿が気に入るかどうかであったが、幸いたいそうお喜びであった」

「それはこの上なく、有難きお言葉にはございますが……」

と、尚七は、となりの父を窺《うかが》いながら切りだした。

「我が小松家は、御目見の叶《かな》わぬ身分です。そのような者が、若さまのお側仕えなどできようはずがありません」

「うむ、そこなのだが」

と、忠常は、怜悧な目を葦兵衛に向けた。

「小松葦兵衛殿、このご嫡男を、諦めてはもらえぬか」

「……と、申しますと？」

「小松家には、あとふたり男子がいるそうだな。家はそのどちらかに、継がせるわけには参らぬか」

忠常の意図に、親子はようやく気がついた。嫡男である尚七を廃した上で、もっと身分の高い家に養子に出せということだ。ひとたび考える顔になり、葦兵衛がたずねた。

「それで、この倅はどちらに……」

「御側医の、箕輪宗智《みのわそうち》殿の次男として、箕輪家に入るということでいかがであろう」

箕輪家と小松家が遠縁であることも、すでに調べずみだと忠常は語った。箕輪家は二百石もの家柄であり、嫡男もやはり御側医として勤めている。わざわざ家禄三石の代官手代の倅を養子にとるなど、承知するはずがないと葦兵衛は申し述べた。

しかし周到なこの物頭は、すでに手を打ってあった。

「先走りと思われるであろうが、箕輪家には内々で話を通した。若さま御学問相手ということなら異論はないと、宗智殿もご承知くださった」

家格が開きすぎているから、あいだにもう一家か二家、便宜上の養家をはさむことになるが、忠常はそのあたりもぬかりはないようだ。

藩医を務める家の出となれば、学問相手としても障りはない。嫡男を廃し他家へ養子に出すというのは、いささか強引にも思えるが、世間にはままあることだ。病弱や性質の難など、家督を継ぐ器量のない嫡男もおり、あるいは養子をとってから実子が生まれることもある。

武家にとって、何より大切なのは体面だ。手続きさえ踏めば、表向きの体面は保てるのだった。並みの武士なら、廃嫡という不名誉を何より厭《いと》うだろうが、尚七には些末なことだ。世渡り下手な尚七よりも、しっかり者の祐吉の方がよほど家長にも向いていよう。

「役料は七人扶持となる」

「七人扶持！」

親子が同じ顔でびっくりする。

「不足か？」

「滅相《めっそう》もございません」

「むろん、すべてはそなたたちの胸三寸《むねさんずん》だ。いかがであろう」

それだけ告げて、忠常は待つ姿勢をとった。

冷や汗だか脂汗《あぶらあせ》だかわからぬが、手の平が急に汗ばんでくる。拭《ぬぐ》うように、膝上の袴《はかま》を握りしめた。迷っているのは、忠常の申し出に、ひどく惹《ひ》かれているからだ。

この話を受ければいまの世では最高の学問を学ぶことができるのだ。身分や禄にはこだわりはないが、新たな学問への誘惑には、抗いがたいものがある。あの学問好きで闊達《かったつ》な利位と、そしてこの聡明な忠常とも、一緒に勉学に勤《いそ》しめる。友と呼ぶには身分が違い過ぎるが、それでも何より得難《えがた》いものに思えた。

だが、それは同時に、家族との別れを意味する。朗《ほが》らかな母と温和な妹、元気な弟たちの顔が次々に浮かんだ。四人とも、父と自分が帰るのを、待ち焦《こ》がれているだろう。長男が他家へ行き、江戸で出仕すると言ったら、どんな顔をするだろう。

この場でこたえを出すのには、あまりにも難しい思案だった。

しばしの猶予《ゆうよ》をくれまいかと、頼むつもりで顔を上げたが、一瞬早く、葦兵衛の声がした。

「そのお話、謹《つつし》んでお受けいたします」

「父上……」

忠常から念を押されても、葦兵衛の横顔は変わらなかった。

「よくぞ承服してくれた。倅殿の身は、この鷹見十郎左衛門が、しかとお預かり申す」

「なにとぞよろしく、お願い申し上げます」

父の横顔が、ゆっくりと平伏した。


「父上、まことに良いのですか」

今夜は、父の旧知の勤番者が住まう長屋に、泊めてもらうことになっていた。長屋があるという下屋敷に向かいながら、尚七は気遣わしげな顔を向けた。

「良いも悪いも、七人扶持を断るいわれがあるものか。おまえの扶持の七倍、わしの三倍近くになるのだぞ」

「……父上」

「むろん養子に行く上は、扶持米《ふちまい》も箕輪家のものではあるが、やはり縁者に七人扶持がいるというのは、いざというとき心強い」

現金なこたえに、尚七はがっくりきたが、どうやら照れかくしであったようだ。

下屋敷は、大川《おおかわ》を越えた深川《ふかがわ》にある。ひときわ人の多い両国橋《りょうごくばし》を渡りながら、西日が星のように照り返す川面《かわも》を、葦兵衛はながめていた。

「おまえには、ずっとすまないと思っていた」

橋が終わると、ぽつりと言った。

「これほど学問の才に恵まれながら、生かしてやることができなかった。鳶《とんび》が鷹《たか》を生んだというのに、とぶ場所さえ与えてやれなんだ」

父がこのように、自分の境遇を卑下《ひげ》したことは、尚七が知るかぎり一度もなかった。細かなことを気にせず、大らかで前向きな姿は、葦兵衛が長年かかって身につけた処世術であったのかもしれない。倅に対し、長いあいだそんな負い目を抱えていたのかと、にわかに熱いものがこみ上げた。

「父上……私は鷹なぞではありません。私は父上と同じ鳶です。ですが、鳶に生まれたことを、誇りに思います」

そうか、と葦兵衛は顔いっぱいに笑い皺《じわ》を広げた。

陰影を落とす西日のためか、炭団のように黒い顔は、泣き笑いのようにゆがんで見えた。

その夜は深川猿江《さるえ》町にある下屋敷の長屋に泊まり、翌朝、親子はふたたび箱崎町の中屋敷に出向いた。葦兵衛にはこの先五日ほど、さまざまな手伝い仕事が課されていたが、尚七は、今日は非番の鷹見忠常と同行することになっていた。俗に原屋敷と呼ばれるこの中屋敷にも家臣が暮らしており、忠常の住まいもそこにあった。

「お待たせしてしまいましたか」

待ち合わせ場所としていた門を入った腰掛の脇に、すでに物頭の姿があった。尚七はあわてたが、別に不快なようすも見せず、「では、参ろうか」と先に立つ。

行先は日本橋浜町《にほんばしはまちょう》の「天真楼《てんしんろう》」、杉田玄白が開いた医学塾であった。昨日、尚七が、河口信順に会いにいくつもりだと告げると、まずはそこへ行こうと忠常は同行を申し出た。また血を見るのだろうかと内心でびくつきながらも、やはり天真楼はこの目で見たい。

「杉田玄白先生とも、お知り合いだそうですね」

「いちばん親しいのは、先生の倅の伯元《はくげん》殿だがな。蘭学好きの集まりで、よく顔を合わせる。蘭書の貸し借りもしていてな」

と、気づいたように話を変えた。

「そういえば、すまなかったな。おまえに頼まれていた蘭書は、結局送らずじまいであった」

「覚えて、おられたのですか」

「むろんだ。約束を忘れていたわけではないのだが、人から戻った折に、若殿にお見せしたところ、お気に召《め》されてしまわれてな」

以来あのとおり、利位のもとにあると、苦笑交じりに語った。

さようですか、と応じながら、前を行く背中を窺った。昨日はふってわいたような話に、半ば混乱していたが、今朝、目覚めてみると、尚七の中には大きな疑問が残っていた。忠常とのやりとりから、尚七はそれを思い出した。

「ひとつだけ、よろしいですか」

「何だ」

「どうして私を、御学問相手に据《す》えられたのか、いまひとつ解せぬのです。お物頭さまは顔も広うございますし、この江戸なら、もっと秀でた者がいくらでもおりましょう。わざわざ手間をかけてまで、私を呼びよせたのは何故だろうと、不思議に思えてなりません」

　あまり表情を変えぬ男だが、笑った気配があった。足を止め、尚七をふりかえる。

「それはな、おまえが『何故なに尚七』だからだ」

「おからかいに、ございますか」

「そうではない。他人に何と言われようと、考えることをやめようとしない。それは何よりも貴いことだ」

「……とうとい？」

　どんな学問であろうと、考え続けることで先へと進む。学問ばかりでなく商いや芸事も同じだろう。何よりも政《まつりごと》もまた、考え、そして動くより他に先を開く道はない。

　忠常は、そう語った。

「若殿さまは、古河の領主というだけではない。殿さま同様、いずれは幕府の屋台骨を支えるお方になる。だからこそ、おまえのような男を、傍に置いておきたかった」

　尚七ではなく、傍《かたわ》らに立つ銀杏《いちょう》の大木を仰いでいた忠常が、ふたたびふり返り目を丸くした。

「尚七、おまえ、泣いておるのか」

「申し訳ございません……あまりに、嬉しくて」

人前でみっともないとわかってはいても、涙はあとからあとから落ちてくる。

自分で思っていた以上に、尚七は孤独だった。

考えることは、そんなにいけないことなのだろうか。自分はやはり、おかしいのだろうか。他人から向けられる揶揄《やゆ》と皮肉に満ちたまなざしは、人との壁であり距離でもあった。

——おまえは、そのままでいろ。

ふいに谷村基輔の声が、耳の奥によみがえった。

突き放されたわけでなく、あれは基輔の、精一杯の賛辞だったのかもしれない——。

尚七は初めて、友の言葉を正面から受けとめたように思えた。

涙がようやく収まり、尚七が袖でごしごしと目を拭うと、忠常が促した。

「天真楼へ行く前に、少し寄り道をしよう」

日本橋を素通りし、忠常が案内したのは愛宕山《あたごやま》だった。

先が見えぬほどの長く急な石段を登りきると、見事な眺望《ちょうぼう》が広がっていた。風は冷たいが、熱をもったまぶたには心地良い。

「江戸は、広うございますな」

眺めなら、ゆったりと流れる渡良瀬川を背にした古河の方が、よほど広々している。尚七が言ったのは、この町にひしめく人の数と、思いの多さだった。

武家屋敷や寺院の敷地の外を、隙間なく町屋が埋める。国中から人の集まるこの町は、新旧も国柄も問わず、あらゆる雑多なものをのみこんでいた。変化も異種も、ここではただの模様に過ぎず、その寛容が、尚七の目にはことさら広く映ったのだった。

「世界は、もっと広いぞ」

「世界……」

ひときわ大きな、風を感じた。それは愛宕山のふもとから吹いてきたわけではなく、渡良瀬川の岸辺で感じたものと同じ風だった。

「尚七、いまにおまえにも見えてこよう。あの海の向こうに広がる世界がな」

町の背後に、空の青を映した海原が広がっていた。

梢《こずえ》を揺らすほどの大風に、尚七は目を細めた。

第二話　おらんだ正月

厳《いか》めしい──。

養父《ちち》の箕輪宗智と引き合わされて、尚七はまずそう思った。

まだ六十には届かぬはずだが、すでに枯れた風情《ふぜい》がただよい、医者という仕事柄もあってか物腰も穏《おだ》やかだ。ただ、こちらに向けられた目つきは厳しく、口許《くちもと》はさらに頑迷《がんめい》そうにくっきりと折れている。

──あれではへの字ではなく、くの字だ。

実父の小松葦兵衛は、日に焼けた目尻に、いつも笑い皺《じわ》をたやさぬような男だった。

欲にかられて、うっかり養子話に乗ってしまったが、やはり浅はかだったのではないか──。

伏せたくの字に似た口許をちらりと見やり、初日から早くも後悔の念がわいた。その迷いをばっさりと断ち切るように、宗智は告げた。

「今日よりは、箕輪良幹《りょうかん》と名乗るがよい」

「良幹……」

顔を上げ、しばしぼんやりした。己《おのれ》はもう、郡方《こおりがた》代官手代の倅《せがれ》、小松尚七ではないのだ。

生まれ育った古河の家。粗末だが、囲炉裏端《いろりばた》にはいつも両親と弟妹の笑顔があった。それがどんなに温かなものだったか、いまさらながらに思い知る心地がする。もう二度と、あの場所には戻れない。

「不服か？」

長の無言を、養父はそうとったらしい。滅相《めっそう》もないとあわてて平伏し、ありがたく頂戴《ちょうだい》した。それでも良幹などというたいそうな名は、自分にはそぐわない。郡方の役目も下士という身分もこの身に深くしみついている。

――己はやはり、尚七なのだ。

挨拶《あいさつ》をすませ、義父の部屋から出ると、胸の中でそう呟《つぶや》いた。

それが五日前になる。

箕輪家に入って六日目の晩、尚七は相変わらず、急に御殿の飼い猫になった野良のごとく、何とも居心地の悪い思いをしていた。

ことに一日二度、義父と顔を合わせる、朝夕の食事時が気まずくてならない。宗智が上座につき、義父に横顔を見せる格好で、嫡男《ちゃくなん》の宗漢《そうかん》と尚七の膳《ぜん》がならぶ。

武家の食事は、当主と嫡男が別格のあつかいを受け、次男以下の子供たちと妻女は同席しないものだ。しかし医家の箕輪家ではしきたりが違うのか、次男として養子に入った尚七にも同席が許された。ただ正直なところ、いっそ台所で使用人たちと食う方が、よほど気楽に思える。

上方《かみがた》では総髪《そうはつ》をひとつに束《たば》ねた、俗にいう慈姑頭《くわいあたま》が多いときくが、江戸の医者は坊主頭だ。義理の父と兄も同様で、こうして静かな座敷にならんでいると、うっかり他家の法事にでも参列してしまった気分になる。

古河藩土井家は、側医《そばい》と表医《おもてい》を含め、十人ほどの医師を抱える。医師の禄《ろく》は、家格、あるいは腕や経験によって、五人扶持《ぶち》から二十人扶持が相場であったが、『お匙《さじ》』として筆頭を務める箕輪宗智はいわば格が違う。箕輪家は家禄二百石に加え、薬種料として銀十枚、やはり医者として出仕する長男も九人扶持を賜《たまわ》っていた。

「御絵師《おえし》殿の具合は、いかがであった」

「はい、ようやくご快癒《かいゆ》のきざしが見えてまいりました」

たまに交わされるのは、気がかりな患者の話くらいで、たいていは宗智の問いに、長男の宗漢が簡潔にこたえて終わる。長い食事のあいだの一瞬に過ぎず、あとはただ飯を嚙《か》む音さえはばかられるような沈黙が、どっしりと居座り続ける。

医者は信用が何より。患者についての仔細《しさい》は、決してこの家の外にもらさぬようにとは、初日に厳命されていた。医者ではなく、また目指すつもりもないが、尚七もしかと心得て、この手の話題には口をはさむことも控《ひか》えている。しかし黙っていると、沈黙はしだいに濃さを増す。

そう思うのは、尚七だけなのかもしれない。義父も義兄《あに》も、平然と飯を食《は》んでいる。

微禄に加え、実父の大らかさもあったのだろう。小松家では、一応上座と下座の区別はあったが、一家は同じ囲炉裏を囲んで食事をしていた。いまごろ父のとなりの嫡男の席には、次男の祐吉が座り、下座では長女の寧の横で、三男の参之助がリスのように飯で頬《ほお》をふくらませている。傍《かたわ》らでは母が給仕をしながら、皆の話に相槌《あいづち》を打つ。

頭の中いっぱいに広がった、小松家のにぎやかな夕餉《ゆうげ》の図が、ふいにかき消された。

「良幹、父上がお呼びだ」

気がつくと、となりにいる義兄がこちらをふり返り、上座からは義父の視線が向けられていた。おそらく、何度も呼ばれていたのだろう。ただでさえ馴染《なじ》みのない名に加え、考えに没頭すると、周囲の音が耳に入らなくなるのは尚七の悪い癖《くせ》だ。

「は、はい！　父上、何でございましょう」

あわてて応じた声は、静かな座敷に場違いに響きわたり、義父の片眉《かたまゆ》がぴくりとする。

「食が進んでおらぬようだが、口に合わぬか」

「いえ、決してそのような……私にはもったいないような膳です。小松の家では夕餉と言えば、汁と漬物だけでしたから」

養子に来ておいて、いつまでも実家の話などもち出すものではない。宗智ににじろりとにらまれて、尚七は小さくなった。

「飲・食は生命《いのち》の養なり。また節にして其の身を養《やしな》うと、『養生訓《ようじょうくん》』にもある。

決して食を、おろそかに考えてはならぬ」

医家に入った以上、日常にも気を配れということだろうが、その重圧に、ますます胃の腑は縮みあがる。箸《はし》を動かすたびに、飯ではなく重い空気を詰め込むようで、いくらもせぬうちに尚七は箸をおいた。

咎《とが》めるような視線が、ふたたび上座から注がれたが、義父は話題を変えた。

「明日は若殿さま御学問相手として、初の出仕であったな」

初めてお役目の話を賜ってから、半月も経ずに箕輪家へ入った。何とも慌《あわただ》しい養子縁組であったが、これは仲立《なかだち》をした先手物頭《さきてものがしら》の手際の良さが大きい。届けの方が追いつかぬため、表向きは仮養子の形をとっていた。

尚七にとっても否やはない。ふっと土井利位の顔が浮かび、

「はい、楽しみにございます」と、思わず口にしていた。

「楽しみ？」

義父が怪訝《けげん》な顔になり、己の失言に気がついた。恐れ多くも若殿の側仕《そばづか》えだというのに、緊張感がなさすぎる。

箕輪家に入って早々、利位には挨拶をすませている。最初に目通りしたのは中屋敷であったが、すでに若殿は上屋敷に移っていた。それでも前と同様に、若く

闊達《かったつ》な土井家の嫡男は、大喜びで尚七を迎えてくれた。

「蘭鏡《らんきょう》が手に入れば、我らも六花《りっか》の姿を拝《おが》めるぞ。いま十左が手配りしておってな、今年の冬に間に合わせると請《う》け合《お》うてくれた」

そのまま下がろうとする尚七を引き止めて、六花の話をもち出した。ふたりのあいだでは、何よりの関心事だ。南蛮《なんばん》渡来の貴重な顕微鏡《けんびきょう》で、雪の結晶を見ることができる。その興奮に、次期藩主の前だということすら失念し、尚七は夢中で利位と語り合った。

だが、そのようなふるまいは、やはり自慢にはならない。

「いえ、あの……若殿さまとともに、さまざまな学問に触れられるのは、私にとっては何よりの楽しみで……」

あたりさわりのないこたえで、お茶をにごした。宗智はひとまず納得したようだ。

「学問は、やはり儒学か？」と、問うた。

「はい。主に朱子学と漢学だそうにございますが」

朱子学なら、藩校で教鞭《きょうべん》をとれるくらいの学は尚七にもある。そのあたりの不安はなく、もっとも興《きょう》が惹《ひ》かれるのは、若殿に十左と呼ばれる先手物頭、鷹見十郎左衛門が教授方を務める学問だった。

「私は蘭学を教わるのが、何よりも楽しみにございます」

「蘭学、だと？」

わずかにほぐれていた養父の顔が、たちまち厳冬の氷壁のごとく凍《こお》った。

「新たな学問といえばきこえは良いが、それを即座に医術にもちこむのは感心せぬな」

箕輪家は古医方、つまりは漢方を主体とする、昔ながらの東洋医術の家柄だ。同じ古河藩の内には、尚七もよく知る蘭方医の河口家があるから、つい見過ごしていたが、大方の漢方医にとって西洋医術は、目の上のこぶに等しい邪魔な存在だった。

それきり会話は途切れ、いっそう密度を増した沈黙だけが尚七にのしかかった。

「どうしてこう、考えなしに口にしてしまうものか」

まるで頭の上に、米俵が三つ載っているようだ。ぐったりと廊下を戻りながら、尚七は己の失態をひたすら悔《く》やんだ。この調子では、明日からの出仕でも、何をやらかすか知れたものではない。不安が募《つの》り、さらに頭上の俵がもうひとつ増えた心地がする。

「尚七！」

ふいに大きな声で名を呼ばれ、後ろから背中をどすんとたたかれた。

「まったく、さっきから呼んでいるというのに、いい加減こたえぬか」

「……宗漢殿」

箕輪家の嫡男たる義兄は、親しげに肩を抱くようにして、尚七の顔を覗《のぞ》きこんだ。

「他人行儀はよせと言ったろう。兄と呼べ、兄と」

いましがた、父の宗智の前ではすましていたのが嘘のようだ。

「なんだなんだ、やっぱりしょげているのか？　まあ、父上の蘭医嫌いは筋金入りだがな」

「やはり、さようでしたか……」

「だからと言って、別に気に病むことはない。むしろおまえさんが蘭方医術を学んでくれれば、我が箕輪家も安泰だ。嫡男のおれが手を出すのは、父上の手前はばかられるからな」

「いえ、それがしに医術は無理でござる。なにしろ血を見るのが、何より苦手で……」

いまさっき悔いたばかりだというのに、また余計な本音を吐いてしまった。

宗漢はきょとんとし、それからけらけらと笑い出した。

「血が苦手なくせに、医者の家に養子に来たのか。そいつは傑作だ」

「兄上、どうか父上には……」

「ああ、内聞にしておくが、よりにもよって二本差しが血を厭《いと》うとは……尚七はいちいち面白くてかなわんな」

腹がよじれて苦しいと訴えながら、宗漢はどうにか笑いを収めた。

「あの、兄上……私の名は、良幹になったのでは」

「その方が良いのか？」

「いえ、私も尚七と呼ばれる方が、心安うございますが」

「それなら尚七でよかろう。箕輪尚七良幹——つまりは名は良幹で、通り名は尚七だ」

たしかに、そのとおりだ。この義兄も正式な名は、箕輪宗漢永良《ながよし》という。宗漢は俗称で、名は永良だ。

「そういえば、尚七、知っておるか？　どうして医者の名は、坊主のように音で読むのか」

きいて初めて、はたと思い至った。文人などが持つ号を別として、名は訓で表すが、僧侶と医者だけは名を音読みする。尚七が与えられた良幹も、医家でなければ「よしもと」とされただろう。たしかに不思議だと、尚七は首をひねった。

「我らはな、いわば死人なのだ」

「……死人？」

死後にたまわる戒名《かいみょう》は、音で読むのが慣わしだ。仏に帰依《きえ》した僧侶の名も、同じ理由だと宗漢は言った。

医師は脈をとるのが仕事だが、身分の低い者が、貴人のからだに触れるのははばかられる。

「あの世へ行った者ならば、触れられても障《さわ》りはない。つまりは医者は死人と同じあつかいというわけだ」

髪を剃《そ》るのも同じ謂《いわ》れだと、宗漢は己の坊主頭をつるりと撫《な》でた。

「……屍《しかばね》では、かえって不浄にも思えますが」

「だが、仏とも称するだろう？」

「なるほど……面白うございますな」

何事につけ新たな知識は、何よりの特効薬だ。先刻までの気落ちから、たちまち回復した尚七に、宗漢が大げさにあきれてみせる。

「女の話にはちっとも乗ってこんくせに、どうでもいい話には食いつくのだな。その分では、嫁取りが遅れるぞ」

「まずは兄上が、先でございましょう。三月先《みつき》に、祝言《しゅうげん》を控えておられるのですから」

宗漢は、尚七よりも五つ上の三十二歳。嫁を迎えるには、決して早いとは言えないが、

「尚七の養子話が、もう少し早《はよ》う決まっていれば、縁談なぞ受けはしなかったぞ」

と、さも嫌そうにため息をついた。

「先年、母上が亡くなってからというもの、あの親父殿とふたりきりだ。さすがに息が詰まってな、女がいれば少しはましになろうと嫁取りを承知したのだが」

宗漢には妹がひとりいるが、とうに他家へ縁付いている。家族が男ふたりでは

何とも味気なく、つい縁談を承知してしまったと宗漢はひたすら悔やむ。

「おまえが来るとわかっていれば、断ったものを……惜しい、実に惜しい」

「もしやお相手が、気に入らぬのですか？」

「そうではない。嫁をとれば、これまでのような好き勝手もできなくなる。色街に出かけるのに、いちいちはばかりがあるようでは窮屈《きゅうくつ》でかなわんぞ」

「……兄上」

父親の前でだけは、三軒又貸しされた猫のようにしごくおとなしいが、それ以外では宗漢は、何というか、軽い。まるで軽佻浮薄《けいちょうふはく》が着物をまとっているようで、あの謹厳《きんげん》な義父の血が、どうやったら一代でここまで薄まるのかと、それこそ疑問に思えてならない。

「というわけで、おれはこれから往診に出るからな」

「こんな遅くにお出かけですか。ご苦労にございますな」

真面目に応じると、宗漢は拍子抜けした表情になる。

「鈍い奴だな。吉原《よしわら》に、女子《おなご》の見立てにいくに決まっておろうが」

「……兄上」

一緒にどうだとの誘いは、明日は初出仕だからと丁重に断った。

「くれぐれも、父上には内聞にな」

「むろんです。怖くて言えませぬ」

「その調子だ。少しは肩の力を抜いておけ」

もしや己を慰《なぐさ》めるために、声をかけてくれたのだろうか。尚七はようやく、義兄の気遣いに思い至った。こう見えて宗漢は、医者としての腕は悪くないときいている。他人への配慮が足らぬようでは、医者として務まるまい。

閏霜月《うるうしもつき》の闇に紛《まぎ》れていく後ろ姿に、尚七は頭を下げた。


翌朝、初出仕を迎えた尚七は、日の出とともに古河藩土井家の中屋敷を出た。

中屋敷は霊巌島箱崎町にあり、箕輪家もこの内に住まいを賜っている。田舎と違って敷地が狭いから、一棟を三軒に分けた小ぶりな屋敷だが、塀の内側にずらりとならぶ長屋にくらべれば十分な広さがあった。

土井家の上屋敷は、御曲輪《おくるわ》内の大名小路に面している。たいした道程《みちのり》ではないが、不慣れな江戸では多少の不安はある。幸い今日は、上屋敷に出仕する道連れがいた。

「父上にご一緒していただけるとは、心強うございます」

最初の湊橋《みなとばし》を渡りながら、前を行く義父に声をかけたが、宗智はふり返りもしない。

「これから月に二十日は通う道だ。今日のうちに覚えておきなさい」

かしこまりました、と小さく返事して、後は上屋敷に着くまで互いに無言だった。

実父の葦兵衛と江戸の町を歩いたときは、目につくものを片端からたずね、退屈する暇もなかった。くらべてはいけない、養子に迎えてくれた箕輪の家に失礼だ。頭ではわかっていても、日に焼けた葦兵衛の笑顔は、上屋敷に着くまで消えなかった。

門の内で義父と別れると、それまで息を止めていたかのように、はあと長いため息が出る。その疲れを、引きずっていたのかもしれない。

「どうした、尚七。冴《さ》えない顔だな」

若殿の土井利位に、目ざとく指摘された。

「もしや養家に気兼ねして、気が休まらんのではないか？」

図星を指されてびっくりしたが、

「いえ、決してそのような……」あわててとりつくろう。

「隠すことはないぞ。わしもおまえと同じ立場だからな」

利位もまた、養子に来て間もない身だ。親しげな笑みを向けられて、ついたずねていた。

「若殿さまもやはり、お気を遣《つこ》うておいでですか」

「生まれ育った家とは、何かとしきたりが違うからな。とまどうことばかりで肩が凝《こ》る」

いまは跡継ぎとして、古河藩土井家のあれこれを学んでいるところだが、指南にあたる家老や用人の中には、それこそ箸の上げ下げにまでうるさい者もいる。なかなかに大変だと、そう湿っぽくない調子で愚痴《ぐち》をこぼす。

「それでも父上が、穏やかな良いお方でな。おいおい馴染《なじ》んでいけばよいと申してくれた」

養子としては、何より有難いとにっこりする。それはうらやましいと、口から出そうになった台詞《せりふ》を、辛《かろ》うじて呑《の》み込んだ。代わりに、恐れ多いと承知しながら、つい同病相憐《あいあわ》れむような微苦笑を交わし合う。

「楽しそうですな。何か良いことでもございましたか」

廊下から声がかかり、蘭学指南役も務める先手物頭が顔を出した。

「おお、十左か」

利位は親しげに鷹見忠常を招き入れ、だが気づいたように首をかしげた。

「今日は蘭学ではなかったはずだが」

「漢学の講説までは少し間がありますので、こちらをお持ちしました」

と、不思議な物をふたりの前においた。台座の上に、鞠《まり》のような丸いものが載っている。

「これは、何でございまするか？」

「そうか、尚七は初めてか」と、闊達に利位が応じた。「これはな、地球儀だ」

「地球儀……」

「平たく言えば、世界だ。世界はこのように、丸い形を成しておってな」

最初は担《かつ》がれているのだろうと思った。冗談ではないとわかっても、尚七にはどうにも合点《がてん》がいかない。

「地面がこのように丸ければ、私たちは落ちてしまうではありませぬか」

「それは下へ引こうとする力が、働いているからだ。このように……」

と、忠常は、手にもっていた筒状の紙を、畳《たたみ》に落としてみせた。

「物が落ちるのも、海の水が空に流れぬのも、全ては同じ理《ことわり》だ」

つまりは地球の表面にあるものは、球の中心に引き寄せられている。西洋ではとうに定説となっている万有引力について忠常は説《と》いた。

にわかには信じ難い思いがしたが、それでも物が落ちるというあたりまえのことにすら、ちゃんと原理がある。目の前の闇が一気に取り払われたようなまぶしさを覚えた。

「ここが我が国、日《ひ》の本《もと》でな」

利位が指さしたのは、黄ばんだ小さなしみにしか見えない。

「こちらの方が、よりわかり良いかと、若殿にもご覧いただきたくお持ちしました」

忠常が先ほどの筒を、広げてみせた。おお、とふたりから、感嘆の声があがった。

ちょうど地球儀を縦に半分に割り、その表皮を剝《は》がして広げたようだ。一枚の紙にふたつの大きな円がならび、右にはアジアと欧州、豪州、アフリカが、左には南北のアメリカが示《てい》されていた。彩色が鮮やかで、国ごとに塗り分けられている。全体に飴《あめ》色を呈《てい》している地球儀よりも、よほどわかりやすい。

「司馬江漢《しばこうかん》殿が描かれた、『地球全図《ちきゅうぜんず》』にございます」

絵師で蘭学者でもある司馬江漢は、本業の浮世絵の他に、洋画や天文図、このような世界地図も手掛ける多才な人物だった。

「この国にもすでに、かように見事な世界図を描けるお方がいるのですか」

ひたすら驚くばかりだが、地球儀も百年以上前から国内で作られているという。

「我が国は、こんなに小さいのですね……まるで鼠《ねずみ》が横たわっておるような」

妙なたとえだと利位は笑ったが、緑色に塗られた島国は、本当に鼠ほどに頼りない。対してとなりの清《しん》国や米国は猫、オロシヤに至っては虎ほどもあろう。

「オランダは、どこにあるのですか？」

日本が交易を行うのは、いまは清国と呼ばれる唐と、オランダだけだ。

「ここだ、我が国の真裏にあたる」と、利位が教えてくれた。

意外にも、小さい。次いで忠常が示したエゲレスやフランスも、やはり日本とそう変わらなかった。

「しかし、いま日の出の勢いで世界を席巻《せっけん》しているのは、これらの国々でございます」

尚七ではなく、若い跡継ぎに向かって忠常は言った。国土は小さくとも、あらゆる国を支配において領土を広げている。ことに英仏の勢いはすさまじく、属国の富を存分に吸い上げて、いまや虎以上の巨大な化け物になりつつあった。

主従が息を呑んだのは、話の内容もさることながら、忠常の目と口調があまりにも真剣だったからだ。ちょうど漢学の教授方の到着を知らせにきた取次は、座敷にただよう緊張感に、何事かという顔をする。

「つい長居をしてしまいました。私はこれにて」

知らずに入っていた肩の力を抜くように、忠常はゆっくりと平伏したが、去り際に、思い出したように尚七を廊下に呼んだ。

「明日は一日、あけておけ。若殿にも、許しは得ておる」

相変わらずの用意周到さだが、どこへ行くのかとの問いは煙《けむ》に巻かれた。利位も、仔細を知っているようだ。

「うらやましいのう、尚七。わしも行きとうて仕方がないが、大名の世継ぎとは不自由なものだ。とりわけいまは、家老どもがうるそうてな」

しきりにうらやむ利位は、将軍家斉《いえなり》への御目見《おめみえ》を五日後に控えていた。

「慌しく江戸入りさせた故、大変であったろう」

翌日、一緒に中屋敷を出ると、鷹見忠常はまず言った。

「若殿のご所望《しょもう》もあったが、今回の集まりをおまえに見せたいと思うてな」

連れていかれたのは築地《つきじ》だった。周囲は大名屋敷が多く、海の方角には西本願《にしほんがん》寺が控えている。忠常は、一軒の武家屋敷の門をくぐった。

「ここは……」

「大槻玄沢《おおつきげんたく》殿の『芝蘭堂《しらんどう》』だ」

仙台《せんだい》藩伊達《だて》家抱えの蘭医で、高名な蘭学者でもある。尚七も名だけはきき知っていた。

玄関にはたいそうな数の履物がならび、屋敷内の人の多さはざわついた気配でわかる。

「さすがにお客人が多いのですね」

「今日は年に一度の、祝いの日だからな」

文化十年閏十一月十一日。節句でも式日でもなく、何かあったろうかと首をかしげる。やがて行きついた座敷には、尚七にはとうてい見当のつかぬ光景が広がっていた。

広い座敷をふさぐように、白布をかけられた大きな正方の卓が三つ。銘々膳《めいめいぜん》しか知らない尚七には、これだけでも目新しいが、さらに卓上には南蛮渡りと思われる瀬戸物が並んでいた。ただ、大きさも模様もまちまちで、どうやら客自らが三々五々もち寄ったもののようだ。忠常もまた、若党に持たせてきた土産《みやげ》の肴《さかな》一籠《ひとかご》に加え、白磁に青絵の皿を、玄沢の門人に託《たく》した。

「おお、十左殿。よう参られた」

「久方ぶりですな、鷹見さま」

ほとんどの者が忠常とは顔見知りのようで、親しげなようすで挨拶を交わす。その輪に入りそびれた尚七は、しばし廊下に突っ立っていた。

「ここに立たれては邪魔です。どいていただけませんか」

あわててふり返ると、気の強そうな瞳とぶつかった。前掛けをしめ、大きな盆を捧《ささ》げもっている。この家の女中と思われる、二十歳くらいの娘だった。盆の上には、繊細なギヤマンでできた湯呑《ゆのみ》らしきものが十ほども載っている。

急いで横にのくと、礼も言わずにさっさと中に入り、卓に手早く湯呑をならべる。空の盆を手に戻ってきた娘を、尚七は引きとめた。

「あの……今日は何のための集まりでしょうか」

「そんなことも、ご存じないのですか」

不躾《ぶしつけ》なまでに呆《あき》れられても、面目ないと返すしかない。美人とは言えないが、くっきりとした眉と目許が、印象に残る顔立ちだった。

「もしや、蘭方医の方々の、学問の会でしょうか？」

そう問うたのは、客のほとんどが坊主頭に十徳《じっとく》と呼ばれる羽織《はおり》を身につけた、ひと目で医者とわかる風体だからだ。蘭方医は外科に秀でた者が多い。目の前で血でも見せられてはかなわないとの心配が、頭をもたげた。

「それがしもいまは御医師の家におりますが、医術の方はさっぱりで……」

いったい何の話かと言いたげに、娘はいっそう眉をひそめる。

「学問の会というよりも、祝宴ですから、医術の心得がなくとも構わぬと思いますが」

そのこたえに、ひとまず胸を撫でおろした。

「祝宴とは、何の祝い事ですか？」

「今日は新元会《しんげんかい》。おらんだ正月にございます」

「おらんだ正月……」

耳新しいその言葉に、尚七の胸が大きくふくらんだ。まるで海鳥の背に乗せられて、ひと息に外海へと舞い上がったようだ。

「オランダでは正月を、今日のこの日に祝うのですか？　何故わざわざ、閏月に行うのです？」

「閏月をえらんだわけではありません。オランダは私たちとは暦が違うのです」

矢継早《やつぎばや》の問いに、多少鬱陶《うっとう》しそうにしながらも、娘は的確なこたえをくれた。

月の満ち欠けに沿った陰暦に対し、西洋では太陽暦を用いるという。さすがに大槻玄沢の屋敷では、女中すらもこのような知識をもつものかと、しきりに感心しながら尚七はさらに問いを重ねた。

芝蘭堂で、最初に新元会が開かれたのは寛政《かんせい》六年、いまから十九年前にさかのぼる。以来、毎年欠かさず続けられていた。

「陰暦と陽暦には必ずずれが生じ、毎年違います。それで冬至から十一日目にあたる日に、おらんだ正月を催しているのです。冬至だけは、陰陽どちらの暦でも同じですから」

「なるほど、面白うございますな」

何をたずねても、娘ははきはきとこたえをくれる。尚七は、すっかり楽しくなった。

「それにしても、ようご存じだ」

「あなたさまが、知らな過ぎるのですよ」

ずけずけとした物言いも、気にならなくなっていたが、

「これ、多加音《たかね》。口のきき方に気をつけぬか」

廊下を渡ってきた壮年の武士が、娘の背中から咎めた。黙り込んだ娘に代わり、武士が尚七に頭を下げる。

「申し訳ございません。娘には口を慎《つつし》むよう、常々言うておるのですが」

「娘御……と言いますと」

「申し遅れました。それがしは佐野関蔵《さのせきぞう》。天文方《てんもんかた》の御用を務めておりまして、これは娘の多加音です」

「あ、いえ、こちらこそご無礼仕《つかまつ》りました。てっきり大槻家のお女中かと……」

見込み違いにあわてながら、尚七もどうにか賜ったばかりの名を名乗る。

「女子《おなご》は新元会に混ぜてもらえませせぬから、せめて手伝いだけでもと買って出ました」

一方で、尚七のように何も知らぬ者が、同席を許されている。ちらりと見上げる視線には、あきらかな非難が込められていた。

「多加音、いい加減にせぬか。おまえは手伝いに戻りなさい」

ふたたび父親に叱責《しっせき》されて、不服そうな顔のまま、娘は廊下を去っていく。

「なまじ蘭語など教えたために、とんでもないはねっ返りに育ちまして」

「娘御は、蘭語の読み書きができるのですか！」

たいしたものだと感心する尚七に、父親は面目なさそうな苦笑を返す。

「経を覚える門前の小僧と同じです。それがしは長崎の出島《でじま》で和蘭通詞《オランダつうじ》を務めておりましたから」

幕府の天文方に、洋書の翻訳機関である蛮書和解御用《ばんしょわげごよう》が置かれたのは二年前だ。佐野関蔵は、その折に江戸に呼び寄せられたが、それまで十三年のあいだ、長崎の出島で通詞を務めていたという。

「それでも女子の身で蘭語を修めるというのは、並大抵ではありますまい」

「たしかに、男に生まれておればと、悔やむ気持ちもありましたが……あのとおり頭でっかちな可愛げのない娘では、嫁入り先すらままなりません」

いかにも親らしい、ため息をつく。去っていく娘の後ろ姿は、何故だか妙に小さく見えた。

鷹見忠常に名を呼ばれ、尚七は急いでその残像をふり払った。

珍陀酒《チンタ》が注がれて、宴《うたげ》がはじまった。大きな卓を囲んだ人々は、三十人を楽に超える。やはり医者が多く、七割ほどを占め、残りは武家と町人が半々ほどの顔ぶれだった。

ギヤマンの湯吞が足りなかったらしく、尚七は蕎麦猪口《そばちょこ》に似た盃《さかずき》を手にしていたが、これも白磁に青絵で、見慣れぬ絵柄から西洋の品だと見当がつく。ただ、まるで鯉《こい》の生き血のような珍陀酒に、口をつけるのはためらわれた。珍陀酒は赤ワインである。

ふと気づくと、皆の目が尚七に集まっていた。頼みの忠常の席は、はるか遠くに離れており、尚七は別の初顔のふたりと並んで座らされた。新元会への参加は初でも、異国には精通しているようだ。尚七の両脇を占める医者と町人は、躊躇《ちゅうちょ》なく酒を口へはこぶ。

「少し渋いのですが、薬としては飲みやすいものですぞ」

義父と同じ年頃の医者が、となりからしきりに勧める。この時代、赤ワインもバターも牛乳も、滋養に富む貴重な薬として扱われていた。

尚七も仕方なく観念し、ぐいとひと息に飲み干した。喉《のど》に放り込んだつもりが、舌の上に独特の後味が広がる。やはり血に似ているようで、舌をひっこ抜きたい衝動にかられた。

そのあいだにも、料理が次々と運ばれてくる。大皿や大鉢《おおばち》に載っているのは、どれも見たこともない一品ばかりだ。

「こちらがグコークトヒス、焼いた白身魚に溶《と》かしたボートルをかけたもの。こちらはフルーンソップ、鶏の肉団子と青菜の汁です」

大槻玄沢が、料理をひとつひとつ説明してくれる。ボートルとはバターのことで、遠い長崎からわざわざ運ばせたようだ。鯛《たい》の赤ワイン煮込み、野菜のボートル煮と、めずらしい料理が続いたが、今日の目玉はこれだと、玄沢が声を張った。

「ブラート・ランドフレース、牛肉の炭火焼きです。残念ながら、肉は牛ではなく猪《いのしし》ですが」

長崎の出島には、オランダ人のために牛が飼われているが、江戸では手に入らない。伝手《つて》をあたって、どうにか新鮮な猪肉を確保できたという。四足の獣を食することは禁じられているが、薬と称せば口にできる。玄沢が数々のめずらしい食材を調達できるのもそれ故《ゆえ》で、ここに顔をそろえた医者たちもまた、大いに力を貸しているに違いない。

「まずは初顔のお三方に、召《め》し上がっていただきたい」

両脇のふたりは嬉《うれ》しそうに顔をほころばせたが、逆に尚七は頰をひきつらせた。白身魚や鶏団子なら、どうにか太刀《たち》打ちできそうに思えたが、四足となると話は別だ。目の前の猪肉は、まるで子供の草鞋《わらじ》を泥で煮詰めたような代物《しろもの》だった。

「ささ、どうぞ遠慮なく食してくだされ」

玄沢からにこやかに勧められ、尚七もいったんは覚悟を決めたが、肝心のものがない。

「あの……箸は……」

と、後ろをふり返ると、先刻と同様、非難がましい目とぶつかった。

皿を給仕してくれたのは、天文方通詞の娘、多加音だった。尚七は箸を所望したが、

「箸ではなく、そちらをお使いください」と、冷たく返される。

皿の両脇に置かれた銀製の道具に、尚七はようやく気がついた。

「この小柄《こづか》と刺股《さすまた》で、食するのですか？」

座敷の端から、誰かがもらした失笑が届き、かっとからだが熱くなった。

「さよう、小柄を右に、刺股を左にもって、肉を切り分けて食べるのです」

向かい側の客が助言をくれたが、たっぷりと嘲笑《ちょうしょう》を含んでいるようにきこえる。見れば両脇のふたりも、小柄《ナイフ》を右に、左に刺股《フォーク》を手にしている。尚七も急いでならった。

小刀と違い、ずしりと重みがある。象牙《ぞうげ》の柄がついた立派な代物だが、観賞するゆとりなど尚七にはない。

「多少、硬さは気になりますが、実に香ばしいものですな」

「まことに。四足は臭いときいておりましたが、炭の香りが勝っておりまする」

両袖の医者と町人が、それぞれ満足げに感想を述べたが、尚七だけは未だに皿と格闘していた。魚しか知らぬ者にとっては、びっくりするほど硬い。両隣にならって必死で右手を動かすが、なまくらなナイフは切れ味が極めて悪い。押すのではなく、抜くように引けばよい。剣術の基本すら、頭の中から締め出されていた。

辛うじて前後に動いていたナイフが、肉の筋に引っかかり、ぴたりと止まった。まるで肉に嚙みついているかのごとく、押しても引いてもびくともしない。いまや座敷中のすべての目が、尚七の手許に集まっていた。

かっと頭に血がのぼり、力任せにナイフを引いた。あっ、と思ったときにはすでに遅く、象牙の柄は尚七の手からすっぽ抜け、後ろにとんでいた。

「つっ」

短い悲鳴が背中から上がり、「多加音！」と、佐野関蔵が腰を浮かせた。

ふり向くと、白い手にくっきりと走る赤い筋が見えた。その膝元に象牙と銀の小刀が落ちている。手からとんだナイフが、多加音の手の甲を傷つけたのだ。

「あ、あ……申し訳、ござらん……」

「早う、手当てを！」

詫《わ》びはとなりの医者の声にかき消され、座がいっせいに騒ぎだす。

尚七の目には、娘の手の甲に穿《うが》たれた、赤い傷しか映らない。さっき飲んだ珍陀酒が、胃の腑から逆流したように胸がむかむかする。細い傷から、たらりと血が流れた。

頭の中が真っ白になり、尚七は目をまわしていた。


「気がつかれましたか」

目が覚めると、別の座敷で布団に寝かされていた。

「多加音殿……」

枕許から覗き込んでいる娘の名を、ぼんやりと口にしたが膝におかれた手に目がいったとたん、がばりと半身を起こした。

「まことに、申し訳ございませぬ！　嫁入り前の娘御に傷をつけるなど……詫びのしようもありませぬ」

手に巻かれた白布が痛々しい。失態の大きさに、尚七はしょげた。

「たいした傷ではありません。良いお医者さまが、たくさんいらっしゃいましたし」

硬い表情や口つきに棘《とげ》はあるが、気にするなと、そう言いたいのかもしれない。逆に倒れた尚七を案じるそぶりを見せた。

「心配はご無用です、いつものことですから……私はどうも、血が苦手でして」

気強そうな目が、びっくりしたように大きく広がった。情けなさは重々承知だ。尚七は頭をかいた。しかし相手が驚いたのは、別のことだった。

「己の弱みを口にするなど、お武家ならなおのこと、殿方は決してなさらぬものと思っていました」

いかにも物珍しそうにまじまじと見詰め、尚七がへらりと笑うと、とまどうように視線を逸《そ》らした。そのしぐさが、意外なほどに初々しい。男には慣れていないようすが窺《うかが》えたが、照れ隠しのように尚七を追いたてにかかる。

「お加減に障りがないのなら、宴席にお戻りくださいませ。皆さまが広間でお待ちです」

少し離れた座敷なのだろう。楽しそうな談笑が、廊下伝いに響いてくる。だが尚七は、そこへ戻るつもりはなかった。

「私は、このまま帰ります。皆さまには、そうお伝え願えませぬか」

え、と娘が、ふり返った。

「多加音殿の申されたとおり、私は蘭学について何も知りません。まだむつきのとれぬ赤子と同じで、大人の集まりに加えてもらおうというのが、そもそも無理な話です」

「あれは……私も口が過ぎました。己が混ぜてもらえないのが悔しくて……つい八つ当たりしてしまいました」

存外、素直な性質《たち》のようだ。具合が悪そうに肩をすぼめた。だが多加音が言ったのは、すべて本当のことだ。知らないからこそ識《し》りたいと切に希求する。それが尚七の身上だったが、知識なしでは通らぬ世界もあると思い知った。

「いっときの恥など、私にとっては些細《ささい》なこと。ですが、恥をかいてはいけぬお方もおります故」

頭には鷹見忠常と、そして土井利位の顔があった。尚七の粗相《そそう》は、一緒に連れてきてくれた忠常の顔に泥を塗るだけではすまない。これほどものを知らぬ男が、若殿の御学問相手を務めているとなれば、土井家の威信《いしん》にすら関わってくる。

情けなさに顔が上げられない。うなだれて手許ばかり見ていたが、ふと傍らの異変に気づいた。

「多加音殿、どうなされた！」

前掛けをきつく両手で握りしめ、多加音はぽろぽろと涙をこぼしていた。

「どうして、そのような、情けないことを……」

「ですから、己の不甲斐《ふがい》なさは、重々承知して……」

「そうではございません！　望めばいくらでも手に入るのに、殿方にはそれができるのに、何故わざわざ手放そうとなさるのですか！」

顔を覆《おお》うこともせず、くしゃくしゃの泣き顔をさらす。子供のように純粋な、憤《いきどお》りと憧れがそこにはあった。

「どんなに蘭語を学んでも、女子《おなご》は通詞にはなれません。異人の住まう出島に、足を踏み入れることすらかないませぬ」

識りたいという思いの強さは、誰よりも理解できる。しかし生まれながらに足《あし》枷《かせ》をつけられ、一生その枷から逃れられぬ者もいる。女子というただそれだけで、多加音は一切を諦めねばならない。

目の前の暗幕に、ぴっと裂け目が入ったような気がした。その亀裂から、まぶしいほどの光がさしこむ。

「ついこのあいだまで、それがしも同じでした……貧しい下士の身では、何を望みようもないと、諦めておりました」

懐紙をさし出すと、多加音は洟《はな》をすすりながら涙をぬぐう。箕輪家に養子に入った経緯を、尚七は短く語り、頭を下げた。

「ありがとう存じます、多加音殿」

「私、お礼を言われる筋合いなど……」

「いいえ、多加音殿のおかげで、己がどんなに恵まれているかを思い出しました。なのに些細なことで気落ちして、せっかく巡ってきた運をみすみす手放すところでした」

床に膝をただし、あらためて礼を告げる。多加音は眉間《みけん》をしかめた。

「そんなにすっきり晴々《はればれ》しい顔を向けられると、泣いた私が馬鹿みたいに思えます」

「そう言わず、また蘭法について、いろいろと教えていただきたい。先ほどは、たいそう楽しゅうございました故」

涙をふいた頬が、ぽっと赤らんだ。

「そのようなこと、初めて言われました……こざかしい、可愛げがないと、そしられるばかりでしたから」

「まことに、楽しいひと時でしたよ」

心をこめて、尚七は重ねて告げた。

「おお、尚七殿、戻られたか」

さっきとなりにいた医者が、まず笑顔を向けた。恥を忍んで座敷に帰ると、意外なことに誰もが屈託《くったく》のない歓迎を示す。中座していたあいだに、皆は三々五々席を移ったようだ。尚七は忠常に手招きされて、卓の向かい側に座った。腰を落ち着ける間もなく、忠常のとなりの人物がしゃべり出す。

「いや、申し訳ないことをした。あれはいわば、新参者への挨拶でしてな」

この会を主催した、大槻玄沢だった。六十に近い歳のはずだが、坊主頭の下にならんだ黒豆のような目は、きらきらと明るい。

「わざと恥を強《し》いるような真似をしたが、新参いびりのつもりは毛頭なかった。新しい学問を修めるということは、恥をかき続けることでもある。それを教えたいと思うてな」

「恥を、続ける……」

「さよう。蘭学はことに、そういう学問でな。間違いやら見当はずれやらを散々犯して、ようやくひとつのこたえにたどりつく。いちいち恥を厭《いと》うていては、さっぱり前に進まぬからな」

蘭学は、表向きには推奨されていない学問だ。蘭書一冊を手に入れるために、あらゆる禁じ手を使わなくてはならず、伝わる知識はごく限られている。そこから手さぐりで広げていくのが、蘭学者という者たちだった。

「ことに我ら医者は、人のからだを預かる身だ。医者が手助けできることなぞ、切なくなるほどに少ないが、だからこそ病人の前では誤《あやま》りは許されない」

そのかわり医術を修めるあいだは、恥を恐れてはいけないと玄沢は説いた。間違いからこそ人は学ぶ。それが玄沢の持論だった。

「最初に大きな恥をかき、こうして皆で笑い合えば、気持ちがぐっと楽になる。それが目当てであったのだが、尚七殿には灸《きゆう》が効き過ぎたようだ」

「そういうわけで、ございましたか」

己のために、忠常や利位が不面目をこうむったわけではない。心の底からほっとして、尚七が口許をゆるめると、玄沢も笑顔になった。

「とはいえ、恥は武士にとって何よりの鬼門ですからな、お武家には前もって種明かしをしておくのが常なのですが……十左殿が大丈夫だと申されたものでな」

と、となりの忠常に苦笑を向ける。

「おまえなら、この手の恥には頓着《とんちやく》せぬだろうと、油断しておった」

いつもは怜悧《れいり》な忠常の瞳が、おかしそうにまたたいている。まさか倒れるとは思わなんだと、ことさら真面目に告げられて、どっと座に笑いが満ちた。

「まことを明かせば本日の料理は、ほとんどがこうして土産になるそうですぞ。尚七殿の分も、ほれ、このように」

もうひとりの新参者たる町人が、折に詰めた料理を尚七の前に置いた。この場でひと口ふた口味見して、後は家人のための土産となる。昔からのごくあたりまえの慣《ならい》だが、西洋では見かけぬようだ。

「この国では、宴席料理は食べるためではなく、土産にもち帰るためにあると、オランダ人はたいそう驚いておったわ」

玄沢のおどけ口調に、また大きな笑いが起きる。

おらんだ正月は日が落ちるまで、そのにぎわいは失せなかった。

「まことに面白き宴でございました」

後半は存分に、尚七も楽しめた。中屋敷へと戻りながら、忠常に礼を述べる。

「日頃は難しい話なぞもしておるからな。年に一度くらいは、無礼講も悪くはあるまい」

「難しい話と申しますと？」

尚七が水を向けると、忠常は足を止めた。尚七がもつ提灯《ちょうちん》の灯りに、ひどく深刻そうな表情が浮かぶ。昨日の朝、利位の前で、世界について語ったときと同じ顔だった。

「おまえには、話してもさしつかえあるまい。そのかわり、他言無用だ」

従者は先に帰し、忠常と尚七のふたりだけだった。土井家でも限られた者しか知らないときかされ、にわかに緊張が増す。

「オランダという国は、すでにこの世にない」

え、とかすれた声が喉からもれた。何を言っているのか、意味がよくわからない。

「オランダは、フランスに滅ぼされたのだ。十九年も前にな」

大槻玄沢がおらんだ正月をはじめたのは、奇《く》しくも同じ年だった。その手本となった国は、いまはフランスの属領の地位に甘んじているという。信じがたい真実をつきつけられて、尚七は言葉もない。

「では……では、我が国との交易は……」

「出島では、アメリカ船にオランダ国旗を掲げ、いままでどおりオランダ船だと偽《いつわ》って、交易を続けておる」

このとき、オランダ国旗がひるがえっていたのは、世界中で日本だけだった。米船が蘭船に偽装する。そのような黒子の地位に甘んじてくれるのは、出島に入る船が商船だからだ。正式な通商を開始するには、面倒もかかり年月も計り知れない。そのあいだに少しでも儲《もう》けた方が、商人にとっては得策なのだった。とはいえ、かつてのように毎年船が寄港することはなく、せいぜい三年に一度であるから、交易品もそのぶん目減りしていた。

「……ご公儀は、承知の上なのですか？」

いや、と忠常は、渋い顔をした。

「表向きは、知らぬことになっておるが……ご老中をはじめとする、主だった方々の耳には届いている。現に我が殿も存じておられる」

土井利厚は老中であるとともに、海防にも深く関わっている。幕閣の中でも、異国の情報には精通していなければならない立場にあった。利厚の耳にこの事実を入れたのは、他ならぬ鷹見忠常だ。

「最初に摑《つか》んだのは、やはり大槻先生だが、芝蘭堂の内ですら知らぬ者は多い」

　玄沢は若いころ、長崎に遊学していた。そのころのつきあいがいまも続いており、医者や通詞などから、生の情報が玄沢のもとに届けられる。そして忠常もまた、長崎に独自の伝手を持っていた。

「長崎奉行の内によしみがあってな、その者から知らせを受けた」

「長崎のお奉行も、承知なされているのですか」

「承知とは少し違う。お奉行が蘭人を吟味《ぎんみ》したが、オランダ国はいまも存しておるとこたえたそうだ」

　吟味した長崎奉行もまた、事実は知っている。つまりは双方承知の上で、吟味という建前を通したということだ。まるで茶番だが、建前をどう通すかが何よりの大事で、これを踏み間違えると裁かれる。いまの武家社会は、そういう場所なのだった。

　だが、尚七には、やはり納得がいかない。

「何故、そのような無理をしてまで、世を偽らねばならぬのですか？　オランダではなくアメリカ船だと、公にしてはならぬのですか？」

「むろんだ」と忠常は、厳しい顔で言下に断じた。「異国を禁じた我が国にとって、オランダとの交易は、いわば格別の計らいだ。そのような例《ためし》を、無闇に増やすわけにはいかぬ」

一方で、いま西洋との交易が途絶えれば、こちらが困る。砂糖、反物《たんもの》、香辛料から、薬や医療器具まで、あらゆるものが滞《とどこお》る。この恩恵に与《あずか》っているのは、長崎だけに留まらない。諸大名や幕府の高官、あるいは大商人。権力や富をもつ者たちが、伝手を頼って渡来品を手に入れ、わざわざ出島に注文してとりよせることさえあるという。

オランダの消滅がひた隠しにされるのも、彼らの意思が大きく働いているからだ。

土井家も鷹見忠常も、また玄沢ら蘭学者たちもその一角だが、本当に欲しているのは品ではないと忠常は言った。

「交易が絶えれば、異国の模様を知る術《すべ》を失うことになる。何よりも由々しきことだ」

忠常が求めているのは、情報だった。異国の事情がわからなければ、いざというとき手の打ちようもない。外交に障りをきたすばかりか、最悪の事態も考えられる。

「オランダは我が国より、よほど進んでいた。あれほどの国でさえ潰《つぶ》されるのだ。向こうが本気でかかれば、この国などひとひねりであろう」

東の果ての島国という地の利に加え、鎖国も功を奏した。だがこれからは、閉じ籠《こも》っているばかりではいけないと、常にない熱っぽさで忠常は語った。

「異国を知り、異国の智慧《ちえ》をとり入れて、有事に備《そな》えねばならない。それが政《まつりごと》を為す者の務めだと、そう思うておる」

愛宕山に上ったとき、世界は広いと教えてくれたのは忠常だ。だが広いこの世界は、尚七が思い描いていたような、ただ光に満ちあふれる場所ではない。弱肉強食の、戦国に似た乱世であった。

オランダが、新たな連合王国としてふたたび地図に示されるのは、これより二年後のことだった。


「父上、こんな早うからお出かけですか」

玄関を出る後ろ姿に、声をかけた。まだ日の出前だというのに、急な患者でもいるのだろうか。義父は尚七をふり返り、少し考えるそぶりを見せた。

「おまえも今日は非番だったな。よければ一緒に来なさい」

「お供をして、よろしいのですか？」

「おまえにも、引き合わせておいた方がよかろう」

薬籠《やくろう》ではなく、小さな風呂敷包みを抱えている。訪ねるのは怪我人ではなさそうだ。尚七は義父に従った。宗智は中屋敷の門を出ると橋を渡り、北へ向かった。

「兄上も、お見知りおきのお方ですか？」

「いかにも。あれも連れていくつもりでいたが、いまごろはどうせ吉原であろう。まったく困ったものだ」

長男の行状を知っていたらしい。ふっと笑みがわいた。

神田《かんだ》川にさしかかるころ日は上り、やがて蔵前《くらまえ》に近い寺に着いた。相手はここの住職だろうかとも思ったが、宗智は境内から本堂の脇を過ぎ、さらに奥へと進む。

「ここは……もしや母上の……」

「さよう、昨年身罷《みまか》った妻の墓だ。今日は月命日でな」

まだ新しさを残した白木の札に、名と没年が記されていた。尚七が庫裏《くり》から水《みず》桶《おけ》を借りてきて、宗智は風呂敷にあった線香と蜜柑《みかん》を供《そな》えた。並んで手を合わせ、冥福を祈る。

「もともと食の細い女子でな、病を得るやみるみる弱っていった。手の施《ほどこ》しようもなく、何もできぬまま死なせてしまった」

お匙と呼ばれる筆頭の御側医だ。妻を救えなかったことは、深い後悔として胸に穿たれているのだろう。それでも宗智は、立ちのぼる線香の煙をながめながら呟いた。

「医者にできることなぞ、ごく限られておる。本当に、歯がゆいほどにわずかなことだ」

真摯《しんし》な横顔に、胸を衝《つ》かれた。つい、不用意な言葉がこぼれ出る。

「この前お会いした蘭方医の先生も、同じことを申されておりました。医者が手助けできることは、切なくなるほどに少ないと……」

まずかったろうかとひやりとしたが、不機嫌な顔はされなかった。

「そうか……漢方も蘭方も、思いは同じか」

「はい……」

宗智は供えた蜜柑をひとつとり、大事そうに手の上に載せた。終《しま》いには、かゆさえ喉を通らなくなった妻が、唯一食べてくれたのが蜜柑だったという。

「宗漢でさえも勘違いしているようだが、わしは決して蘭方医を毛嫌いしている
わけではない」
「そう、なのですか」
「使う医者でさえよくわからぬものを施すのは、如何《いかが》なものかと思えてな。病人
にとって、医者は最後の頼みだ。せめて間違いのないよう処するのが、医者たる
者の務めであり良心であろう」
長い歴史のある漢方にくらべれば、蘭方の導入はごく最近のことだ。未だ手探
りと言われればそのとおりで、その危うさを宗智は懸念しているのだった。
一方で医者としての矜持《きょうじ》は、玄沢も宗智も驚くほどに似通っている。
「『恥を恥じるな』と、そう教えられました」
大槻玄沢の言葉を、尚七は義父に伝えた。決して巧みな弁舌ではなかったが、
肝心なところは察してくれたようだ。
「さようか……やりようは違えど、医者の心構えは変わらぬか」
いつのまにか、くの字の形の口許がゆるみ、への字になっていた。
手の中の蜜柑をあらためて供えると、宗智は墓に向かって話しかけた。
「これがわしらの新しい息子だ。どうだ、なかなかの出来物《できぶつ》であろう」

「父上……」

「おまえと同じに、食が捗《はかど》らぬことだけが玉にきずだがな」

食事の折の不機嫌は、ただ尚七のからだを案じてのことだった。わかりにくい気遣いだが、大きな懐炉《かいろ》でも抱えたように、腹の底からじんわりと温かさがこみ上げる。

「箸をとるにも、いささか気後れしておりましたが、これからはたんといただきます」

そう告げると、そうか、と宗智は満足そうにうなずいた。

――母上、これから毎月、父上とともにお参りさせていただきます。不束者《ふつつかもの》ですが、どうぞお見守りください。

一度も会えなかった義母に、もういっぺん手を合わせた。

「そういえば、この前おまえが携えてきた、おらんだ料理だがな」

中屋敷へ戻る道すがら、思い出したように宗智が言った。

「白身魚や鯛の煮付けは旨かった。猪肉ばかりは、少々硬かったがな」

新元会から数日が過ぎて、若殿の利位は、昨日めでたく上様へ目通りし、土井家の正式な跡継ぎと認められた。

玄沢邸からの土産は、また機嫌を損ねはしまいかと、びくびくしながらその日の夕餉の膳に加えたが、父も兄も相変わらずのすまし顔で腹に収めていた。

「わしの歯には難物だが、若い者には造作《そこ》なかろう」

「いえ、あの猪肉には、私も散々な目に遭《あ》いましてな」

話に興じる親子の横顔を、微笑むように冬の朝日が照らしていた。

第三話　だるま大黒

「今日はお役目のなき日にございましたね。ご用人さまのお手伝いにございますか」

玄関に立つ尚七に、おっとりとした声がかかる。

「さようです、姉上。また遅うなるやもしれませぬから、夕餉《ゆうげ》の膳《ぜん》は無用です」

「心得ました。いってらっしゃいまし」

式台に三つ指をつき、ていねいに見送ってくれる。毎日のことながら、どこか面映《おもは》ゆく、尚七は少し照れながら家を出た。義理の姉の花江《はなえ》は、箕輪家に嫁《とつ》いでひと月になる。

婚礼が行われたのは二月半ば、ちょうど桜が満開のころだった。

婚家と同様、大名家の藩医をつとめる家柄の娘だ。医家の心得も万事承知して、まめまめしく立ちはたらいてくれる。それまで男所帯であったから、細々《こまごま》とした気配りが有難く、家の中はまさに春が来たように心地よくなった。

「女子《おなご》ひとりでこうも変わるとは、まったく侮《あなど》れぬわ」

いささか身勝手な理由から、間際まで嫁取りを渋っていた兄の宗漢でさえ、そんな呟《つぶや》きをもらすほどだ。

「せめて新妻が箕輪家《ここ》になじむまでは、少しは控《ひか》えるように」

厳格な父の宗智から、そう釘を刺されたらしく、ぶつくさと尚七にこぼしながら、いまのところ吉原通いも控えている。

「次はおまえだな。やはりかように気働きの良い娘がよかろう。そろそろ探してみるか」

父もいたく満足そうで、早くも尚七の嫁取りの算段をはじめている。

「いえ、私などまだまだ……」

そう断りを入れながら、脳裡《のうり》にぽっと花が開くように、ある娘の顔が浮かんだ。

ただし咲いたのは梅や桜ではなく、野茨《のいばら》だ。五弁の白い花は清楚《せいそ》だが、うっかり手を伸ばすと棘《とげ》がある。

まさにあの娘にぴったりだと、昨夜の父とのやりとりを思い出しながら、つい口許《くちもと》がにやついた。

「どうした、尚七、朝から嬉《うれ》しそうだな」

目の前に、鷹見忠常の姿があった。

「これは、ご用人、おはようございます」

先手物頭《さきてものがしら》であった忠常は、さきごろ用人にとり立てられた。去年の閏《うるう》十一月、大槻玄沢宅にて開かれた、おらんだ正月からわずか十日後のことだった。大名家にあって、用人は家老に次ぐ重い役目である。正月を迎え、忠常は三十歳になったが、二十九で用人の座に就くとは早い出世だ。それだけ藩主の利厚と、さらに若殿の利位の信頼が厚いのだろう。

己《おのれ》とはふたつしか違わぬというのに、たいしたものだ――。

尚七も舌を巻いたが、この若い用人に感心させられるのは、出世の早さだけではない。

「たった二日のうちに、また増えましたな……これは皆、地図にございますか」

忠常は、上屋敷の内に御用部屋を賜《たまわ》っている。今日のような非番の折や、あるいは若殿御学問相手の役目が終わると、尚七はここに入り浸《びた》るようになった。

畳《たたみ》が申し訳程度にしか見えぬほど、座敷には書物があふれかえり、となりの控え座敷すら満杯の有様だ。洋書、和漢書、大量の手紙、辺境の見聞録に長崎出島の蘭人目録、字額に絵図、経本まで、いずれも忠常があらゆる伝手《つて》を使って集めたものだ。

収集物は、書物や書画だけに留まらない。南蛮《なんばん》渡来の銅版画や風景画帖《がじょう》、異国の風俗が描かれた手巾《しゅきん》や屏風《びょうぶ》、黒い長帽子に赤い軍服をつけた小さな兵隊人形まで、たとえ一年中ここに籠《こ》められても、見飽きることがなさそうだ。尚七にとっては、まさに宝の山に等しかった。

「この村絵図は、代官を務めていた御仁《ごじん》からいただいたものだが、こちらの城下図はしばし借り受けたもの故《ゆえ》、写しをとってお返しせねばならない」

「お手伝いいたしましょうか」

「いや、おまえには『蘭化雑篇《らんかざっぺん》』の写しを頼みたい。村と城下図の礼に、お渡しすることにしたからな」

雑多に収めているようにも見えるが、きちんと仕分けされ、管理されている。忠常は収集物を、座敷の肥《こ》やしにしているのではない。乞《こ》われれば誰にでも貸し、あるいは与え、その返礼に、新たなめずらしい書物や道具を得る。まるでわらしべ長者のごとくだが、忠常が何より執着するのは、富ではなく地図だった。

「ご用人は昔から、地図や地誌に関心がおありなのですか」

地誌とは、いわば郷土誌である。土地の地図はもちろん、気候や産業、交通、民俗、歴史などが仔細《しさい》に著《あらわ》された書物だった。

尚七の問いに、書物を検《あらた》めていた忠常の手が、一瞬だけ止まった。

「昔というほどではないが、そうだな……二十歳のころだから、ちょうど十年になろうか」

何か、きっかけがあったのだろうか。そうも思えたが、問いを重ねるより前に、忠常は慌《あわただ》しく腰をあげた。用人になってから、前にも増して忙しくなった。その合間に膨大《ぼうだい》な数の人間と会い、これらの品々を求め、検分する。いつ眠っているのだろうと、心配になるほどだ。半分は自身の興味から、尚七は手伝いを買って出た。

「今日は天真楼と芝蘭堂へ文を。この書物は、伊勢《いせ》屋の主人へ渡してくれ」

他にも役目上の書簡や進物のやりとりなぞがあるのだが、こちらは忠常の配下が引き受ける。尚七に託《たく》されるのは、蘭学や収集に関わるものに限られ、出先では折々に面白い話がきける。尚七にとっては、何より楽しい使いだった。

「ああ、それともうひとつ、この字引を、天文方《てんもんかた》の佐野関蔵殿にお返ししてくれ」

とっくんと、胸が妙な具合にひとつ鳴った。それを隠そうと、口だけが勝手に動いた。

「佐野さまでしたら、今日は非番のはずです。浅草《あさくさ》天文台ではなく、千駄木《せんだぎ》のお屋敷かと」

「よく、知っておるな」

「え、いえ、その……たまたま私と、役目の非番が重なっております故……」

「さようか……では、千駄木まで頼めるか。字引の礼に、菓子など携《たずさ》えていくがよい」

しどろもどろの尚七に、それ以上はきかず菓子代を寄越《よこ》した。有難く頂戴《ちょうだい》し、照れ隠しに明日の予定などをたずねた。

「そうだな、明日は非番であるし……前々から訪ねたいと思うていた、小石川御《こいしかわお》薬園《やくえん》に行ってみるか」

「御薬園というと、もしや」

うん、と忠常がうなずいた。

「おまえも一緒にどうだ。若殿の御用の後は、からだがあこう」

「はい、ぜひ！」

夏めいてみずみずしさを増した庭の緑に、大きな返事が勢いよく響いた。

天文方の役人は、世襲が倣《なら》いとなっており、渋川《しぶかわ》家や山路《やまじ》家など七家が知られている。ただ、天文方の内に設けられた蛮書和解御用《ばんしょわげごよう》は、翻訳が掛《かか》りであるために、語学に秀でた人材が方々から集められ、芝蘭堂を主宰する医師の大槻玄沢もそのひとりだった。

「あいにくと、父はさきほど出かけてしまいまして、戻りは晩になるそうです」

あれこれと土産《みやげ》に迷い、江戸の町をうろうろした挙句、千駄木へ着いたときには、すでに八つ時《やどき》を過ぎていた。尚七は応対に出た娘の多加音に字引を返し、土産を渡した。

「塩瀬《しおせ》の薯蕷饅頭《じょうよまんじゅう》なのですが……お好きですか？」

「まあ、父と私の好物です。父もさぞかし喜びましょう」

ほっと胸をなでおろしながら、目はどうしても右手の甲に吸い寄せられる。薬指の下から手首に向かって、赤い線が走っていた。

「傷の具合は、いかがですか。だいぶ、薄くなったようですが」

おらんだ正月の日、尚七は洋食の席であやまって、多加音の手を傷つけてしまった。それから二度ほど、あらためて詫《わ》びと見舞いのためにこの家を訪れた。

あれからすでに四月《よつき》が過ぎている。気にはなったが、嫁入り前の娘のもとに繁々《しげしげ》と通うのもはばかられる。天文方への使いは多いから、父の佐野関蔵とはしばしば顔を合わせる。佐野がたまにこぼす愚痴《ぐち》めいた話から、蘭学好きも可愛げのない気性も相変わらずだときかされていた。

「もう、何ともありません。そのうち傷も消えましょう」

傷に左手を当て、そっとなでた。まるで愛《いと》おしむように、やさしく傷をなぞる。得体の知れない感情がふいにこみ上げた。一日も早い快癒《かいゆ》を願っていたはずが、傷とともに大事な何かが消えてしまう——そんな不可思議な焦りにとらわれたのだ。

「多加音、どこにいるのです。明日のお仕度は整《ととの》うたのですか」

母親が奥から出てきて、「お客さまでしたか」と、非礼を詫びてすぐに退く。ただ視線だけは、何事かを案じるように、いつまでも尚七に張りついていた。

「明日のお仕度とは、何かあるのですか？」

張りのある光の強い眼差しが、ひとたび尚七をとらえた。神妙で、無垢《むく》な目だった。

「私、嫁ぐことになりそうです」

「え」

「明日、見合いの運びとなりました。お仲人さまやお相手のお身内の方が、私の品定めに参られるそうです」

　武家の婚姻は、親同士が決めるものだ。見合いの場を設けることすら多くはないが、変わり者の娘の噂《うわさ》は、先方にとって不安の種とされたようだ。それ故の見合いなのだから、頼むから行儀よくしてくれと、両親から懇願《こんがん》されている。多加音はそのように語った。

「私も二十歳になりましたし、いつまでも実家《さと》の厄介《やっかい》になるわけにも参りません」

　十代で嫁ぐ娘が多いから、そろそろ行き遅れの年頃になる。それでも乗り気になれないのだろう。もっともらしい台詞《せりふ》とは裏腹に、小さな肩はしょんぼりと落ちていた。

　思わず新元会で出会ったときの、多加音を思い出した。父親にわきまえがないと叱《しか》られながらも、蘭学について語る瞳は誰よりも生き生きと輝いていた。淀《よど》みなくぽんぽんと放たれる言葉は、まるで言葉そのものが躍《おど》るような楽しさをはらんでいた。

蘭学とは無縁の世界で、あたりまえの嫁として、夫と子供、舅姑《しゅうとしゅうとめ》の世話に明け暮れるうちに、この娘がまとう智慧《ちえ》の光は、少しずつ削《そ》がれていくのだろう。

癖《くせ》になっているのか、娘の左手が、また手の甲の傷をそっとなぞった。

何故か、胸が痛んだ。このままにしてはいけないように思えて、つい詮無《せんな》いことを口にしていた。

「明日の昼前、ご用人とともに小石川の御薬園に参ります」

「……御薬園、ですか?」

「はい。佐野さまや多加音殿も、ようご存じの方をお訪ねします。よろしければ、おふたりもお誘いするつもりでおったのですが……見合いの当日では、さすがに無理ですね」

相手の名を告げると、息をふき返したように多加音の表情が変わった。

「私、参ります！」

ふたつ返事に、尚七のほうがぎょっとした。

「本当はこの前の新元会でお話ししたかったのですが、叶《かな》いませんでした。ぜひ、連れていってくださりませ」

「しかし、大事な見合いが……」

「先方とのお約束は、暮れ六つです。昼前でしたら、何の障《さわ》りもございません」

娘の両親が許してくれるだろうかと危ぶみながらも、熱心な申し出に負けて、正午の一刻《いっとき》前にあたる昼四つに、御薬園の前で待ち合わせることにした。

「娘がまた勝手を通しまして、申し訳ございませぬ。それがしがご一緒できればまだ良いのですが、あいにくと大事な御用がありまして」

翌日、御薬園前まで多加音を送ってきた佐野関蔵は、ひどく恐縮しながら娘を託した。

父親がいるならともかく、土井家の用人が女子だけを同行させてくれるだろうか——。そんな心配をしているのだろう、多加音は鷹見忠常の顔色を窺《うかが》っている。

「娘御はたしかにお預かりいたしした。日の高いうちにお帰ししますので、ご案じめさるな」

忠常のこたえに、多加音の顔が安堵《あんど》した。

学問と収集のためなら、身分も立場も一切問わず、誰とでも親しく交わる。忠常はそういう男だ。蘭学にたずさわる者たちは、概してそのような輩《やから》が多い。本一冊、情報ひとつが貴重な世界であり、何より新奇な知識を渇望《かつぼう》している。身分という古い因習を、軽々ととび越える軽快さと、横の繋《つな》がりこそを大事としていた。

父と別れ、嬉しそうにふたりに従う多加音の顔からは、昨日の憂《うれ》いは消え失せていた。

「これはこれは、ようお越しくださりました」

小石川御薬園の内に、幕府から賜った小さな家がある。

主の名は、大黒屋光太夫《だいこくやこうだゆう》といった。

名に似合いの、七福神の大黒天を思わせる福々しい姿で、客の三人を招じ入れる。

もともとは伊勢の船頭だった男だ。町人身分でありながら公儀の世話になるのには、それだけの理由があった。

「造作をかけますな、光太夫殿。先の新元会では、人が多くて慌しかった故、ぜひともじっくりと話を伺《うかが》いたいと参じました」

「こうしてお客人を迎えるのが、私にとっても何よりの慰《なぐさ》めにございます。どうぞ遠慮のう、足をお運びくださいませ」

大黒屋光太夫とは、先の新元会で初めて会った。しばし気を失っていた尚七は、挨拶を交わすのが精一杯だったが、そのあいだに忠常は親睦《しんぼく》を深めていたようだ。この男だけが語ることのできる貴重な話を、腰を据《す》えて拝聴するために、忠常は尚七をともなってここに来た。

「さて、何からお話しいたしましょうか」

座敷に落ち着き、妻女が茶をはこび終えると、光太夫はそう切り出した。

「できれば初手からお願いできまするか。『北槎聞略《ほくさぶんりやく》』や『魯西亜志《ろしあし》』など、ひととおり拝読してはおりますが、光太夫殿から直《じか》におききできれば何より有難い」

どちらも光太夫が書いたわけではなく、幕命を受けた奥医師が、光太夫から仔《し》細《さい》にききとりを行い、著した書物だった。

「私も、『北槎聞略』は読ませていただきました」

多加音が遠慮がちに申し出た。己ひとりが門外漢かと、尚七がにわかに慌てだす。

「おまえにも読ませようと思うたのだが、あいにくと人に貸しておってな」

以前にもきいた言い訳を、忠常がさらりと口にする。申し訳ないと恐縮する尚七に、光太夫はにこやかな笑みを向けた。

「かまいませぬよ。語部《かたりべ》たることが、この年寄の唯一の役目ですからな」

光太夫は三年前に還暦を迎えていたが、衰えはどこにも見えない。この壮健な心とからだがあってこそ、この男は命を拾い、いまここにこうしている。

「たしか、天明《てんめい》二年でしたな。光太夫殿が災難に遭《あ》われたのは」

忠常の言葉に、光太夫がうなずいた。

「あれほど恐ろしい目に遭ったことはございません。空は稲光で裂け、海はとぐろを巻いておりました。どんな粗相《そそう》をして、海神さまの怒りを買ったのかと、我ら十七人はただただ震えておりました」

いまから三十二年前、光太夫の乗った廻船《かいせん》は、駿河《するが》の沖で嵐に呑《の》まれた。

大黒屋とは、光太夫が雇われていた、伊勢の廻船問屋の屋号である。

主は親戚筋にあたり、光太夫は神昌丸《しんしょうまる》という船に乗っていた。

天明二年十二月、紀州藩《きしゅう》の囲米《かこいまい》を積み、神昌丸は伊勢から江戸へ向けて出航した。その途次、嵐に見舞われたのである。

「どうにか難破《なんぱ》は免《まぬか》れましたが、船は沖に流されてしまいましてな。行けども行けども陸《おか》が見えませぬ。初めて島影が見えたのは、七月《ななつき》も経ってからでした」

「そのような難儀を、七月も……」

話に引き込まれていた多加音が、小さな声で呟いた。その横で尚七は筆を動かす。光太夫に断りを入れ、話の仔細を覚えに書きつけるようにと忠常に言われていた。

「寒さの厳しさから、北だということはわかっておりましたが、まさかオロシヤ領さえ外れた東の果てに辿《たど》り着いたとは、思いもよりませんでした」

光太夫の語りは淀みない。これまでに何十、いや何百回とくり返し語ってきた故だろう。

神昌丸が漂着したのは、アリューシャン列島に属する小さな島だった。東西に長く伸びる大国、ロシアよりさらに東、太平洋のほぼ真ん中あたりで、蝦夷《えぞ》よりもはるか北に位置する。そこは極寒の島だった。

「その島は、オロシヤ領になるのですか？」と、尚七がたずねた。

「いえ、未開の地に等しく、未だにどの国にも属してはいないようです」

後世にはアメリカのアラスカ州に含まれるが、このころは土着の民がアザラシを糧《かて》にして暮らしていた。このアザラシの毛皮を求め、交易のために島に滞在していたのがロシア人だった。

四年ものあいだ、この島に足止めされることとなったが、光太夫は決して漫然と暮らしていたわけではない。四年のあいだにロシア語を習得し、ロシア人とともに島を出てロシア本土を目指したのである。

「とはいえオロシヤの広さといったら、まさに絶後に尽きましてな。それこそ行けども行けども果てがありませぬ。そこそこ大きな町に辿り着くまでに、二年もかかり申した」

光太夫一行が行き着いたのは、イルクーツクという町だった。ロシア東部としては繁華な町だが、ロシアの内ではシベリアと呼ばれる東の果てである。

「そのような遠き地へ赴《おもむ》く前に、何故、国に帰ろうとはなさらなかったのですか？」

尚七の問いには、光太夫ではなく忠常がこたえた。

「オロシヤと我が国には、国交がない。オロシヤ人も、うかつには近づけぬのだ」

忠常の言に、光太夫もうなずいた。鎖国という現実が、どれほど重く船乗りたちにのしかかったか、想像に難くない。それでも光太夫たちは諦めなかった。奇跡ともいえる手段を使い、漂流から十年という歳月をかけて、日本へ帰ってきたのである。

「たしかその町で、ラックスマンと会《お》うたのでしたな」

「さようです。あの先生がいなければ、私はいまもオロシヤで、国を思いながら泣いていたやもしれません。私どもにとっては、誰より有難い恩人です」

キリル・ラックスマンは、スウェーデン生まれの博物学者で、ロシア帝国の科学アカデミー会員でもあった。日本に興味を寄せたこの学者は、光太夫らと家族ぐるみで親しく交わり、さらに彼らの帰国を懸命に後押しした。しかし事は容易には運ばなかった。帰国を乞う嘆願書を、イルクーツクの総督府が握りつぶしていたからだ。

「先生は頑《かたく》ななまでにまじめで、また篤実《とくじつ》なお方でした。意気消沈していた私どもを、諦めてはいけないと励まして、とんでもない策を与えてくだすった」

「とんでもない策とは？」

尚七の問いに、ふたたび忠常がこたえた。

「光太夫殿はな、オロシヤ国の君主に、直《じか》に訴えたのだ」

「まことですか！」

いわば一介の水夫が、上さまに直訴するに等しい。ましてロシアは、世界で最も大きな国だ。以前、地球儀を見た折に尚七は、日本が鼠《ねずみ》に、ロシアが虎に見えた。そのロシア帝国の君主に嘆願するというのは、たしかに無謀としか言いようがない。

光太夫たちは、そのために一計を案じた。謁見《えっけん》の許可を得たラックスマンの従者として皇帝にまみえ、その折に帰国を直訴したのである。

「あの、ひとつだけ伺いたきことがあるのですが……」

それまで黙ってきいていた多加音が、口を開いた。

「オロシヤの王は、女子だと伺いましたが……」

えっ！　と尚七が仰天し、思わず多加音をふり返った。

「あの虎のごとき大国の君主が、女子だというのですか！」

こくりと、多加音がうなずいて、光太夫も笑みを深める。

「オロシヤはまごうことなく、女君主をいただいておりました。私がこの目で見たのですから、間違いはございません」

「女王《おんなおおきみ》さまとは、どのようなお方でございましたか？」と、多加音が重ねた。

「恰幅《かっぷく》のよい、堂々としたお方でした。あの広いオロシヤを、男に負けぬ手腕で長年のあいだ治《おさ》めてきた。その自負が、内からみなぎるようでした」

その女帝こそが、エカテリーナ二世である。光太夫らが帰国した四年後に亡くなっているが、実に三十四年ものあいだ皇帝として君臨した。

「オロシヤばかりでなく、南蛮の国々には女君主はたびたび現れます。中にはお飾りや中継ぎに等しい方もおるそうですが」

「かのエゲレスも、かつて強い女君主がおったと、きいたことがある」

忠常の言に、尚七がまたびっくりする。多加音がほうっと、長いため息をついた。

「海の向こうには、そのような国々があるのですね」

その声がひどく切実で、尚七の胸は妙にうずいた。

「それにしても、無事に戻ったのがたったふたりとは……いかに艱難《かんなん》な十年であったか、察せられますな」と、先を促《うなが》すように忠常が言った。

女帝に帰国の許可を得て、その翌年、長い旅の果てに一行は蝦夷地の東、根室《ねむろ》に着いた。

しかし神昌丸に乗っていた十七人のうち、根室に降り立ったのはたった三人。うちひとりは、そこで力尽きたように根室で亡くなり、江戸に辿り着いたのは光太夫ともうひとりの水夫だけであった。

「他の皆さま方は、どうなされたのですか」案じ顔で、尚七がたずねた。

「ひとりは最初の島へ着く前に船の中で、十一人は島にいた折やオロシヤ領内で亡くなりました。食べ物が口に合わず、からだをこわした者もおりましたし、何よりも寒さがこたえました……寒いというより痛いほどの、まことに厳しいものでしてな」

濡れた手拭《てぬぐい》を外でひとふりするだけで、たちまち凍って板に変わるという。聞き手の三人には想像すらつきがたい。刺すような凍土を乗り越えて、国に帰り着いたこの男には、どれほど強靭《きょうじん》な魂が宿っているのだろう――。

当の光太夫は、丸みを帯びた顔に、温厚そうな微笑を浮かべた。

「それでも、オロシヤに残った者もふたりおりましてな。文のやりとりさえかないませぬが、あの遠い異国で達者に暮らす姿を思い浮かべると、心温まる気がいたしますよ」

辛苦を越えるためには、拠所《よりどころ》が必要だったのだろう。キリスト教に帰依《きえ》したふたりは、そのままシベリアのイルクーツクに残ったという。

「本当に、お辛い旅だったのですね……」

気が強い割に、涙もろいところがあるようだ。多加音がそっと、袖口《そでぐち》で目頭を拭《ぬぐ》った。

忠常と尚七もしんみりとしてしまったが、沈んだ空気を破るように、玄関の戸が、がらりと大きな音を立てた。光太夫の妻が応じているが、遠慮のない濁声《だみごえ》が座敷にまで届く。

「何か、怒っているようにきこえますが……」と、尚七が眉《まゆ》をひそめる。

「いやいや、そうではありません。単にしゃべる折のくせでしてな。ご気性も少々あくが強うございますが、腹の内はさっぱりしたお方です」

やがて座敷に現れたのは、何ともいかつい顔をした四十男だった。

「こちらは近藤重蔵《こんどうじゆうぞう》さま、紅葉山御文庫《もみじやまごぶんこ》にて御書物奉行を務めておられます」

光太夫はにこやかに紹介したが、尚七はつい繁々とその顔をながめた。

声の大きさと相まって、気の弱い子供なら、即座に泣き出してしまうに違いない。みっしりと顎鬚《あごひげ》を生やし、鼻の下にも立派な髭《ひげ》が鎮座している。さらに濃い太い眉が、眉間《みけん》でほとんど繋がっており、まるで達磨《だるま》のようだ。いかつい風貌《ふうぼう》とは裏腹に、頭脳明晰で知られる男で、忠常は噂をきいていたようだ。

「お初にお目にかかります。ご高名はかねがね存じておりました」と、頭を下げた。

尚七と多加音もそれぞれ挨拶したが、新参の客は多加音を見るなり、怪訝《けげん》そうに繋がった眉をひそめた。

「いまとりかかっておる書物がござってな、いくつか光太夫殿に伺いたき旨があったのだが」

光太夫らが帰国した当時の仔細について、もう一度たずねたいという。

「ちょうどこちらのお三方にも、その話をしておったところです」

光太夫はにっこりしたが、書物奉行はますます顔をしかめる。

「ご政道にも関わる話だ。女子の同席は邪魔になろう」

あからさまな言いように、さすがに多加音がむっとする。とりなすように忠常が、横から口を添えた。

「多加音殿は、通詞《つうじ》をなさっていたお父上から、蘭語も習得なされている。『北槎聞略』も読まれておる故……」

「女賢《さか》しうて牛売り損《そこな》う。女子がいくら利口ぶったところで、大局は見通せぬ。結局は己の首を絞めるだけであろう」

忠常と光太夫の手前、この娘にしては堪《こら》えていたのだろうが、ぶっつりと堪忍袋の緒が切れた音が、尚七の耳にははっきりときこえた。

「わかりました。そうまで申されるなら、私はご遠慮いたします。私とて、見かけ倒しで了見の狭い殿方との同席は、ご免こうむりまする」

近藤重蔵の髭面が、膨《ふく》れ上がるようにたちまち真っ赤になった。その雷が落ちるより早く、忠常が尚七を促した。

「尚七、多加音殿を千駄木までお送りしなさい」

はい、と応じ、多加音をかばうようにして座敷を立った。

小石川御薬園から千駄木までは、たいした道のりではない。御林《おはやし》と呼ばれる千駄木の森が見えるまで、多加音はずっと無言だった。御林を過ぎれば、千駄木町はすぐそこだ。尚七は思いきって声をかけた。

「嫌な思いをさせて、申し訳ござらん。せっかくの目出度《めでた》き日に、障りがなければよいのですが」

早足で歩いていた多加音が足を止め、不思議そうに尚七を見上げる。その口許が、ふっと微笑した。

「おかしな方ですね。小石川への同行を乞うたのは私です。尚七さまがあやまることなぞ、何もございません」

「しかし……」

「私の方こそ、お詫びをしなければ……あのような物言いをして、尚七さまばかりか、ご用人さまのお立場を悪くしてしまいました」

「面目を潰《つぶ》されるのは、私の始末で慣れておりましょう。ほれ、先だっての新元会のように」

血を見て目をまわした尚七を思い出したのか、多加音の表情がほころんだ。肩の力を抜くように、ふうっとため息を吐《つ》く。

「先ほど御書物奉行さまに腹を立てたのは、本当のことを言われたからです」

「本当のこと、とは?」

「女子がいくら学問をしても、己の首を絞めるだけだと……私はとどのつまり、賢くはないのでしょう」

「そのようなことは、ございますまい。現に蘭学については、私以上に……」

多加音は、ゆるゆると首を横にふった。

「本当に賢いのは、頭でものを考えぬ女子です」

わかってはいても、自分には難しいと、声を落とした。

「異国を、外を、知れば知るほど、己のいる場所の狭さが見えてくるだけです。いつから女子は、こうも不自由になったのかと……詮無いことだとわかっていても、ついそのように考えてしまいます」

戦国の世までは、女武者や女領主がいたと、尚七もきいたことがある。女が表舞台に立たなくなったのは、徳川の御世になってからだ。もっとも権勢を誇《ほこ》る御殿女中さえ、大奥という狭い囲いに閉じ込められている。

ただ、不自由は決して女子ばかりではない。身分の上下を問わず、しがらみはついてまわるものだ。各々の囲いの中で、誰もがあがきながら生きている。それがあたりまえだと思ってきた。

そのあたりまえを、多加音はおかしいと感じている。尚七の目には、その姿がひどく新鮮に映った。しかし変わり種が生き辛いのもまた、世の常だ。

「父母にも心配をかけるばかりで、他所《よそ》さまからはうろんな目で見られます。何も考えぬよう生まれついていれば、どんなに楽だったかと、何べん思ったかしれません」

——おまえはいつも、考えてばかりいるのだな。

若いころ、幼馴染《おさなな じ》みに言われたことばが、ふいに耳の中をよぎった。

——考えたところで、何も変わらぬ。なのにおまえは、考えることをやめようとしない。

この娘も、同じなのか——。多加音の葛藤《かっとう》を、哀しさを、いま初めて尚七は肌で感じた。

「ひとつ、伺いたいことがあるのですが」

「何でしょう？」

「多加音殿が蘭語をはじめられたのは、お父上がいたからでしょうが、もしや他に、何かわけがあるのではありませんか？」

　強い思いには、それなりの裏打《うらうち》がある。ちょうど己が手水鉢《ちょうずばち》に落ちた六花《りっか》を目にしたときのように、多加音を蘭語に引きつけた何かがあるのではないか――。

「尚七さまの、仰《おっしゃ》るとおりです」と、多加音はこたえた。

　多加音が蘭語を学びはじめたのは八歳のときで、ある出来事がきっかけだった。

「私、長崎で、異人さんに会ったことが一度だけあるのです」


　夕暮れどき、友達と遊んだ帰り道のことだった。

　江戸町という名の町にさしかかり、多加音はふと立ち止まった。江戸町の中ほどに、橋がかかっている。その向こうが出島だった。毎日のように父が通っている場所だ。役目が終わる時分だから、もしかしたら父が出てくるかもしれない。そう思い、橋が見通せる商家の軒先にしばし佇《たたず》んでいた。

　やがて日はとっぷりと暮れ、諦めかけたころ、出島の門から三挺《ちょう》の立派な駕籠《かご》を従えた一団が出てきた。真ん中の駕籠脇に父の姿を見つけたが、声をかけることははばかられた。公務に従事する父の顔は、家とはまるで違っていたし、駕籠のまわりは十数人の侍やら六尺《ろくしゃく》やらで固められていた。駕籠の客は、三人のオランダ人だと後で知った。

出島以外に、異人の出入りが許された場所がある。長崎きっての花街、丸山《まるやま》であった。一方で出島にも、丸山の遊女だけは出入りできる。三挺の駕籠は丸山へ向かっており、父もそれに随行していたのだが、むろん多加音は何も知らない。ただ、こんな遅くに父はどこへいくのだろうと、自《おの》ずと足は行列を追っていた。

商家のならぶ町中を抜け、人気のない場所に出たときだった。いちばん後ろの駕籠から、物音がした。暑い盛《さか》りだったから駕籠の中が蒸《む》し、客は風を入れようとしたのだろう。戸がわずかにあいて、その隙間から何かが落ちた。あたりは暗いが、駕籠は提灯《ちょうちん》に照らされている。多加音にははっきりと見えたが、おつきの者たちは気づかず通り過ぎる。

行列が過ぎた後、走って拾いあげてみると、それは額に入れられた一枚の絵だった。半紙の半分ほどだから、そう大きくはない。多加音はつい、声をあげていた。

「あの、落し物です！」

しんがりについていた六尺が気がついて、じろりとふり向いた。

「こら、子供が何をしておる。ついてきてはいかんぞ」

「これ、さっき駕籠から落ちました。駕籠のお客さんのものだと思います」

追い払おうとする六尺に、多加音は必死で食い下がった。騒ぎが届いたらしく駕籠の一団が止まり、ようすを見にきた父が娘の姿にぎょっとなった。

「多加音ではないか！　こんなところで何をしておる」

「出島の前から父上を追って……駕籠から、これが落ちて……」

叱りつけんばかりだった父が、その絵を見てはっとした。

「これは……」

そのとき三挺目の駕籠から、慌てたように人がまろび出てきた。落とした当人が気づいたようだ。父の後ろに立ったその姿に、多加音は息を呑んだ。

金の髪に青い目。見上げるような大男だ。提灯の灯りのせいか、まるでお伽《とぎ》噺《ばなし》に出てくる鬼のようで、多加音は泣き出しそうになるのを必死でこらえた。

しかし父とのあいだで蘭語のやりとりが交わされ、その絵を渡されると、鬼のように見えた異人は、まるでかしずくように多加音の前に膝をついた。絵を見せながら、懸命に多加音に向かって話しかける。父がその言葉を訳してくれた。

「おまえに礼を言っておる。その絵はこの方にとって、何よりも大事なものだそうだ」

「大事な、もの……」

さし向けられた提灯で、絵の仔細が初めて見えた。西洋の長い衣を着て微笑む女性と、その傍《かたわ》らに立つ男。そしてふたりの子供が描かれていた。

「遠い異国に残してきた、この方の奥方と娘御だ。肌身離さず持ち歩いておられる」

それは家族の肖像だった。その瞬間、目の前の鬼が人に変わった。多加音の両手を握りしめ、伝わらぬ言葉を未だに懸命に紡《つむ》いでいる。

「国や姿は違えど、身内を思う気持ちは同じです。小さかった私にも、それがはっきりと伝わりました」

当時を回想する多加音の口許には、あたたかな微笑が浮いていた。

やがて行列は、また何事もなかったように丸山へ向かい、多加音は六尺のひとりに送られて家路についたが、それ以降、これは蘭語で何というのかと、いちいち父にたずねるようになった。

「国は違えど、思いは同じですか」

尚七は、感慨深いため息をついた。大黒屋光太夫もまた大勢の異人と会い、心を通わした。光太夫らの望郷の念を察したからこそ、博物学者やその家族は、帰国のために力を尽くしてくれたのだろう。

異国の者からくみとった温かな気持ちが、この娘を蘭学へとかき立て、またそれ故に、多加音は苦しんでもいる。尚七の胸が、にわかに締めつけられた。

近くの寺だろう、刻の鐘が大きく響き、気づいたように多加音は顔を上げた。

「家はもうすぐそこですから、ここでお暇《いとま》いたします。尚七さまは、どうぞお戻りください」

「あの、多加音殿……」

背を向けた姿を呼び止めた。けれど目が合ったとたん、急に喉《のど》が詰まった。

「……今宵《こよい》の席が、うまくはこぶよう祈っておりまする」

多加音の黒い目が、ひたと尚七に注がれて、ゆっくりとまぶたが落ちた。

何も言わず、かるく会釈して去っていく。

ふたりの背後の御林が、風に吹かれて大きく鳴った。

心にもない、己の気持ちとはまったく反対のことを、口走ってしまった。

重い後悔とともに御薬園に戻ると、光太夫宅では激論が交わされていた。

「あれはかえすがえすも、まずいやりようだった！」

最前の失言を咎《とが》められたようで、尚七はどきりとしたが、話の主題はまったく違った。

「国交を結ぶのが難しくとも、一国の命を受けた公の使節だ。せめて最大の礼を尽くすのが、国としての大義であろう。それをこともあろうに半年ものあいだ出島に留め置き、病を治すために異人を上陸させた折も、まるで囚人のごとく扱った。あげくに国交も拒んで追い返すとは、オロシヤが怒るのもあたりまえだ」

達磨顔の男が唾をとばしながら論じているのは、レザノフが来航した一件だった。尚七が座すと、光太夫が教えてくれた。

「私どもを送り届けてくれたラックスマンが、いわばオロシヤからの最初の遣日使でございましてな。レザノフは、二度目の遣日使にあたります」

光太夫ら三人と日本まで同行してくれたのは、博物学者の息子であるアダム・ラックスマンだった。同時にラックスマンは、蝦夷地での貿易を求める信書をたずさえていた。

時の老中松平定信《まつだいらさだのぶ》は、彼らを江戸に迎えることはせず、蝦夷での貿易も認めなかった。

「正直なところ、あのころは私も心が痛みました。命の恩人を、追い返すような形になってしまった……あの一家に、申し訳なくてなりませんでした」

そのかわり松平定信は、いわば折衷《せっちゅう》案ともいえる策を講じた。蝦夷ではなく長崎なら、貿易に応じる構えがあるとこたえたのである。当時としては穏当《おんとう》と言える対処だが、ロシア側にとっては不本意な結果であった。

光太夫には、それだけが気がかりなようだ。悲しそうに、丸いからだをすぼませた。

そして十一年後、ロシア船はその約束を履行《りこう》すべく、長崎に入港した。そのときの遣日使が、レザノフである。

十一年もの年月があいたのは、日本の頑なな態度に立腹したとも、あるいは女帝が崩御して、それどころではなかったのだろうとも言われる。どちらにせよレザノフは、十一年前の約定を申し立て、長崎開港を迫った。だが近藤重蔵が述べたとおり、幕府はこれをもっともまずい方法で追い返した。

「あれが後々に禍根《かこん》を残し、樺太《からふと》や東蝦夷の島々が、オロシヤ船に襲われる始末を招いたのだ」

東蝦夷の島々とは、択捉島《えとろふ》をはじめとする千島《ちしま》列島のことだ。二度にわたるロシア船の北方襲撃は、幕府にとってはまさに驚天動地の出来事だった。

「それなら私も、覚えておりまする。たしか七、八年前の話でしたな」

異国の襲撃は、かなり大げさな尾ひれをともなって国中にもたらされたから、尚七も知っていた。

「ですが、そのような経緯があったとは、存じませんでした」

じろりと、達磨の目がこちらをにらむ。

「呑気な奴だな。かような始末を招いたのは、お主《ぬし》が仕える殿さまなのだぞ」

え、と思わず、忠常をふり返っていた。その怜悧《れいり》な顔が、妙にこわばって見える。

「我が殿が、どのように関わっているのですか」

尚七の問いには忠常ではなく、近藤重蔵が返した。

「レザノフへの処し方を命じたのは、他ならぬ土井利厚公だ」

利厚は十年以上前から老中職にある。月番の老中は、蝦夷地御用と呼ばれる北方の海防も任されており、レザノフについてもその責めを負っていた。

「しかもその言い草がふるっておる。『無礼を通して追い返さば、相手は腹を立て、二度と通商を求めては来ぬだろう』と、そう申したそうな。オロシヤの国力も軍備もわきまえず、まさに愚の骨頂とはこのことだ。子供の喧嘩《けんか》よりなおひどい、とても一国を預かる者の言葉とは思えぬわ」

「重蔵殿、もうそのくらいに致しませぬか」

光太夫がやんわりと止め、気の毒そうに忠常を見やる。

色の白い忠常の顔が、はっきりとわかるほどに青ざめていた。


「ご用人、ご気分がすぐれぬのなら、どこぞでひと休みいたしませぬか」

御薬園を出てしばらく行くと、尚七はそう声をかけた。

光太夫のとりなしで、さすがに言い過ぎたと遅まきながら気づいたようだ。書物奉行も口を閉じ、おかげで事なきを得たが、忠常の顔は最後までこわばり、青ざめたままだった。

前を行く忠常は、背中を向けたまま、いや、と短く返した。

「近藤重蔵殿の申されたことは、正論だ。あの折の殿のなさりようは短慮に過ぎると、方々からきいておる」

「ご用人……」

「ただ、いずれも陰口のたぐいでな。ああも面と向かって告げられたのは初めてであったから、柄にもなくうろたえてしまった。まだまだ修行が足りぬな」

生垣《いけがき》に、盛りのツツジがいっぱいに咲き誇っている。忠常は赤紫の花をながめながら、意外なことを口にした。

「わしが本気で蘭学を志したのは、まさにレザノフの一件があったからだ」

あ、と尚七は、御用部屋の膨大な書物や資料を思い出した。収集をはじめるきっかけとなったのが、長崎に来航したロシア船だったのだ。

「殿の手足となっているこのわしが、もっと異国の模様に通じておれば、あのような仕儀には至らなかったかもしれぬ……そう思うと悔《く》やまれてならなくてな」

当時、忠常は二十歳。すでに利厚の側仕《そばづか》えはしていたが、政治にも外交にもまだまだ疎《うと》かった。それでも利厚への非難を耳にするたびに、忠常は己を責めた。

「二度と殿に、人のそしりを受けるような真似《まね》をさせとうはない。そのためにはまず何よりも、異国をつぶさに知らねばならぬ」

「それ故の、蘭学でございましたか」

表には出さず、一切を呑み込み淡々としている。そんなこの男にも、多加音と同様、蘭学に向かうための理由があった。それまでのあたりまえを覆《くつがえ》すような、底から気持ちを揺さぶられるような、大きな思いがあったのだ。

「ただな、尚七、正論だけではご政道は通らぬ」

いましがたまでどこか頼りなく見えた背中が、きっぱりと伸びていた。

「近藤重蔵殿は、稀《まれ》に見る才人だ。誰よりも北方に熟知して、また先を見抜く目を持っている。幕府の中でも、あれほどの御仁はなかなかいない」

幼児のころから神童と呼ばれ、わずか十七で私塾を開いたときいて、その学才にあらためて尚七がびっくりする。

「それでも政《まつりごと》の腕は、光太夫殿の方が上だ」

「光太夫殿が……？」

「あの御仁が帰国を果たしたのは、それ故だ」

町人身分の上に、大黒天に似たふくよかな姿と政治とが、尚七の中ではどうにも結びつかない。

「たしかに尽力してくれたのは、学者をはじめとするオロシヤ人だ。だが、それを味方につけたのは光太夫殿だ」

あらゆる苦難をたえ忍び、相手に誠を尽くし信を得る。そうして、たったひとつの望みをかなえた。ご政道を預かる者の鑑《かがみ》だと、忠常はその手腕を高く評価した。

「たかが異国の一町人を、遠路わざわざ送り届ける。オロシヤの女君主が、何故そのような面倒を承知したと思う？」

「それは……光太夫殿らの身の上を哀れに思うてのことでは……」

「甘いな、尚七。何の利もなく、オロシヤという大国が動くわけはなかろう」

言われてようやく思い当たった。

「国交を結び、貿易を行うためということですか」

「さよう。これを最初に進言したのは、光太夫殿の方ではないかと、わしは思うておる」

まさか、と尚七が驚いた。一介の船方に過ぎぬ男が、自ら国交の策を打ち出したとは到底信じられず、またそんな事実も表には出ていない。それでも忠常には確信があるようだ。

「相手と己の双方に、利をもうける。むしろ商人が得意とするやり方だ。いわば交易という逸品をちらつかせ、女君主を動かしたのだ」

水夫とはいえ、光太夫は廻船問屋の商いに通じていた。このようなかけ引きは、博物学者よりも、たしかに商人の方が長《た》けている。

「たずねたところで、決して認めはせぬだろうが……今日あのご老人に会い、確信した。不自由を嘆くことなく、恬淡《てんたん》と暮らされている。それが証《あか》しのように、わしには思えた」

ある意味、多加音より狭い囲いに籠められているのかもしれない。

異国を知った光太夫を、幕府は野放しにはしてくれなかった。故郷の伊勢には一度だけ帰郷を許されたが、半ば小石川御薬園に軟禁されているに等しい。それでも光太夫は、文句ひとつこぼさなかった。国許から縁者も訪ねてくるし、妻を娶《めと》ることもできた。この前の新元会のように、たまには外出もできると、客の前で朗《ほが》らかに語った。

「己の意を、すべて通すことなどできはしないと、光太夫殿はよく承知しておられる。十のうちの一を通すために、気の遠くなるような根回しが要る。政とは、そういうものだ」

「近藤重蔵さまは、その対極にあると？」

「そうだな……あの方は、才が勝ち過ぎておるのだろう。とかく周りとの悶着《もんちゃく》が多いとの噂はきいていた。あれではせっかくの才を生かせぬばかりか、いずれは身を滅ぼしかねん」

浮かんだのは、達磨に似た書物奉行ではなく、御林前で別れた娘の顔だった。

あの娘は、大丈夫だろうか――。

そう案じながら、尚七は用人の背中を追った。


「尚七、きいておるか？」

その声に、我に返った。若殿の利位が、怪訝な顔でこちらを覗《のぞ》き込んでいる。

「おまえが蘭鏡《らんきょう》の話に乗ってこんとは、よほどのことだ。腹でもこわしたか？」

「申し訳ございません。つい、昨日のことを思い返しておりまして」

「昨日というと……おお、大黒屋光太夫に会うたのであったな。わしも話をききたいと思うておった。ちょうどよい、きかせてくれぬか」

昨夜の見合いはどうなったのだろう。頭にあったのはそのことだ。急いで娘の顔を追い払い、福々しい大黒顔を頭の隅から無理やり引っ張り出した。

「……というわけで、話はレザノフ来航にも及びまして」

話の流れからその顚末《てんまつ》に至ると、利位が、にわかに顔を曇らせた。

「あれは、温厚な父上らしからぬ仕儀だと、わしも思うておる」

「若殿も、経緯をご存じでございましたか」

「かばうわけではないが、あれは父上ひとりの存念ではないように思う」

居丈高《いたけだか》な態度は、ロシアの武力を侮っていたからだ。当時の幕閣の誰もが、自国の軍備を過信していた。月番老中として海防役を務めていた利厚がその矢面《やおもて》に立ったが、何事も合議で決まる幕府の内では、ひとりの考えを通すことは難しいと、利位はそのように語った。

「それでもご用人は、己を責めておられました。蘭学を志したのも、それ故だと……」

「十左は、政のためだけに蘭学をはじめたという、変わり種だからな」

「政のためだけの、蘭学……」

ひどく耳慣れない言葉のように、尚七にはきこえた。

「誰でもはじめは、異国のめずらしさや新奇な知恵に興《きょう》がわく。だが、十左は違う。父上のため、土井家のため、ひいては幕府や国のためだけに、ああも必死で蘭学に向かう。地図のたぐいにことさら執心するのも、そのためよ」

地図や地誌は、軍備や海防に欠かせぬものだ。忠常があれほどこだわるのもうなずける。

「国のためなどと、私は考えたこともありませなんだ。ただ識《し》りたいと、それだけで……」

「そうしょげるな、尚七。わしもおまえと同じよ。雪の形など、政には何の関わりもないからな。それでも地図よりは、よほど面白い……と、これは十左には内緒だぞ」

もっともらしく声をひそめ、尚七の笑みをさそう。若い主の朗らかな気性は、いつでも尚七の気持ちをほぐしてくれた。


その日の午後、尚七は忠常の使いで、風呂敷包みを手に上屋敷を出た。

向かった先は、紅葉山文庫である。しかし目当ての書物奉行はおらず、尚七は重い包みを手に、奉行の屋敷へと足を向けた。

「今日は出仕を控えられていると伺いましたが……お加減が悪いのであれば、どうぞご無理をなさらずに」

通された座敷は、忠常の御用部屋とまるで同じだった。隙間なく書物が山積され、用人の部屋よりもさらに雑然として見える。やがて主が出てきたが、その姿に尚七は仰天した。達磨のようなぎょろりとした目は、真っ赤に血走っていて、その下には大きな隈《くま》が浮いている。しかし近藤は、あっさりと告げた。

「病なぞではないわ。ひと晩中、書物を写しておったからな、目が疲れておるだけよ。いつものことだから、案ずるには及ばん」

「では、出仕なさらぬのは」

「二、三日出仕を控えよと、上からの命でな。なに、これもいつものことよ」

紅葉山文庫には、将軍家のために多くの書物が蔵されている。近藤はたびたびこれを拝借し、家にもち帰り写本していた。

「はじめはいちいち許しをもらっていたのだが、そのうちあまりに数が多いと、他の書物奉行から文句が出てな。面倒になったので無断で借り受けた」

「つまりは、お咎めを受けたというわけですか」

きいている尚七の方がはらはらしたが、近藤はまったく頓着《とんちゃく》していない。

「蔵の肥やしにしておくよりも、国のためご公儀のために使うのが、道理であろう」

おや、と尚七は気がついた。先刻も利位から、同じ台詞をきいた。

奇《く》しくも近藤は、鷹見忠常と同じ変わり種だった。

若いころから外交に関心を寄せ、これまで放置されていた北方に力を注ぐべしと上申し、蝦夷や千島の調査団に五回も加わっている。いわば専門家といえるが、たびたびの意見がうるさかったのだろう、幕府は近藤を書物奉行においた。書物奉行は、これより先の出世は望めない。年寄が配されるような役目だが、それでもこの男は腐ることはなかった。

「して、今日は何用か？」

「ご用人より、こちらをお預かりしてまいりました」

風呂敷包みの中身は、五、六冊の書物だった。

「昨日、お貸しする約束をなさったと伺いましたが」

尚七が席を立っていた折に、貸し借りの約束を交わしたようだが、あのような顚末に至ったために、近藤も諦めていたようだ。書物をあらためて、近藤がにやりと笑った。

「見かけによらずあの者は、腹が太いようだの」

「お奉行さまの書かれた地誌は、何より確かだと、ご用人は褒《ほ》めておられました」

　さようか、といかつい顔が笑う。子供のように、屈託《くったく》のない笑顔だった。

　握り飯を片手に、寝ずに書物を写し、ひと晩で七冊の写本を仕上げたこともあるという。写本はあくまで下準備に過ぎず、近藤はそれをもとに恐ろしい数の著作を仕上げた。その数は生涯で実に千五百巻に達する。まさに不眠不休で、国のためによかれと思うことに邁進《まいしん》した。

　近藤重蔵とは、そういう男であった。

「では、わしからも礼をせんとな……これとこれ、これもよいか。みなまとめて持ってゆけ」

　大量の書物や写しを尚七に託し、最後に近藤は、ひとつの冊子を手渡した。

「これはあの娘御にもっていけ」

「多加音殿に、でございますか？」

　表紙には、『漂民御覧之記《ひょうみんごらんのき》』と書いてある。大黒屋光太夫は、帰国後将軍家斉に謁見した。その問答が記された、いわば市中には出回ることのない書物だという。

「むろん写しだが、無闇に外に出さぬよう伝えてくれ」

「そのようなものを、よろしいのですか？」

「昨日はあのように申したが……外を知ろうともせぬまま、安穏《あんのん》としておる者は幕閣にもいくらでもおる。そのような輩《やから》にくらべたら、賢しい女子の方がよほどましかと思えてな」

多加音がどんなに喜ぶことか――。

もとの三倍ほどにもふくらんだ風呂敷をものともせずに、尚七は軽々と腰を上げた。

忠常と近藤のつきあいは、この先も長く続いたが、近藤はやがて書物奉行の役目からも外される。日頃からの横柄なふるまい故というのが表向きの理由だが、本当は近藤が著述した『外蕃通書《がいばんつうしょ》』が不興《ふきょう》を買ったためである。幕府開闢《かいびゃく》以来の外交の仔細を詳《つまび》らかにした大著であったが、忠常が憂えたとおり、近藤は正論を言い過ぎた。幕府にとって不都合なことも、書かれていたのである。

江戸の片田舎《かたいなか》に閉居を命ぜられ、晩年はさらなる不運に見舞われる。長男の富《とみ》蔵《ぞう》が百姓一家を殺《あや》め、八丈《はちじょう》に島送りになったのである。連座で罰を受けた重蔵は、近江《おうみ》に預けとなり三年後に亡くなった。

ただ近藤富蔵は、父から短気な気性とともに、長所も授かっていた。流人《るにん》島のようすをつぶさにしたため、後に『八丈実記《はちじょうじっき》』を残した。

むろん尚七は、そのような先行きなど夢にも思わず、千駄木への道を急いだ。


「まあ、そのような大事な書物を私に？」

思ったとおり、多加音は近藤の好意を、大喜びで受けとった。

「ありがとう存じます。読み終えましたら、お礼をかねて御書物奉行さまにお返しいたします」

冊子を胸に抱きしめる姿には、何の屈託もない。尚七は、おそるおそる切り出した。

「そのようすですと、昨夜の見合いがうまくはこびましたか……祝言《しゅうげん》は、いつなのですか？」

え、と娘が、尚七を仰《あお》ぐ。それからいたずらっ子のように、小さく舌を出した。

「私、また、やってしまいましたの」

「また、とは何を？」

「お決まりの女子の心得とやらを、お仲人の方がわざとらしく長々と申されたものですから、つい言ってしまいましたの。異国では、女君主が立つことをご存じですか、と」

「まことですか！」

「ええ。お仲人さまも、お相手やお身内の方々も、目を白黒させておりました」

多加音がおかしそうに、思い出し笑いをする。笑い事ではすまぬだろうと尚七はあきれたが、どうやら考えなしにそんな真似をしたわけではなさそうだ。

「先さまは佐野家より、家格の高いお家柄です。こちらからお断りはできませなんだ故」

「断る口実を、与えたということですか」

「さようです。私、ひとり身を通すことにいたしましたから」

「……嫁には行かぬと、いうことですか？」

「子供に手習いを教えるなぞすれば、私ひとりの口は養《やしな》っていけましょう。私のような女子を望まぬ家に嫁ぐよりは、よほど私らしいと思えます」

すでに腹を据えたのだろう、多加音の顔は清々《すがすが》しいほど潔《いさぎよ》く見えた。

「それは、弱りましたな……」

「尚七さまに、ご面倒をかけるつもりなぞございませんよ」

「いえ、そうではなくて……もしも間に合《お》うたら、告げようと思うていたのですが」

「何をでしょう？」

不思議そうな顔が向けられる。尚七は目を逸《そ》らし、ぼそぼそと言った。

「……私と、一緒になってくれませんか、と」

返事はなく、御林からきこえるヒヨドリのさえずりが、やけに大きく響いた。

そろっと窺うと、多加音は耳まで真っ赤になっていた。

小さな返事とともに、ほおずきの実のような顔が、こくりとひとつうなずいた。

第四話　はぐれかすがい

空から白いかたまりが盛《さか》んに落ちてきて、頬《ほお》や額《ひたい》を容赦《ようしゃ》なくたたく。

やけに大きなぼたん雪だ。

これなら容易にとけはしまい。尚七は大喜びで両手を広げたが、雪は何故か顔にばかり降ってくる。

「父上、父上」

「起きてください、父上」

幼い男女の声が、両の耳から吹き込まれる。布団の上からからだを揺さぶられ、ぺちぺちと顔をたたかれる。夢の中で雪だと思っていたものは、子供たちの手だったようだ。それでも眠気に呑《の》み込まれるようで、どうしても目が開かない。

「早《はよ》うしないと、雪がやんでしまいます！」

娘の声で、ようやく目が覚めた。

「雪……雪が降っておるのか？」

「はい、この前よりたくさん！」

息子の声が嬉《うれ》しそうにこたえ、開け放たれた障子《しょうじ》の向こうに、夢の続きのような景色があった。

「これはいかん！　すぐに上屋敷に向かわねば」

あわてて布団をはねのけたところへ、妻の多加音が顔を出した。

「やっとお目覚めになられましたか。早うお仕度を……」

「雪が降っておるなら、もっと早うに起こさぬか」

まあ、と呆《あき》れたようにまなじりをつり上げた。並みの妻女なら、あやまって事を収めるだろうが、多加音は自ら望んで蘭語を習得したような女だ。気持ちの強さは生まれつきで、黙って引き下がるような真似《まね》はしない。

「二度もお起こしいたしました！　あなたさまもわかったと、おこたえなさったではありませんか」

「寝言であろう、覚えておらぬわ」

「私も寝言の責めまでは、負いかねます」

朝っぱらから、たちまちこの有様だ。犬猫のような他愛のない応酬《おうしゆう》が続いたが、

「父上、母上、もうやめて。仲ようしてくれないと、悲しくなります」

八歳の蔵太《くらた》は、両親を諫《いさ》めながら大粒の涙を浮かべる。

「兄さま、男子たるもの、些細《ささい》なことで泣くものではありません」

蔵太は気がやさしいが、すぐにべそをかく。くらべて七歳の妹、佐枝《さえ》は、母親に似たのだろう、気性の強いしっかり者だ。からだも兄よりひとまわり大きく、実を言えばこのふたりは双子である。双子は畜生腹《ちくしようばら》と、ことに武家では疎《うと》まれるが、ふたりも子を授かったのはめでたいと、尚七と多加音は喜んだ。ただ、主家や実家には体面がある。娘の出生届を一年遅らせて、年子の兄妹とした。

箕輪の義父も、ふたりをたいそう可愛がってくれるが、

「どうも腹の中で、男女をとり違えてしまったようだの」と、たまにこぼすことがあった。

「子供のころは、女子《おなご》の方が育ちもよく口も達者です。そのうち蔵太も佐枝に追いつきましょう」

大らかに見ている義兄も、いまではふたりの子持ちである。結婚を機に、尚七

は養家を出て御長屋へ移ったが、同じ中屋敷の内だから親しく行き来をしていた。

下町の町人夫婦のように派手な言い合いをするのも、その都度長男がべそをかいて止めに入るのも、いつものことだ。

子は縁繋ぎとは、よく言ったものだ。

蔵太の涙を見せられるたびに、そのことわざが胸に浮かぶ。

さらにとなりの部屋から、違う泣き声が重なった。三歳になる娘が、目を覚ましたようだ。あらあらと、多加音が腰を浮かせた。

「いかん、ぐずぐずしてはおれなかった。雪がやんでは一大事だ」

「おまえさま、朝餉《あさげ》を食べる暇はございませんのでしょ。握り飯を拵《こしら》えてありますから」

雪が降るたびにこの調子だから、多加音も心得たものだ。尚七は急いで身仕度を整《ととの》えて、握り飯の包みを手に、あたふたと長屋の玄関をとび出した。

「父上、いってらっしゃいませ。雪のお勤めつつがのう」佐枝は大人びた挨拶《あいさつ》で送り出し、

「六花《りっか》の絵を、たくさん描いてきてくださいね」蔵太は赤い目のまま、無邪気に

手をふる。

夫のどんな話にも、多加音は熱心に耳をかたむけ理解してくれる。尚七には、それが何より有難かった。傍できいている子供たちも、だからこそ父の役目をよく承知しているのだ。

「すべりますから、足許《あしもと》にお気をつけくださいましね」

背中から妻の声がしたとたん、片足を雪にとられた。どうにかころばずに済んだが、この歳になっても我ながら危なっかしいと息をつく。

一緒になって、ちょうど十年が経つ。早いものだと、過ぎた年月をふり返る。

文政《ぶんせい》七年。尚七は、三十八歳になっていた。

決して強い降りではなく、心なしか空も明るい。昼前にはやみそうだとふんで、尚七は呉服橋御門《ごふくばしごもん》の方角へ足を急がせた。

古河藩土井家の上屋敷は、二年前、大名小路から呉服橋御門内へ移された。とはいえ同じ御曲輪《おくるわ》内の、目と鼻の先と言っていい場所だ。通いなれた道であり、まもなく呉服橋御門が見えてきたが、門の手前で呼び止められた。

「おはようございます、尚七殿」

「お役目、ご苦労さまにございます」

ふたりの若者は、土井家の家臣ではない。けれど尚七には、馴染《なじ》みの顔だった。

「華山《かざん》殿と、榕《よう》殿ではござらんか」

画家の渡辺《わたなべ》華山と、医者の宇田川榕庵《うだがわようあん》である。

ともに蘭学好きで、華山は三十二、榕庵は二十七とまだ若い。尚七には弟のように思われて、このところ親しくつき合っていた。

「かように朝早くから、おめずらしい。ご用人に火急の用向きでもおありですか？」

土井家で用人を務める鷹見忠常の名を、尚七は出した。ふたりは蘭学に詳しい忠常を、師のように仰《あお》いでいる。たまたま同じ日に忠常を訪ね、互いに知己を得た間柄であった。

「ただ、今日は殿のご登城日にあたりますゆえ、ご用人も同行されましょう。あまり暇はとれぬかもしれません」

土井家の当主は、二年前に代替わりしていた。利厚が六十四歳でこの世を去り、利位が古河領を襲封《しゅうほう》した。忠常の表向きの肩書は用人だが、家老相談も担《にな》っており、つまりは家老と同じ格になる。利位が藩主の座についてからは、いっそう忙しくなった。

しかし尚七が懸念を伝えると、とたんにふたりは笑い出した。

「お忘れですか、尚七殿。次に雪が降った折、雪華の験視《けみ》を拝見させていただくと、お約束していたはずですが」

「ああ、そういえば。すっかり失念しておりました」

申し訳ないと頭をかいて、ふたりを上屋敷の内に案内した。

雪の観察には、顕微鏡《けんびきょう》が欠かせない。これが利位のもとにあるために、この上屋敷でしか作業が行えないのである。もっとも藩主となった上に、幕府奏者番《そうじゃばん》も拝命した利位は、おいそれと暇がとれず、最近は御学問《おがくもん》相手の尚七に任せきりとなっていた。

「蘭鏡《らんきょう》はこちらです。どうぞ、お入りください」

上屋敷の中奥の一角に、ふたりを招いた。

「おお、これが蘭鏡というものですか。見事な細工にございますな」

歓声をあげたのは、渡辺華山だ。三河国田原《たはら》藩の家臣で、絵師としてすでに名が知られている。華山は雅号で、崋山と改めたのは数年後のことになる。初めて目にする顕微鏡を、いかにもめずらしそうに熱心にながめた。

「当家にあるものと少し違いますが、理《ことわり》は同じようですね」

一方の宇田川榕庵は、蘭医をしているだけあって顕微鏡も見馴れているようだ。

大垣《おおがき》藩医の子として生まれたが、その才を乞《こ》われ、長子であるにもかかわらず十四歳で宇田川家に養子に入った。宇田川家は、美作《みまさか》国津山《つやま》藩で代々藩医を務め、蘭方医の名門として名高い。養父の宇田川玄真《げんしん》は、大槻玄沢が主宰する芝蘭堂で、四天王筆頭とまで称される人物で、息子の榕庵が、忠常や尚七と知り合ったのもやはり芝蘭堂だった。

尚七はふたりに手伝ってもらい、庭に大きな傘を立て、その下に毛氈《もうせん》を敷いた。さらに卓を置き、顕微鏡を据《す》える。それから黒漆《くろうるし》塗りの小さな皿をとり出した。

「この小皿で雪を受け、欠片《かけら》をほぐして蘭鏡で覗《のぞ》きます。蘭書には、冷やした黒い繻子《しゅす》を広げて雪を受けようとありましたが、うまくいきませんでした」

板ガラスなどない時代である。蘭鏡には、薄い雲母《うんも》をはめた象牙の板がついていた。雲母の上に対象物を載せ、下から光を当て、上から覗く仕組みである。しかし糯子から象牙の板に移すだけで雪はとけてしまい、また雲母が背景では白い雪はひどく見づらい。利位や忠常とともに、あれこれと試行錯誤の挙句、黒漆の小皿に行きついた。榕庵がしきりに感心する。

「なるほど、これなら雪を受け、そのまま蘭鏡に据えることができますな」

「ただ、雪の欠片をほぐすのが、ひと苦労でござってな」と、尚七は苦笑した。

江戸に降る雪は、ぼたん雪だ。そのままでは、顕微鏡でも形が判別できない。

尚七が手ほどきし、ふたりも小皿に雪を受け、オランダ渡りの鑷子《ピンセット》を手にしたが、あれよあれよという間にとけてしまう。

「これは何とも、難しいものですな」と、華山が大きなため息をついた。

「口から吐く息が、何よりの大敵でしてな。まさに息を詰めて、かからねばなりません」

尚七は息を止め、要領よく鑷子で雪片をほぐした。まるで手業《てわざ》自慢の職人の仕事を見守るように、ふたりも無言で尚七の手許を注視する。ようやく一片だけとり出すことに成功し、すばやく小皿を顕微鏡に据えた。つまみを操作して、焦点を合わせる。

どうぞ、ご覧ください。ふたりに無言で示し、場所を譲《ゆず》った。

「んん、んんん」

口を閉じたまま、華山が声をあげた。すぐに榕庵が続いたが、皿の上の雪は、すでにとけかかっている。

「まるで亀の甲羅《こうら》のようでございました」

「まことに。親、子、孫と、亀の甲羅が三つに重なっているようでした」

皿の上が水滴だけになったのを見極めて、ようやく華山と榕庵が口をあけた。こぞって興奮気味にしゃべり出す。

「亀甲紋形《きっこう》は、わりと多く見かけます。他に多いのは、花形と松葉《まつば》形でしょうか」

尚七は手にした帳面を繰って、ふたりに見せた。二十ほどの雪華を清書したものだ。

「これを、蘭鏡を覗きながら写すのですか」

「さようです。左目を蘭鏡に据えて、右に筆をもち、形を写しとるのです」

「いまの有様では、描くより前にとけてしまいそうですな」と、画家の華山が眉を曇らす。

「仰《おつしゃ》るとおりです。間に合うのは十のうち一もありません」

「大変なご苦労ですな。この寒さでは、筆を握ることすら容易ではありますまいに」

かじかんだ手をさすりながら、画家らしい感想を述べる。一年でもっとも寒い折に、ときには一日中外で過ごす。ひどい風邪《かぜ》を引き込んだことも一度ならずあった。

「それでも何故か、苦労とは思えぬのですよ。我ながら酔狂だと呆れますが」

「わかりますぞ、尚七殿」と、身を乗り出したのは榕庵だ。「私も植学のために野山に分け入りましたが、虫に刺され泥まみれになりながら、ふと我に返ることがあるのです。己はいったい何をしているのかと」

「まさしく、私もさようなことがよくありまする」と、尚七が大きくうなずく。

「ですが、ふと脇へ目を転じると、めずらしい花が咲いている。とたんに物思いなぞ吹きとんでしまいましてな」

「ようわかります、心躍《こころおど》るひとときですな」

植学とは植物学のことで、古《いにしえ》よりの本草《ほんぞう》学とは一線を画《かく》す。動植物や鉱物を採取し名を覚え、毒か薬かを判別するのが本草学だ。榕庵もまず本草学から入り、植学に行きついた。

花や葉、果実や根。植物の器官のひとつひとつが何のためにあり、どういう働きをするのか調べるのが植学で、日本で初めて手掛けたのはこの宇田川榕庵である。後世、植物学に用いられる学術上の言葉も、多くが榕庵の造語であった。

「何やら話がはずんでいるようだの」

「これは、殿」

縁側に現れたのは、土井利位だった。背後には常のごとく、鷹見忠常がしたがっている。

尚七に続き、華山と榕庵も庭にひざまずき、ふたりの挨拶を利位は鷹揚《おうよう》に受けた。

「どうだ、尚七。捗《はかど》っておるか」

藩主となってからは、雪華ともろくに向き合えなくなった。それでも雪が降ると気になってならないのだろう。登城までのわずかな時間を割いて、ようすを見にきたようだ。

「いえ、残念ながら、新たな雪華は未だ……申し訳ありませぬ」

雪の欠片を雪華と名付けたのは、利位である。風流を好む当主らしい美しい名であった。

「さようか。ここ二、三年は足踏みが続いておるのう。もしやこの国の雪は、異国よりも数が少ないのであろうか」

利位のいう数とは、雪華の種類のことである。最初のころは、年にいくつかは新しい雪華が見つかった。しかし二十を超えたあたりから、それが途絶えた。雪華帳の厚みは、この数年嵩《かさ》を増すことがない。しかし控《ひか》えていた忠常が、申し述べた。

「おそらく江戸は、雪を見るには暖かすぎる。それ故でありましょう」

「暖かすぎるとは、どういうことだ、十左」

利位が問い、庭にいる三人も耳をそばだてた。

「殿もご承知のように、水は列氏《れつし》零度で氷と化しまする。雪も雲の中で、同じ理により凍《こお》りますが、地に落ちるまでに半ばとけくずれてしまうのです」

列氏とは、後世に広まる摂氏《せつし》より前に作られた温度の単位である。水の凝固点を零度とするのは摂氏と同じだが、沸点は百度ではなく八十度とされる。忠常は、零から八十度までの目盛を刻んだ、イギリス渡りの温度計を手に入れていた。

「とけくずれた雪片は、自《おの》ずと形があやふやになりまする。蘭鏡を用いても、我らの目にはどれも同じように映るのでございましょう」

「ということは、ご用人、本当ならもっとさまざまな形の雪が存しているのに、我らが覗く折には似たような形にくずれてしまうと、さようにございますか」

思わず尚七が重ねると、そのとおりだと忠常はうなずいた。

「この日の本《もと》で雪華の験視に適しておるのは、酷寒の蝦夷地くらいのものでありましょう」

「蝦夷、でございますか」

行ってみようかと、一瞬そんな考えが頭をよぎった。利位は、正確に察したようだ。

「尚七、わしを出し抜くつもりではなかろうな。おまえばかりが新たな雪華を目にしては、悔しゅうて夜も眠れぬわ」

冗談半分、本音半分といったところだろう。身軽な尚七と違い、藩主が蝦夷まで足を延ばせるはずがない。もともと雪華の研究は利位のものであり、尚七はその手足に過ぎない。

申し訳ないと尚七が首をすくめ、利位が機嫌よく笑う。それを汐《しお》に、忠常が登城の刻限だと告げた。

「良きお殿さまにございますな。十郎左殿や尚七殿を、よう信頼なさっておられる」

藩主と用人が去ると、華山が言った。世辞ばかりではなさそうだ。

「華山殿も同じでありましょう。田原のお殿さまの厚情を、誰よりも賜《たまわ》っているとききおよびました」

「それがしは八歳より、殿の近習《きんじゅ》を務めております故」

田原藩も昨年代替わりして、華山は現藩主が若殿だったころから仕えていた。

「さようなお小さいときから」

「そのころは、若殿のお遊び相手に過ぎませぬ。初出仕は、十六の歳です」

華山は謙遜《けんそん》したが、八つといえば蔵太と同じだ。しっかり者の佐枝ならともかく、蔵太に側仕《そばづか》えが務まるとは、我が子ながらとても思えない。

ついこぼしたため息は、へっくしょん、と大きなくさめにさえぎられた。

「これはご無礼を」と、くさめの主の榕庵が恐縮する。

「すっかり冷えてしまいましたな。何か温かいものでも、運ばせましょう」

雪も小やみになってきて、これ以上の成果は望めそうもない。尚七は切り上げることにして、蘭鏡や道具を片付けた。そのあいだにも榕庵は、さらに二、三度くさめを重ねた。

「風邪《め》を召されたのやもしれませぬな。生姜湯《しょうが》でも、おもちした方がよかろうか」

「生姜湯もよろしいが、からだを温めるなら、あれが何よりであろう」

と、華山が片手をかたむける。尚七と榕庵も、つい笑みをこぼす。

「たしかに、理に適《かの》うておりますな」

「お医師殿のお達しなら、間違いはありますまい」

「それなら呉服橋御門からほど近いところに、うまい蕎《そ》麦《ば》屋がございます。案内《あない》いたしましょう」

尚七が音頭をとり、三人は連れ立って上屋敷を出た。

呉服橋御門を背に、左へ行くと日本橋西河岸《にしがし》町がある。その一角に馴染みの蕎麦屋があった。だが、店の暖簾《のれん》をくぐろうとしたとき、通りの向こうに人垣が見えた。

「おい、喧嘩だ、喧嘩だ」

「鳶《とび》衆と浅黄裏《あさぎうら》が、やり合ってるそうだぜ」

野次馬の声がようすを伝え、当の蕎麦屋の中からも見物人が顔を出す。

しかし尚七は、この手のことに興味がない。さっさと店に入ろうとしたが、

「無礼者！　武士をたばかるとどうなるか、思い知らせてくれる」

響いてきたひと声に、たしかに覚えがあった。

「あの声は、まさか……」

あわてて人垣に向かって走り出す。いくつも重なった頭の隙間から、その顔が垣間《かいま》見え、ひと息に血の気が引いた。後ろから、華山と榕庵が追いついてきた。

「どうなされた、尚七殿」と華山がたずねた。

浅黄裏は、田舎侍の意味だ。いずれも十代とおぼしき五人の侍が鳶衆とにらみ合っており、その先頭で仁王立ちになっているのは、尚七がよく知る顔だった。

「ずいぶんと若いが……もしや、存じよりの者ですか？」

「鷹見次郎《じろう》殿……ご用人のご次男でござる」

なんと、とふたりが同時に口をあける。

このような人込みで、騒ぎでも起こされれば一大事だ。家中の責めは主家が負

う。土井家の威信《いしん》にすら関わってこよう。

「何としても、止めなければ」

考える暇もなく、人垣にとび込もうとしたが、

「お待ちくだされ、尚七殿。僭越《せんえつ》ながら、私がお役に立てそうです」

押さえたのは、宇田川榕庵である。

「榕殿、何か良い策でも？」

「策というほどではありませぬが」

にこりと笑い、自ら人垣の中に入っていった。榕庵が話をつけたのは、侍の側ではなく鳶衆だ。こちらも肩を怒らせ殺気立っていたが、榕庵がひと声かけると、嘘《うそ》のようにおとなしくなった。ひたすら感心する尚七に、医者は種明かしをした。

「あの鳶衆の頭《かしら》が、私の患者でしてな。先年、火消しの折に大怪我を負ったのです。鳶衆の印半纏《しるしばんてん》で、すぐにわかりました」

火消組の大方は、鳶の者たちだ。宇田川家は藩医だが、町人を診《み》ることも少なくない。鳶衆の働きで火事を免《まぬか》れた大店《おおだな》が、津山藩の御用達商人だという縁もあり、外科に長《た》けた蘭医の宇田川家に、診療を乞うてきたという。

「幸い命は助かったものの、片足に不自由が残りました。それでも頭は、たいそう有難がってくれましてね」

「なるほど、それで榕殿の仲裁に、おとなしく引き下がってくれたのですね」

尚七は、拝《おが》まんばかりに礼を述べた。ただ残念ながら、もう一方はおとなしく従うつもりはないようだ。

「何故、邪魔をした！　事は武士の沽券《こけん》に関わる大事なのだぞ！」

収まりがつかない用人の次男を、どうにか先刻の蕎麦屋に引っ張り込んだ。入れ込み座敷の卓に、大人三人と次郎が向かい合う。

次郎は齢《よわい》十七、一生でもっとも無謀で危うく、恐い者知らず。この世はすべて自分の敵であり、わめき、暴れることでしか抗《あらが》えない、厄介《やっかい》な年頃だった。

「いかなわけがあろうと、悶着《もんちやく》はいけません。ご用人のお父上のみならず、殿にまで累《るい》をおよぼすことになりまする」

「知ったことか！　親父も殿さまも、おれにはそれこそ関わりない。あの連中は、おれたち部屋住みには何もしてくれず、ただ疎《うと》んじているだけではないか」

次郎と徒党を組んでいた四人は、少し離れた卓に腰を落ち着けている。どうやら次男三男ばかりのようで、次郎はこの連中の頭分なのだろう。仲間にきかせるように、大声で怒鳴った。

家を継げず、養子の口がなければ厄介者あつかいされる。部屋住みとして生まれた者の鬱屈《うっくつ》は、尚七にも多少は察せられる。三河へ養子に行った、幼馴染みの谷村基輔がいたからだ。

「我が殿も、もとは部屋住みでございますよ」

やんわりと、尚七は告げた。基輔が行った三河土井家から、養子に来たのが利位だ。

揚げ足をとられた次郎が、じろりとこちらをにらんだ。父親に似た細面《ほそおもて》だが、怜悧《れいり》な印象の忠常にくらべ、くっきりした目鼻には気の強さがそのまま表れている。

「次郎殿にも、そのうち良い落ち着き先が見つかりましょう。養子もそう、悪いものではありませぬよ」

と、己と同じ養子組たる榕庵に顔を向ける。榕庵が、目だけで微笑《ほほえ》んだ。義理とはいえ、玄真とはことさら仲が良いと評判の親子だった。

「ふん、知ったふうな口をきくな。おれが継ぎたいのは、鷹見の家だ。覚えのめでたい親父殿のおかげで、格が上がる一方だからな」

「そうよ。親父に負けず劣らず出来のいい兄上さまが、でんと構えておられる。おれなんぞの出る幕は、これっぽっちも残っておらんわ」

ふたつ上には、長男の忠信《ただのぶ》がいる。父親ほどの明晰さはないが、それでも学問に秀で、真面目な性質《たち》と評判の良い跡取りだ。誉《ほまれ》高い父と兄が日をさえぎり、次郎はその陰で湿った鬱憤《うっぷん》だけを募《つの》らせているのかもしれない。

まるで駄々っ子と同じだが、何故か憎む気にはなれなかった。次郎が、あえて悪ぶっているように思えるからだ。光のもとで己を主張するには、暗く濃い影にならざるを得ない。

尚七の視線が、憐憫《れんびん》に見えたのか、次郎の双眸《そうぼう》がにわかに怒気を帯びた。正面に座す尚七に、ずいと顔を寄せた。

「おれにはたったひとつ、願うことがある。何かわかるか?」

いえ、と尚七が首を横にふる。

「兄上が、仏に召されることだ」

「次郎殿!」

「兄貴がおっ死《ち》んでくれぬ限り、おれにはお鉢《はち》がまわってこない。それを望んで、何が悪い！」

腹の中にたまったどろどろとした溶岩《ようがん》を、吐き出すように叩《たた》きつけ、次郎は席を立った。仲間をふり向きもせずに、ひとりで店を出ていく。思わず深いため息がこぼれたが、

「あの、お話が……」

仲間のひとりが、申し訳なさそうに立ち尽くしていた。


「次郎殿は私のために、金をとり返さんとしてくれたのです。どうか悪く思わないでください」

よく見ればひとりだけ、身なりが田舎じみている。次郎や他の三人の仲間は、江戸生まれ江戸育ちだけあって、それなりに垢抜《あかぬ》けているのだが、康作《こうさく》と名乗ったこの若者だけは明らかに違う。国許から出てきたばかりだときかされて、なるほどと得心した。

「昨日、この近くの絵草子屋で、錦絵を求めたのですが」

美人画や役者絵、名所図などの錦絵は、何よりの江戸土産《みやげ》とされる。国許の友

人に二、三枚送ってやるつもりでいたが、思っていたより値が高く、一枚しか買えなかったという。

「屋敷に戻って知ったのですが、田舎者だと侮《あなど》られ、足許を見られたようです」

と康作は、一枚の役者絵をさし出した。

「いくら払ったのです？」

「百二十文」

「それは高い！」と、華山が叫んだ。

色の多い美人画ですら、三十二文だ。見たところそこまでいかぬ代物《しろもの》だから、せいぜい二十四文だと、画家らしい了見を述べる。

「相場の五倍とは、ひど過ぎますな」と、榕庵もうなずいた。

「売り子が見目のよい娘で、妙にうろたえてしまいました。からかわれたのやもしれません」と、恥ずかしそうに告げた。

江戸での勉強代と思って諦めるつもりでいたが、仔細《しさい》をきいた次郎は、自分のことのように憤《いきどお》った。仲間とともに件《くだん》の店に乗り込んだが、恐れをなした絵草子屋の主は、鳶衆に加勢を頼んだ。鳶の者たちは、出入りと称して方々の商家から手当をもらう。その代わりに何かあれば、店の用心棒を務めるのである。

「なるほど、それであのような始末に至ったというわけか」

尚七も納得がいった。やり方は短慮に過ぎるが、馬鹿にされた同朋のために意《い》気地《くじ》を見せたのは評価できる。同じ思いがわいたのだろう、よし、と華山が腰を浮かせた。

「その心意気に免じて、今度は私がひと肌脱がせていただこう」

華山は康作を連れ、絵草子屋に掛け合ってくれた。相手は高名な絵師だ。版画と絵画の違いはあっても、同じ絵をあつかう店として粗略《そりやく》にできない。店の者がとんだ粗相《そそう》をと主人は平謝りして、代金をそっくり返した上に、詫《わ》び料代わりにと何枚もの錦絵をもたせてくれた。

蕎麦屋に戻ってきた康作は、ありがとうございます、と何度も礼を述べ、最後にひとつだけ尚七に念を押した。

「今日のこと、ご用人さまには内緒にしていただけませぬか」

次郎が父親に叱責《しつせき》されるのを、恐れているのだろう。

「相わかった。ご用人のみならず、他の者には言わぬ」

尚七が承知すると、ようやく安堵の表情を見せ、他の仲間とともに店を出ていった。

三人きりになると、尚七はあらためて深々と頭を下げた。

「此度《こたび》はまことにお世話になり申した。おふた方のご恩、痛み入りまする」

「困ったときは、お互いさまですよ」

榕庵はおっとりと応じ、華山は照れくさそうに頭をかいた。

「いや、それがしも貧乏にかけてはひけをとりませぬ。銭のない惨《みじ》めさは、身にしみておりますす故」

「華山殿は、上士《じょうし》のお生まれではありませぬか」

尚七が、腑に落ちない顔を向けた。

「上士というても、私が幼きころは禄《ろく》を削られて、わずか十五人扶持《ぶち》でした。まさに爪に火をともすような貧乏暮らしで、絵をはじめたのは家を助けるためです」

下士であった尚七の実家にくらべれば、わずかとは言い難い禄だが、武家の出費は家格で決まる。格が高く禄が低いと、体裁を整えるために暮らしを切り詰めざるを得ない。加えて華山は、江戸屋敷に生まれ育った。田舎なら少なくとも食うには困らないが、明日の米すら購《あがな》えず、弟妹はみな奉公に出されたというから相当な貧窮《ひんきゅう》ぶりだ。

「まあ、いまは父が出世して、八十石をいただいておりますが」

いたって育ちがよく見える柔和《にゅうわ》な顔を、ほころばせた。

「おかげで絵の道に進むこともできましたし、何が幸いするか、わからぬものです」

「華山殿の仰るとおり、人の運命《さだめ》はどうころがるかわかりませぬ」と、榕庵も首肯《しゅこう》した。「次郎殿も先々きっと、おわかりになりましょう」

情のこもった温かいふたりの笑顔を、後年になって尚七はくり返し思い出した。

華山は日本画に、西洋画の陰影をとり入れて、写実に富んだ独特の画風を生んだ。ことに人物を得意とし、後年描いた鷹見忠常の肖像画は華山の代表作となる。また田原藩の家老にも進み、藩政や飢饉《ききん》対策のために蘭学に打ち込んだ。

一方の榕庵は、医学や植学に留まらず、蘭学を通してあらゆる分野を切り拓き、その先駆者となった。中でも化学への貢献は大きく、酸素や水素、炭素といった元素名をはじめとするさまざまな化学用語を拵えたのも榕庵である。

ともに蘭学を志す大事な仲間として、親しいつき合いは続いたが、片方はその蘭学のために非業の死をとげることになる。しかしいまの三人には、その影は微《み》塵《じん》もない。

「すっかり失念しておりましたが、尚七殿、そろそろ本題に入りませぬか」

「そうそう、雪が何故、六つの花びらの形を成すか、説《と》いていただかねば」

思い出したように、華山と榕庵が声をあげた。蕎麦屋に来る道すがら、そんな話をしていたことを尚七も思い出した。

「では、はばかりながら。ご承知のとおり、蘭書からの受け売りですが」

蕎麦屋のひと隅に陣取って、三人の語らいは夕刻まで続いた。


「ご用人さまのご次男が、何やら町人と揉《も》めたそうにございますね」

約束どおり尚七は、事を一切もらさなかったが、噂《うわさ》は二日もすると中屋敷中に広まっていた。

「場所は上屋敷の近くだったそうですね。家中の方々が、幾人か目にしたとかで」

妻の話に、なるほどと尚七は眉尻《まゆじり》を下げた。日頃から次郎の素行は、決して褒《ほ》められたものではないが、口さがない流言には、ことさら出世の早い忠常への嫉《しっ》妬《と》が、多分に含まれているのではないか。尚七には、そう思えた。

「もともと非は、その絵草子屋にある。次郎殿は同輩が受けた痛手を、見過ごしにできなかっただけなのだが」

夕餉の折に、妻にわけを語る。さようでしたか、と多加音も得心のいった顔になった。

尚七が箸《はし》を置くのを待ちかねたように、蔵太が訴えた。

「父上、次郎さまは、おやさしい方にございます。私が困っている折に、助けてくださいました」

「そうなのか?」

「ずっと前、私がお使いに行ったとき、波銭《なみせん》を落としてしまいました。次郎さまが探すのを手伝ってくださって、おかげで見つけることができました」

蔵太はずっと前と言ったが、ふた月ほど前のことのようだ。いつもは妹とふたりで使いに出されるのだが、この日は風邪ぎみで佐枝は臥《ふ》せっていた。蔵太は波銭と呼ばれる四文銭を五枚握りしめて出かけたが、店の前に来て一枚足りないことに気がついた。ひとりで不安だった上に、お金を落としてしまった。途方に暮れて、べそをかきながら探していたところに、次郎が通りかかったという。

——一緒に探してやるから、もう泣くな。男子がいつまでも、めそめそするものではないわ。

妹の佐枝のような発破をかけて、中屋敷の内から店まで、次郎は四半刻ほどもつき合ってくれた。

「もう諦めかけていたころに、お屋敷の御門の陰に落ちていたのを、次郎さまが見つけてくださったのです」

よほど嬉しかったのだろう。話しながら蔵太の顔は、にこにことほころんでいた。

「そうかそうか。それはたいそう世話になったな」

「ですから父上、次郎さまは良きお方にございます」

「うん、父もそう思うぞ。思いやりのある、やさしいお人柄だ」

尚七が強くうなずくと、子供は安心したように寝間に入っていった。だが、この話には、蔵太の知らない続きがあった。となり座敷から子供たちの寝息がきこえると、実は、と多加音は話してくれた。

「蔵太の落とした四文銭なのですが、玄関を出たところに落ちていたのです」

長男が帰るより前に見つけたが、次郎の親切をいかにも嬉しそうに告げるものだから、多加音はあえて問いただすことをしなかった。

「というと、中屋敷の門の陰で見つけたという波銭は……」

「次郎さまが、蔵太に与えてくだすったものでした」

翌日、多加音は四文を返しに行き、次郎に丁寧《ていねい》に礼を述べた。

「たかが四文で大げさだと、そっぽを向かれてしまいましたが……蔵太の気がかりを払おうとしてくれた次郎殿のお気持ちが、私には何より有難く思えました」

「そうであったか」

「ですが当の次郎殿は、気恥かしかったようにございます。旦那さまには告げぬよう、釘をさされました」

いかにもあの若者らしい話よと、尚七は苦笑した。

「素直なご気性ではありませぬ故、他人には思い違いをされやすいのでしょう。私も同じでしたから、わかるような気がします」

めずらしくしんみりと、多加音が言った。

「次郎殿もいつか、良き味方となってくれる者に出会えよう」

「ええ、きっと。私たちのように」

夫婦は顔を見合わせて微笑んだ。

人の運命は、どうころがるかわからない――。

それが現実となったのは、翌年のことだった。

文政八年五月。鷹見忠常の長男忠信は、病により二十歳の若さでこの世を去った。

夏の気配がまだまだ衰えぬある朝、その知らせは取次役によってもたらされた。

「なんと、次郎殿が？」

利位と忠常は、少し前に登城した。どうしたものかと、若い取次役は困り果てていた。

「わかりました。私が参りましょう」

即座に言って、上屋敷を出た。向かったのは、大川を越えた深川である。ほとんど駆けるようにして、富岡八幡宮《とみおかはちまんぐう》からほど近い、色街にある茶屋にとび込んだ。

「昨夜、酔った挙句に他のお客と喧嘩沙汰《ざた》になりましてな、障子やら器やら派手に壊しておきながら、金はないの一点張りで」

そりゃ、難儀しましたと、茶屋の主はあからさまな迷惑顔を向けた。茶屋にとっては初顔で、名や住まいも明かそうとしない。今朝になって、ようやく土井家の名を口にしたと主が仔細を語る。

目の横や頰に大きな痣《あざ》をつくり、口許《くちもと》は腫《は》れあがっている。何とも無残な次郎の顔に、まずあわてたが、見た目にしてはたいした傷ではないと、主は請《う》け合った。

「造作をかけてすまなんだ」

茶屋の主人には代金と多めの詫び料を渡し、次郎を連れて外に出た。

大川に出るまで、次郎はずっと無言だった。詫びも礼も口にせず、尚七と目を合わすことすらしない。喧嘩沙汰は、今日が初めてではない。素行が良いとは言えないまでも、以前はまだましだった。次郎が目に見えて荒れ出したのは、この五月からだ。

兄の忠信の死から、ふた月が経とうとしていた。

尚七は、永代橋《えいたいばし》の手前で足を止めた。

「少し、休んでいきませぬか。あの柳の木陰《こかげ》なら、少しは暑さも凌《しの》げましょう」

年を経た柳の大木が、土手にかぶさるように影をさしかけていた。すぐ傍に茶店がある。尚七は断りを入れ、店の床几《しょうぎ》ではなく、次郎とならんで土手に腰を下ろした。

まもなく茶くみ女が、土瓶《どびん》に入れた茶と、団子をふた皿はこんできた。腹がすいていたのだろう。次郎は黙々と団子を頬張り、尚七が自分の皿をさし出すと、それも平らげてしまった。

川面《かわも》は日を浴びて、しだいにまぶしさを増す。実父の小松葦兵衛と、この川をながめたときのことを、尚七は思い出していた。鷹見忠常から、利位の御学問相手の話をもちかけられた。あれから十年以上が過ぎて、自分も子をもつ親となった。

ふいに嬉しそうな蔵太の顔が浮かび、ごく自然に、尚七は口に出していた。

「次郎殿に、礼を申さねばと思うておりました。倅《せがれ》がお世話になったそうですな」

一年近くも前の話だ。次郎はいぶかしげに眉をひそめ、

「そんなこと、忘れていた」

ぽつりと呟《つぶや》いた。

「蔵太は、よほど嬉しかったのでしょう。次郎殿の名が出るたびに、その話をいたします」

「世辞などいらぬ。おれが家中でどう噂されているか、よくわかっているからな。兄の死で、跡取りの座を手に入れた。出来物《できぶつ》の父とは似ても似つかぬ、ぼんくらで荒れ放題のどら息子だ」

「次郎殿……」

「親切そうにとり繕《つくろ》って、おまえも腹の底ではおれを嗤《わら》っているのだろう？　能もないくせに兄の死を望み、いざそのとおりになってみれば、ただの役立たずだ。性根の腐った腰抜けと、おれを蔑《さげす》んで……」

「いい加減に、なさりませ！」

思わず、腹の底から声が出た。こんな大声をあげたことなど初めてだ。何事かと、茶店から先刻の茶くみ女が顔を覗かせたが、それすら気づかなかった。

武家らしい押し出しに欠け、身分では下に当たる尚七に、怒鳴られたのがよほど意外だったのだろう。次郎はびっくりまなこで、こちらを見詰めた。

「次郎殿はまことに、兄上の死を望まれていたのですか!」

「おれは……」

「たわむれに口にしたことが、現実《ほんとう》になった。ただそれだけではないのですか!」

返答より先に、大きく開いた目から涙がこぼれた。痣の浮いた頰を伝い、腫れあがった唇に流れこむ。

「本気で願ってなぞいない……それでも、頭に描いたことはある。家を継いだおれの姿を……父上のように殿の側仕えをする、兄上ではない、おれの姿を!」

痣だらけの顔が踏まれたように大きくゆがみ、隠すように膝のあいだに伏せられた。肩が震え、泣き声がもれたが、橋詰の喧騒《けんそう》にかき消される。

自分の理想を思い描く。誰もが夢想することで、決して悪いことではない。けれど次郎の描いた夢は、兄を排除して初めて成り立つ。その罪の意識に、次郎は苛《さい》まれているのだった。恐れと不安は、それだけにとどまらない。

「兄上がいなくなってから、ずっと恐くてならなかった。兄上の代わりなぞ、おれにはできない……あの立派な父を継ぐことなぞ、おれにできるはずがない!」

思わず尚七は、柳の大木を仰いだ。柳といえば、ひょろりとした姿が浮かぶが、この木は横に長く枝が張り出し、緑の茅葺《かやぶき》屋根のようにたっぷりと葉が生い茂っている。

鷹見忠常は、たとえるならこの柳のようだ。ひときわ大きく堂々として、日除けや風除けの役目も果たす。だが、その傍《かたわ》らに育った若木は、日をさえぎられ、絶えず親木を仰ぐことしかできない。

「生まれたときから、おれは次郎ではなく、鷹見十郎左衛門の息子だった。しくじり、粗相をするたびに、親父殿や兄とくらべられ、陰口をたたかれた」

並みの器量では、認めてもらえない。大き過ぎる父をもつ息子は、初めから枷《かせ》を嵌《は》められて生まれてきたに等しい。いまさらながら、次郎が哀れに思えた。

手拭《てぬぐい》を出そうと、懐に手を入れたときだった。覚え書きのための帳面が、指にふれた。表紙をめくると、一枚目にその図があった。

「次郎殿、これを見てもらえませぬか」

渡した手拭で、次郎が顔を拭き終わるのを待って、尚七は帳面を開いた。

真ん中に円をひとつ置き、その周りを、同じ大きさの六つの円が囲んでいる。

「何だ、これは。算術の問答か？」

ぐずっと洟《はな》をすする。蔵太とあまり変わらない、幼い表情だった。

「これは雪です」

「雪？」

「はい。雪はどれも、このように一円と、それを囲む六つの円でできているのです」

　去年の冬、渡辺華山と宇田川榕庵に雪の成り立ちを説いた。その折に描いたものだった。

「草木に咲く花は五弁なのに、何故雪を六花と呼ぶのか、長いあいだ不思議に思っておりました」

　こたえをくれたのは、蘭語で書かれた自然科学の書物である。忠常や妻の多加音の手ほどきで、いまでは尚七も滞《とどこお》りなく読みこなせるようになった。その中に、雨や雪の成り立ちも示されていた。

「海陸の気が空にのぼると、冷えて小さな粒となり、やがて雲を成します。雲の中で寄り集まった粒が、滴《しずく》ほどになると雨となって落ちるのです。しかし寒さが増すと、ひとつひとつの粒は凍り、水のように合わさることができません」

　海陸の気は、水蒸気をさす。次郎は、ふと何かに気づいたようにたずねた。

「雪は雨のように、他と交われず、ひとりぼっちということか？」

「いいえ、雪もひとりでは生きていけませぬ」

「そう、なのか……」

「水のようにとけて交わることはできませんが、そのかわり互いに寄り合い、もっとも具合の良い形を作ります。それがこの形なのです」

ひとつの粒を、六つの粒で隙間なく囲む。もっとも安定し、外からの力にも崩れにくい。

芯は六つの円に縁《ふち》どられ、だからこそ雪は、必ず六花の形をなすのである。

「先ほど、ひとりぼっちと申されましたが、たしかに人と雪は、よう似ておるのかもしれません」

尚七は矢立《やたて》を出して、周りの円のうち、ふたつを塗り潰《つぶ》した。

「たとえば、この真ん中の芯を次郎殿とすると、これが蔵太、これが……何と言いましたかな、あの絵草子屋にたぶらかされた」

「康作か？」

「そうそう、康作殿です。ふたりとも次郎殿に助けられ、恩義に感じている。同じ思いを抱く者がもう四人おれば、ほら、これでひとつの六花となります」

すべての円を塗り潰し、その下にもうひとつ同じ図を描く。

「こちらはまた別の、次郎殿です」

「おれが、ふたりいるのか？」

「さようです。造りは同じでも、花や松葉、亀甲と、六花の形はさまざまです。人もやはり同じに、集まる顔ぶれにより、違う模様ができまする」

長い人生には、さまざまな人物とのさまざまな出会いがある。誰とどう結びつくかによって、そこはほっとくつろげる場所になったり、あるいはひときわ立派な城になるかもしれない。一方で、負に働き、芯たる自身を腐らせることにもなりかねない。

「六花の形は、人の縁と同じです。私とて、ひとりでは何もできませぬ。支えて支えられて、あたりまえ。能がないなどと、恥じることなどありませぬ」

「説教のつもりか」

「さようなつもりはございませんが、どうも私の物言いはそうきこえると、妻にも忠言されました」

へらりと笑い、頭をかいた。茶くみ女がやってきて、お代わりはどうかと勧めた。

「団子をもうひと皿、注文しますか？」

「……今度は、安倍川《あべかわ》がいい」

　黄な粉と砂糖をまぶした安倍川が運ばれてくると、次郎がぽつりと言った。

「おれの好物だからと、兄上はいつも己の分を分けてくれた……おれは兄上が、大好きだった」

　洟をすすりながら、次郎は餅《もち》にかぶりついた。


「何やら次郎が、面倒をかけたそうだな」

　翌日、上屋敷の御用部屋で、尚七は忠常と向かい合っていた。

　あらたまって礼を述べられて、尚七が恐縮する。

「あれのいたらなさは、親たるわしの不徳だ。何を言い訳するつもりもない」

　忠常は、何事も顔には出さない。私事であればなおさらだ。嫡男《ちゃくなん》の死すら、淡々と乗り越えているようにも見えたが、ふいに尚七は気がついた。鬢《びん》に白いものが目立つ。短いあいだに、急に白髪が増えていた。

「正直、次郎が何を考えているのか、わしには皆目わからぬ。いや、もっとも長く傍にいた長男のことすらも、わかってはおらなんだのかもしれん」

この先も、永久にわかることはない。それを悔《く》やむかのように、唇を引き結んだ。

「次郎殿は、弱い者を見過ごしにせぬ、俠気《おとこぎ》のあるお方です。私の妻や倅も、太鼓判を押しておりました」

蔵太や絵草子屋の一件を話してきかせると、思った以上に忠常は驚いた。

「あの次郎が、まことにか？」

「ご用人にも、わからぬことがおありなのですね」

つい、微笑がこぼれた。あたりまえだと、忠常は片眉《かたまゆ》をわずかに寄せた。

「思えば、ろくに妻子と向き合《お》うたことすらないかもしれぬ。妻や娘はあちらから声をかけてくれるが、息子となるとそうもいかない」

およそこの世で、父と息子の間柄ほど、不器用なものはないかもしれない。母と娘なら、語り合い寄り添うことで互いの距離を縮められるが、男にはそれができない。

「いまからでも、遅くはありませぬよ。奥方やお子たちとの暇を、増やされてはいかがですか」

それは、と忠常は、めずらしく言い淀《よど》んだ。

「してはいけないと、思うておった。身内にかける暇があるなら、少しでも殿やお家のために尽くすのが先だと……そう考えてきた」

滅私奉公《めっしほうこう》という言葉がある。私事を犠牲にしてひたすら公のために働く。武家においては当然とされるが、思いのほか、それは寂しいことなのかもしれない。

尚七は、この男の孤独を、垣間見た思いがした。

自分を認めてもらえぬことに、次郎は倦《う》んでいた。しかし他人から敬《うやま》われ、褒めそやされる忠常もまた、周囲から浮いた理解されがたい存在だった。

「次郎殿は、大丈夫です。きっといつか、不足のない跡継ぎとなりましょう」

「まだまだ長く、かかりそうだが……」

と、忠常はらしくないため息をこぼした。

「尚七、時折でよいから、これからも次郎に目を配ってやってくれぬか」

「はい、喜んで」

「すまぬな」

「いいえ……ご用人、私が初めて愛宕山に上った日のことを、覚えておられますか？」

江戸の向こうに広がる海をながめ、世界は広いと教えてくれたのは忠常だ。今度は尚七が、その息子に道をさし示す番だ。

「ああ、覚えておる。晴れやかな、景色であったな」

初秋の庭に目を転じながら、ふたりはともにここからは見えぬ青い海原をしばしながめていた。

第五話　びいどろの青

青い目を見るのは、初めてではない。

光を通し過ぎる薄い色は、びいどろでできたとんぼ玉のように作り物めいていて、まるで大きな西洋人形と向き合っている気がした。

だが、その医師と目が合ったとき、人間の目に相違ないのだと初めて思えた。

フィリップ・フランツ・フォン・シーボルト。

尚七がその蘭人とまみえたのは、文政九年の晩春だった。

カピタンと呼ばれるオランダ商館長の江戸参府は、四年に一度行われる。長崎の出島から江戸へ来て、交易御礼のために将軍に謁見《えっけん》する。往復三ヶ月にわたる長旅で、江戸での宿泊先は、日本橋にある長崎屋《ながさき》だった。

三月半ばのこの日、尚七は、鷹見十郎左衛門忠常に連れられて、長崎屋を来訪した。

『それは面白い！』

やや緑がかった青い目が、たちまち輝いた。殿さまの雪の観察を手伝っていると、尚七が話したときだ。ぜひ詳しくきかせてくれと、相手は身を乗り出した。尚七の蘭語力でも、それくらいはわかる。もっとも会話をとりもってくれたのは、長崎から随行してきた、名村八太郎《なむらはちたろう》という和蘭通詞《オランダつうじ》であった。

忠常も尚七も、蘭語には通じている。ただ、江戸においては蘭書の読解がもっぱらであるから、読み書きをより得意としている。対して長崎出島の通詞たちは、蘭人との意思疎通を役目とする。中でも名村八太郎の流暢《りゅうちょう》さは、際立っていた。

「商館長付きのお医師殿が、雪なぞに興《きょう》を寄せてくださるとは」

「シーボルト殿は、我が国について、万有の知を得ようとなされております」

「万有の知……」

「土地、街道、着物、食べ物、鳥獣《ちょうじゅう》や草木《そうもく》にいたるまで、この国のありとあらゆるものを、知りたいとご所望《しょもう》なのです。風土もそのひとつですから、雪にも興がわいたのでしょう」

尚七に向かって、名村八太郎は快活にこたえた。

蘭人に会うのは、尚七は三度目になる。四年前と八年前も、やはり商館長と会う機会を得ており、忠常はもっと多い。しかしいずれも接見はそう長くなく、深い話にはおよばなかった。雪の研究なぞに関心をもたれるとは、思ってもみなかったのだ。

『ぜひ、詳しく話してほしい。顕微鏡《けんびきょう》は、どのようなものを使っている？　オランダと日本では、やはり雪の形も違うのだろうか？』

通詞ではなく、尚七に向かって懸命に話しかける。相手が紡《つむ》ぐその音に、ふと尚七は気がついた。

「他の方々の蘭語と、どこか違《ちご》うてきこえまするな」

尚七に音の蘭語を教えたのは、通詞の娘である妻の多加音だった。おかげで耳の方も、そこそこ養《やしな》われている。シーボルトの発音は、過去に会った蘭人や、さっき挨拶《あいさつ》した商館長とは明らかに違う。脇に控《ひか》える通詞より、たどたどしくきこえるほどだ。

「シーボルト殿は山国育ちで、この音は、高地オランダ人独特のものにございます」

名村に淀《よど》みなく返されて、なるほどと尚七はうなずいたが、となりにいた鷹見忠常は、何か気にかかったように眉《まゆ》をひそめた。しかしその場では何も言わず、雪の研究を披露《ひろう》するようにと、尚七に目で促《うなが》した。

「……というわけで、江戸では寒気が足りぬ故、六花《りっか》もしっかりとした形を成しませぬ。蘭書の図と、よく似た形も見つかりましたが、まだまだごく一部と思われまする」

名村の通訳にうなずきながら、目だけは終始、尚七から離れない。

この薄青い目が人のものに思えたのは、純粋な好奇心と、異文化への敬意のためかもしれない。語りながら尚七は、これまで異人に感じたことのない、親近の情を覚えていた。

「それでも、この十三年のあいだに記した図は、四十ほどになりましょうか」

『その図を、ぜひ見せていただけませんか！』

熱心な青い目が、ひときわ大きく映った。雪の研究は、主の土井利位のものだ。どうしたものかと、ちらと窺《うかが》うと、忠常は顎《あご》を小さく引いた。

「尚七、おまえが写したものを、一冊さし上げなさい。次に訪ねる折に、お渡しいたしましょう」と、通詞に伝える。

名村が正確に訳すと、異国の医師はたいそう喜んで、矢継《やつ》ぎ早《ばや》に通詞に向かって話し出した。

「お役に立ちそうな究理の書なぞを、お礼にさし上げたいそうです。次にお訪ねの折までに、私がそろえておきまする。他に何かご所望のものがあれば、何なりとと申されております」

「それならばぜひ、お願いしたきものが。いずれも地図や地誌ですが……」

忠常が申し出た。名村の通訳をきいて、医師が途中で何か言った。

「ダップルさまは、地図や地誌に詳しいのかと、たずねられております」

鷹見忠常は、八年前に訪れた商館長から、ダップルというオランダ名を授かっていた。学者や蘭通のあいだでは、内々の席で互いに蘭名で呼び合ったり、あるいは書簡の宛名に用いることもある。『ダップルさま宛、ストルプより』などという手紙は、尚七もしばしば目にしていた。

忠常が医師に向かって、申し述べる。

「詳しいとまでは申せぬが、相応に。何より関心があるのはたしかです」

青い目が、日にかかげた玉のように、それまで以上に輝きを増した。

「ぜひ、仔細《しさい》な話を伺《うかが》いたいと仰せです」

しかしちょうどそのとき、新たな来訪者の声がした。シーボルトには、馴染《なじ》みのある声のようだ。通詞に素早く指図する。

「地図にお詳しい方が、もうおひとりお見えになったようです。ご一緒してもさしつかえございませんか」

「もちろんです。あのお方はそれがしも、よう存じておりますから」と、忠常がこたえた。

やがてふたりの人物が、部屋に通された。

「おお、ここで十郎左殿とお会いできるとは、うれしい限りです」

「お久しぶりですな、作左殿《さくざどの》。去年の新元会以来になりますか」

最初に入ってきた四十過ぎの男が、忠常と親しげな挨拶を交わす。

幕府天文方《てんもんかた》に勤める、高橋景保《たかはしかげやす》だった。通称は作左衛門《さくざえもん》。蘭書の翻訳にあたる蛮書和解御用《ばんしょわげごよう》の監督を任されており、大槻玄沢や宇田川榕庵などの蘭学者を、身分を問わず抜擢《ばってき》して翻訳にあたらせたのも、この男である。

しかしそれ以上に功績を収めているのが、地理の分野だった。

実父から引き継いで、伊能忠敬《いのうただたか》の測量事業を後押しし、八年前、忠敬が没してからは、測量をもとに、『大日本沿海輿地全図《だいにほんえんかいよちぜんず》』を完成させた。いわば初めての、正確な日本地図である。地理においては、この国でいちばんの玄人《くろうと》と言える。

次いで高橋の後ろから、六十がらみの男が顔を覗《のぞ》かせる。尚七を認めて、顔中に笑い皺《じわ》を刻んだ。

「婿殿も来ておったのか。多加音や孫たちは変わりないか」

「はい、父上。おかげさまでつつがのう」

妻の父親で、やはり天文方で翻訳の役目にある佐野関蔵であった。

地図好きが三人も顔をそろえては、いくら語っても話題は尽きない。

一方で客は途切れることがなく、後がつかえている。気をつかい、高橋や義父ともども暇《いとま》の挨拶をすませたものの、メルカトルだの測量用語だのが未だにとびかっている。

「シーボルト殿にお会いするのは五度目になるのだが、毎度この調子だ。下手をするとあと四半刻《しはんとき》はかかるやもしれんぞ」

先に座敷を出た義父が、尚七に向かって苦笑した。

「五度目、ですと？　たしか商館長の一行が江戸に参られてから、十日ほどではありませんか」

「さよう、つまりは一日おきに、長崎屋詣でをしているというわけだ」

「それはまた、熱心な」

「いやいや、まだ上手がおってな。ほぼ毎日、来ている方もおられるそうな。しかし誰より熱心なのはシーボルト殿でござってな、いつも一生懸命に耳をかたむけてくださる。高橋さまは、それが嬉《うれ》しゅうてならぬと仰《おっしゃ》られる」

「はい、私にもわかります。これまでに会《お》うたどの蘭人よりも、親しみを感じます」

今日、初めて会った尚七ですら感銘を覚えたのだ。くり返し通う者がいるのも、うなずける。シーボルト人気をさらに高めているのは、その気前のよさだ。蘭書はもちろん、薬や砂糖、高価な時計や銀器、さらには萩《はぎ》藩毛利《もうり》家に贈られたという、小型のフォルテピアノまでもってきたというから驚きである。あくまで建前上は、商館長のステュレルからの贈り物とされるが、すべてを長崎から運ばせ、また惜しげもなく与えているのは、まだ三十歳という若さの商館医であった。

「いつもの年よりいっそう、長崎屋が混みあっているのもうなずけますな」

「医師や蘭学者のみならず、商人《あきんど》たちの数も多うてな。贈り物もさることながら、買いっぷりも並みではないそうだ。大名旗本なぞとてもおよばぬほどの金子《きんす》を、江戸に落としているときく」

「それは豪儀な。よほど物持ちの、お家柄なのでしょうか」

「たしかに代々医師を務めている家の出だそうだが……ただ此度《こたび》の金の出所は、オランダ本国であろう」

ナポレオンによって崩壊したオランダが、無事に国をとり戻したのは十一年前。滞《とどこお》っていた貿易も回復の兆《きざ》しを見せ、日本との交易にはことに力を入れているという。

「貿易が途絶えていたころの損をとり戻さんと、躍起《やっき》になっているときく。金子なぞも、それだけ勝手が通るのかもしれぬ」

「なるほど」

「あるいは、金子の出所としてもうひとつ考えられるのは、長崎の商人たちだ。シーボルト殿は、長崎での信用がことさら厚いからな。後ろ盾となる大商人は、いくらでもいよう」

シーボルトが長崎の外れに鳴滝《なるたき》塾を開いたのは、二年前のことだ。蘭人が出島を出て開業するなど、過去には例がないが、許されたのにも相応の理由がある。

診療所を兼ねたこの塾で、シーボルトは患者を受け入れ、国中から集まった弟子たちを指導しているのである。月に四、五回程度だが、高野長英《たかのちょうえい》ら五十人を超える弟子は、医学はもちろん薬学や自然科学をも習得していた。

尚七もそのあたりは忠常を通してきいていたが、佐野関蔵はさらに詳しかった。

「シーボルト殿が、ことさら我が国を気に入られておるのは、たしかなようだ。長崎ではさる女子《おなご》と懇《ねんご》ろになっていてな、できるだけ長く留まりたいと、絶えず言い言いしているそうだ」

後に「おらんだおいね」の異名をとる娘のイネは、この翌年に誕生する。

「父上は、ようご存じですな」

尚七は瞠目《どうもく》したが、佐野の父は、笑いながら種を明かした。

「出島にいたころの通詞仲間が、幾人も長崎屋に来ておるからな。噂《うわさ》の出所はそこよ」

佐野関蔵もまた、昔は出島で通詞をしていた。その語学力を買われ、高橋景保から声がかかり、江戸に呼び寄せられた。

「蘭人と直《じか》に話ができるとは、うらやましい限りにございます」

「いや、実を言うと、話す方はだいぶ忘れてしもうてな。長崎を離れて、十五年にもなる。やはり言葉というものは、使わぬ端《はな》から錆《さ》びていくものよ」

「今朝、多加音にも、同じ愚痴をこぼされました」と、尚七が思い出し笑いをする。

　夫のように、蘭人にまみえる機会でもあれば、少しは歯止めもかかろうが、女子の身ではかなわない。せっかく覚えた蘭語も、次から次へと抜けていくばかりだと、ため息をついていた。

「いまではまるで、老婆の口のごとくだと、がっかりしておりました」

「まだ、そのようなことを申しておるのか。まったく仕方のない娘だ」

　と、両の眉を下げ、困り顔をつくる。

「いいえ、よう我慢しておると思います。本当なら学問に勤《いそ》しみたいのでしょうが、子の世話に明け暮れしている。私には、過ぎた妻でございます。せめて仕込んでもらった蘭語を、こういう折に役立てねば罰《ばち》があたります」

　心をこめて、そう告げた。佐野関蔵の顔に、ゆっくりと笑みが広がった。

「良き夫に恵まれて、多加音は幸せ者だ。尚七殿には、常日頃から足を向けて寝られぬと、そう思うておる」

「よしてくだされ、父上。そう改まられると、婿の立つ瀬がありませぬ」

「いいや、あのような跳ねっ返りを嫁にしてもらったばかりか、かわいい孫まで授かった。親馬鹿を承知で申せば、人一倍賢い自慢の娘であったが、あたりまえの幸せとは縁遠く見えた。他の男に嫁《とつ》いでも、離縁されていただろう」

親とはそういうつつがない幸福を、子供に願うものだ。自ら子をもつ親となったいまは、尚七にもよくわかる。

「嫁は総じて嫁ぎ先で苦労するものだが、箕輪家も小松家も良いお方ばかりだ。このような倅《せがれ》ができて、わし自身も運が良かったと思うておる」

「それは私とて同じです。私は父に恵まれておりまする」

はからずも、まったく気質の異なる三人の父をもつに至ったが、いずれも良き相談相手となってくれた。誰もがそのような幸運に恵まれるわけではないと、この歳になると尚七にも見えてくる。

「これからも娘ともども、よろしくお願い申す」

こちらこそ、と慌てて頭を下げる。顔を上げると、義理の父の笑顔があった。渇いた喉をうるおす熱い茶のような、温かな微笑みだった。

数日後、ふたたび尚七は日本橋に足を向けた。

おらんだ宿の長崎屋は、本石町《ほんこく》三丁目にある。今日も店先は、大変な混みようだ。商館長の江戸参府の折の風物のようなもので、めずらしい異人の姿をひと目見ようと、客や商人ばかりでなく野次馬も詰めかける。蘭人はこの旅籠《はたご》に留め置かれ、外に出ることなどほとんどないのだが、いつもより倍は長い蘭人行列が人目を引いたのだろう。人出を当てこんで物売りが出るほどの、盛況ぶりだった。

この人込みを抜けるのは、大変そうだ。立ち止まり、思わずため息をついたとき、後ろから声をかけられた。

「また、お目にかかりましたな。尚七殿も、これから長崎屋か」

高橋景保だった。日を置かず通っているというのは、本当のようだ。今日は義父の佐野関蔵ではなく、別の侍を同行している。やはり天文方かと思えたが、それにしては羽織《はおり》袴《はかま》はいたってみすぼらしい。

「十郎左殿のお姿が、見えぬようだが」

「ご用人もいらっしゃるはずでしたが、殿より急な御用を仰せつかりまして」

「それは残念至極。地図談義には、もってこいの者を同行したのだが」

高橋は、連れていた男を引き合わせた。歳のころは高橋より少し上だろうか。丸顔に丸い目とおちょぼ口は、愛嬌《あいきょう》にあふれている。

「御勘定奉行より御普請役を仰せつかっております、間宮林蔵《まみやりんぞう》と申します」

「まみや、というと……もしや蝦夷から樺太に渡られた、あの、間宮林蔵さまでございますか！」

「はい。その、間宮にございます」

厳寒の樺太に二度も赴《おもむ》いて、樺太が半島ではなく島であることをつきとめた。どれほどいかつい男かと思っていたが、意外にもごく並みのからだつきで、人の懐にするりと入ってくるような、気さくな笑顔の持ち主だった。

「ご高名はかねがね、承《うけたまわ》っておりました。お会いできて嬉しゅうございます」

「蘭学仲間が三人寄れば、必ずその名が出ると言われておるからな」

高橋もにこやかに口を添えたが、話題の当人はいたって腰が低い。間宮林蔵が百姓の出であることが、理由のひとつかもしれない。

常陸《ひたち》国筑波《つくば》の農家に生まれ、幼いころから才長《さいた》けていたのだろう。隣村の名主の家に、養子に入った。ちょうどその辺りの利根川で、幕府は堰《せき》の普請に当たっており、林蔵はたびたび工事を見に行っては、あれこれと意見した。十五にも満たない少年の指摘があまりにも的確で、役人たちは舌を巻いたと伝えられる。地理や土木に詳しいさる役人は、ことに林蔵の才を認め、その勧めで十六の歳に江戸にのぼり、後に幕府の下役人となった。

尚七もまた、身分の低い下士の倅であった。この男に寄せる憧憬《しょうけい》には、思わずその両手をとって握りしめたいような、近しさも込められていた。

「土産《みやげ》は、何を持参されたのだ？」

長崎屋の控えの間に通されると、高橋がたずねた。

今日も客が立て込んでいる。シーボルトに会うまで一刻ばかりも待たされたが、暇つぶしの種はいくらでもある。高橋や間宮の話だけでも、楽に時が過ぎそうだが、次々と現れる客も顔見知りが多い。尚七は風呂敷包みを解いて、ふたりに見せた。

「はい。私が写した雪華図と、小鳥の皮むき。日光《にっこう》の草木鳥獣を記した折本《おりほん》です。先日、ご用人が『日光駅路里数之表《にっこうえきろりすうのひょう》』をお渡ししたところ、シーボルト殿はたいそう喜ばれ、日光の草木鳥獣にもいたく興を寄せられました故」

小鳥の皮むきとは、はく製のことだ。はく製も折本も、そのためだとこたえた。

「駅路里数之表とは、いかようなものにございまするか?」と、間宮が問う。

「三年前、上さまの日光社参の話がもち上がりましてな、ご用人はその御用を仰せつかりました」

「お国の古河は、日光への途次《とじ》にあたりますからな。仕度となれば、さぞかし大事であろうな」

高橋が、同情の眼差しを寄せる。

徳川家康《いえやす》の墓所たる日光東照宮《とうしようぐう》に、歴代の将軍がその命日に参拝する。それが日光社参である。天下人たる将軍の遠出となれば、百万石の大名行列よりも仰々《ぎようぎよう》しいものになる。いまからちょうど五十年前に行われた十代家治《いえはる》の社参では、行列の先頭が日光に着いたとき、後尾はまだ江戸にいたとの逸話さえ残っている。たとえ眉唾《まゆつば》にしても、後の語り草になるほどの規模であり、とてつもない費用がかかる。

四代家綱《いえつな》までは、実に十六回の社参を数えたが、幕府の台所が苦しくなった五代以降は、これまでにわずか二度しか行われていない。そのような大行事の計画がもたらされ、古河藩は正直、頭を抱えた。

費用は幕府のみならず、各大名にも負わされる。日光までの街道沿いにあたる藩は、さらに莫大な負担を強《し》いられた。上さまが宿泊される城の修繕、従者の旅籠の確保、街道の整備のために、国中から人馬をかき集め、総出で当たらねばならない。

中でももっとも大がかりとなるのが、橋である。古河領を流れる利根川には橋がない。そこで社参の折には、臨時の船橋が架けられた。岸から岸へと一列に船をならべ、その上に即席の橋をかける。即席とはいえ、通るのは上さまの行列だから、頑丈《がんじょう》はもちろん、あまりに粗末でもいけない。

きき手に徹していた高橋が、思わず太いため息をつく。

「話にはきいておったが、手間暇も金子も見当がつかぬな」

「幸い此度は、ご公儀もやりくりがかなわず、ひとまず社参は立ち消えになり申した。正直、大いに安堵《あんど》いたしました」

中止と言えば、御上の権威に傷がつく。建前上は、未だに計画途上とされているが、実際に行われたのは、実に計画から二十年後。それが幕府最後の日光社参となった。

つい本音をもらしてしまったが、こちらを見詰める丸い目とぶつかって、尚七はぎくりとした。この男、間宮林蔵にまつわる、ある噂を思い出したからだ。

尚七の不安を払拭《ふっしょく》するように、丸い目がにこりと細められる。

「先ほどの駅路里数之表は、社参の仕度のために、作られたものにございまするか？」

疑念をたちまち霧散《むさん》させるような、人好きのする笑顔だった。ほっとして、尚七は逸《そ》れた話をもとに戻した。

「さようです。社参ときいて、ご用人が何よりも先にとり組まれたのが、この表でありましてな。日本橋から日光まで、各宿場駅をもれなく載せまして、それぞれすべての駅との里数を書き込んだものにございます」

話だけではいまひとつ要領を得ないようすだ。尚七は帳面をとり出して、簡単な図にして見せた。この駅路里数之表とは、後の世で列車運行に使われるダイヤグラムと同じものだ。

行列の進行を計るためには欠かせないと、忠常は考えたのだろう。自ら作成に没頭し、あまりに根を詰めすぎて、目を悪くしたほどだった。

「これは良きものにございますな。街道のみならず、国中の宿場や村々のあいだの里数がわかれば、旅がよほど楽になりまする」

「林蔵は、年がら年じゅう旅暮らしであるからな。有難みもひとしおであろう」

と、高橋が笑う。「だが、そのおかげで、日本全図を仕上げることが叶《かの》うた。亡き忠敬も、草葉の陰で喜んでおるに違いない」

「伊能さまは、私に測量を教えてくださった得難い師です。おふた方のお役に立てたなら、私の方こそ甲斐《かい》があったというものです」

伊能忠敬と間宮林蔵が、蝦夷以北を測量調査した記録が加えられ、高橋の日本全図は完成を見た。

「この前、その話をしたところ、シーボルト殿がいたく感心なされていた。我が国からオロシヤにかけては、南蛮《なんばん》の国々ですら形を摑《つか》んでいない。おそらくは世界でただひとつの地図であろうとな」

「世界で初めてということですか。大したものにございますな」尚七もしきりにうなずく。

「林蔵にも、ぜひ会うてみたいと申されてな。こうして連れてきたというわけだ」

「私は御上のご下命を、果たしたに過ぎませぬ。たいして面白い話なぞできませぬが、ご挨拶だけでもさせていただこうと参りました」

あくまで遠慮がちな間宮に、尚七は言わずにはおれなかった。

「何を言われる。間宮殿は、この国の誰も知らなかった地に足を踏み入れ、その目で確かめてこられたのですぞ。まさに偉業、誰にでもできることではありませぬ！」

知らぬ間に、拳を握りしめて力説していた。ふたりがしばし呆気《あつけ》にとられ、同時に相好《そうごう》をくずした。

「見ろ、林蔵。ここにも贔屓《ひいき》がおるではないか」

「はい、高橋さま。まことに有難きことにございます」

前の客の接見が、終わったようだ。思った以上に短い一刻は、またたく間に過ぎていた。

ステュレルとシーボルトの一行は、ひと月以上も滞在し、四月半ばに江戸を立った。

このあいだ尚七は、合わせて三度、長崎屋を訪ねる機会に恵まれたが、鷹見忠常は御用繁多のために、結局、最初の一度しかシーボルトに会うことはなかった。

ご府内のシーボルト熱が、ようやく冷めてきたころ、尚七は忠常に呼ばれて御用部屋に赴いた。

「おまえが二度目に長崎屋を訪ねた折のことを、いま一度話してくれぬか」

「と言いますと……高橋さまと間宮殿と、お会いした日のことでしょうか？」

何か粗相《そそう》をしたのだろうかと、にわかに不安がこみ上げる。

「そうだ。控えの間で、おふた方とどのような話をしたか。シーボルト殿の前では、何を語ったか。おまえが申したことも含めて一切だ」

「何故、そのような……」

「殿や古河に関わる、大事だからだ」

忠常の意図はわからずとも、怜悧《れいり》な細面は、いつにも増して鋭さを帯びている。ただ事ではないことだけは察せられた。

「そう硬くなるな。わしはただ、動くための手蔓《てづる》を集めているだけだ」

手蔓とはすなわち、情報だ。この用人は常に、事が起きるより早く動きはじめる。張りめぐらされた情報の網に、何かが引っかかり揺れたのだろう。不穏を察知して、早めに危険をとり除く。それが忠常のやり方だった。

尚七はあの日のことを、思い出せる限り詳しく語った。忠常はほとんどさえぎることをせず、きき役に徹していたが、日光社参とりやめについて、尚七が発した不用意なひと言だけは、さすがにきき咎《とが》めた。

「仮にも公儀の役人の前で、そのような失言をするものではない」

「面目しだいもございません……もしや、そのために殿やお家にお叱《しか》りが……」

尚七は青ざめたが、この程度なら心配にはおよばないと、忠常が冷静に告げる。

「案じているのは、おまえのことではない。むしろわし自身の失態だ」

「失態なぞ、まさかご用人に限って」

用心深く、手抜かりのない男だ。失態なぞ犯すはずがないと、尚七は首をかしげる。

「どんなに用心を重ねたつもりでも、先々のことまでは測りかねる。いかに石橋をたたいても、次に来る鉄砲水の勢いはわからぬ。それと同じだ」

「鉄砲水に襲われるやもしれないと、ご用人はお考えなのですか？」

そのとおりだ、と忠常は首を振った。

「いつ来るか、どれほどの大水かは、わしにも正直わからぬ。しかしできる限りの備えは、しておかねばならぬからな。その仕度のために、おまえの耳目《じもく》を借りておる」

尚七は、しばしのあいだ考えて、それを口にした。

「ご用人が憂《うれ》えておられるのは、もしや間宮林蔵殿の噂と、関わりがあるのですか？」

忠常の目が、ゆっくりと尚七に当てられた。

「間宮殿が内々に、公儀の隠密《おんみつ》を働いておられるとの噂です」

「あれは噂ではない。真実《まこと》のことよ」

言下に肯定され、少なからず衝撃を受けた。しかし忠常は、淡々とした表情のままだ。

「もともと樺太へ赴いたのも、オロシヤとの境を確かめんがためだ。驚くには値《あたい》せぬ」

「しかし……間宮殿は、良きお人柄に見えました。才長けていながら驕《おご》りはなく、気さくな方です。とても隠密をはたらいているようには見えませぬ」

「尚七、人柄とお役目は、まったくの別物だ。履き違えてはならぬ」

公儀隠密という役目には、底知れぬ恐ろしさがつきまとう。飾り気のない間宮は、そういう怖さとは無縁に見えた。けれど忠常の言ったとおり、人柄が良いから密偵ではないとは限らない。むしろ人望を得られぬようでは、相手から情報も引き出せない。

「間宮殿は、変わり身にも長けておってな。商人や物乞《ものご》い、ときにはアイヌにまで化けるそうだ。密偵として、まことに優れておる故に、重宝されているのであろう」

高橋と間宮の笑顔が思い出される。人の懐にするりと入るような、間宮にはそんな親しみやすさがあった。人に好かれる気質《たち》は、決して役目で培《つちか》ったものではなく、もって生まれた性分かもしれない。

「間宮殿のお役目は、さしたる大事ではない。わしが知りたいのは、商館医殿の存念だ」

「シーボルト殿の、存念にござりますか？」

「さよう。あの方が本当に欲しかったもの、求めていたものは何かということだ」

「この国における万有の知と、たしかそう申されて……」

「ならば何故、万有の知を欲する？」

尚七と同じ、単なる好奇心ではないのだと、忠常の顔は語っている。

「あの方は、間宮殿とまったく同じ立場におるのかもしれぬ」

「シーボルト殿が、密偵だと仰るのですか！」

「そうかもしれぬと、考えておる」

「まさか、あの方に限ってそのような……」

口に出し、はっとした。さっきの間宮と同じことだ。シーボルトがこの国を愛し、鳴滝塾をはじめ、力を尽くしているのは確かなところだ。しかしそれは、密偵ではないという証《あか》しにはならない。

「少なくともシーボルト殿は、ひとつ嘘をついている」

「嘘、とは？」

「蘭語の音が変わっていると、おまえが申したときだ。オランダの山国育ちだと、通詞はこたえた」

尚七も覚えている。おそらく同じ疑問を、たびたび投げられたのだろう。通詞の名村八太郎は、シーボルトに伝えることもせず、即座に返した。

「あの通詞も、嘘を承知でこたえておるのだろう。オランダには、山などないからな」

え、と尚七が、目を見開いた。オランダという名は俗称で、正式な国名はネーデルラントという。ネーデルは低地、つまりは低地の国という意味だ。国のほとんどは、干拓によって築かれた。もとは海浜や湖沼であった場所に、堤を築いて水を抜き、耕地にしたのである。

「江戸で言えば、深川や本所《ほんじょ》にあたる。こちらは埋め立てであり、土地の成り立ちに違いはあるが、景色は似ていよう。本所深川に、山はなかろう」

忠常に説《と》かれ、確かにとうなずいた。

「おそらくは別の国の生まれで、オランダにはごく短いあいだしかいなかったのだろう」

拙《つたな》い蘭語のわけを、忠常はそう推測した。蘭人ではないと知れれば、出島の滞在さえ許されないかもしれない。それを恐れての嘘であろうと、そうも言った。

「別の国とは、どちらでしょうか？」

「それは、わしにもわからぬ」

シーボルトは、バイエルン王国の生まれであった。バイエルン王国は、数年前からドイツ連邦に加わっている。つまりはドイツ人であるのだが、明らかになったのはずっと先のことだった。

「しかし、国を偽《いつわ》っていたというだけでは、密偵とは言えぬのではありませぬか？」

「そうだな。何ら証しがあるわけではない……ただ、その疑いをもつ者がいるということが、何よりも大事なのだ」

「疑いとは、どなたが？」

　忠常は何もこたえなかったが、尚七は表情で察した。疑いを抱いているのは、公儀に相違ない。

「シーボルト殿は、やり過ぎたのだ。荷や従者の数、旅の長さ、会うた者の数、落とした金子、すべてにおいて倍ほども上回っていた。何事も度を過ぎれば、目に立つ。ほどほどを旨とする、ご公儀であればなおさらだ」

　ただし公儀の的は、シーボルト当人ではない。真実はどうあれ、表向きは交易を許した国から来たオランダ人だ。こちらが勝手に処罰すれば、後々面倒を招く。蘭人と唐人については、後の治外法権にあたる考えが、すでに幕府の中にあった。事を荒立てずとも、船に乗せて帰してしまえばいいだけのことだ。何よりも、唐蘭がもたらす進んだ知識と珍しい品々は、手放すにはあまりに惜しい。双方を秤《はかり》にかけて、そのように判断したのだろう。

　公儀が目を光らせているのはむしろ、シーボルトの周囲にいた者たちだった。

尚七の前で、はっきりと口にしたわけではない。しかし忠常は数日後、一通の手紙を送った。相手は長崎出島の、さる通詞である。

『先の参府の折、シーボルト殿にさし上げた品々のうちのいくつかを、京へ送らねばならなくなった。ついてはしばしのあいだ、貸していただけないだろうか』

いったん贈った品を、返して欲しいとはさすがに言えない。貸してほしいとの建前で、返却を願ったのである。

尚七はもちろん、あらゆる伝手《つて》から情報を集めた結果の、忠常なりの善処だったのだろうが、書簡の整理をしながら、その控えを目にしたときは、胸が塞《ふさ》がる思いがした。

あの人間らしい青い目を、二度とまっすぐに見られない。そんな後ろめたさがつきまとった。

忠常の心配は、杞憂《きゆう》ではなかった。それがわかったのは、二年以上も過ぎた文政十一年、十月のことだった。

世に言う、シーボルト事件である。

その報を誰より早く尚七にもたらしたのは、妻の多加音だった。

「さきほど実家《さと》から使いが参って、父上が……父上が、お縄になったというのです！」

上屋敷から帰ると、真っ青な顔色の妻が、すがるように訴えた。

「馬鹿な！　何かの間違いではないのか。あの温厚な父上が、いったい何の咎で」

「私も仔細はわかりませぬ……ただ、上役の高橋さまが捕縛され、父上も同じ罪でお取り調べになったと、そのように……」

ざわっ、とうなじが鳥肌立った。高橋景保、義父の笑顔、びいどろの瞳——。二年前の長崎屋での光景が、目の前に点滅した。

ひとまず妻とともに、千駄木町の佐野家へと走った。しかし義母はもちろん、跡取りの義兄も、確たる理由がわからず戸惑うばかりだ。ただその義兄は、気になることを耳にした。

「ひとつ、嫌な話をききおよんだ。此度の捕縛は、公儀隠密の間宮林蔵が関わっておると」

「間宮殿が？　関わっているとは、どのように」

「高橋さまや天文方を探り、奸計《かんけい》に陥《おとしい》れたというのだ」

同じ天文方に勤める義父の同輩で、やはりお縄になった者がいる。その身内からきいたという。

「ご公儀の命により、天文方を探っていたということですか」

「いや、事の起こりは、高橋さまと間宮との不和にあるそうだ。表向きは親しゅうしておったが、かねてより相容《あいい》れぬところがあった。高橋さまを追い落とさんと間宮が謀《はか》り、天文方の役人を捕えさせたのではないかと、その噂が立っておる」

長崎屋を、二度目に訪ねたときのことを思い出した。高橋と間宮のあいだには、不仲など欠片《かけら》も見出《みいだ》せなかった。

「兄上、ご心痛はお察ししますが、噂に惑わされてはなりません。私が仔細を確かめて参ります。どうかそれまでは、滅多な話はなさいませんように。当家のご用人なら、此度の騒ぎをきき逃すはずがありませぬ」

「尚七殿、父上のこと、土井侯にもお頼みしてはくださらんか。我が佐野家には、ご公儀に願い出るほど、力のある者はおらんのだ。奏者番と寺社奉行を兼ねておられる土井侯であれば、ご公儀にも顔が利こう」

しぼんだような利位の顔が浮かび、とっさには返せなかった。義兄には言葉をにごし、

「できる限りのことをいたします」とだけこたえた。

「頼んだぞ、尚七殿」

憔悴しきった義母のために、二、三日は佐野家に妻を留めることにして、少しは慰《なぐさ》めになろうかと、三人の子供たちも明日の朝、連れてくると約束した。

「そんな顔をするな、多加音。あの父上に、やましいことなぞあるはずがない」

尚七が声をかけても、妻の表情は晴れない。気の強いはずの妻が、いまは見る影もない。

「私を教え導いてくれたのは、父上です。私の気性を認め、わかろうとしてくれたのも、父上だけでした……あなたさまに会うまでは」

多加音が、泣き笑いの顔になった。

「そんな父が、一度だけ機嫌を損《そこ》ねたことがありました。あなたさまに嫁ぎたいと、私が申したときです。いつのまにそのような仲になったのかと、へそを曲げられて、母と兄にいさめられ、ようやく承知してくれました」

尚七が、初めてきく話だ。きまりが悪いと思ったのか、婿殿には言うなと口止

めされたという。

「なのにいつだったか、父上がしみじみ申しました。たとえ国中を訪ね歩いても、尚七殿より良き伴侶はおるまいと」

同じ言葉を、尚七にもかけてくれた。長崎屋を訪ねたときだ。義父と会うときはいつも、傍《かたわ》らに妻や子供たちがいた。思えば、佐野関蔵とふたりきりで語り合ったのは、あの一度きりだった。

「親はいつか、子を置いて先立つものだと、承知しておりました。ですが、このように理不尽な別れは、あんまりです！　もし……もしも父上がこのまま帰らなかったら、今生《こんじょう》の別れになってしまったら、私は悔《く》やんでも悔やみきれませぬ」

涙が、あふれそうになる。どうにか堪《こら》えたが、それは多加音の目から、ぽろぽろとこぼれ落ちた。

義父のあの笑顔を、妻のもとにとり戻してやらねばならぬ。切実に、思った。

二日の後、尚七は主君の居室に呼ばれた。

「天文方の捕縛騒ぎについて、仔細がわかりました」

鷹見忠常が、土井利位に向かい申し上げる。座敷には、三人きりだった。

「申せ、十左」

言葉少なに、利位が命じる。脇息《きょうそく》にからだを預け、息も少し苦しそうだ。かつての溌剌《はつらつ》とした姿とはほど遠い。このころ利位は病を得ていた。

加減が優れなくなったのは、今年の初夏だ。しばらくは無理をして役目をこなしていたが、六月になると病気欠勤を願い出て、長らく床《とこ》に臥《ふ》せった。未だに寝たり起きたりの暮らしが続き、今日も決して、具合が良さそうには見えない。土壁のようなざらついた肌が、それを物語っていた。

「高橋景保の罪は、商館医シーボルトに、我が国の地図を渡したがためにございました」

「地図だと？」

「はい。日本図と蝦夷図、樺太島図などの写しを、江戸参府の折に商館医に与えました。幕府の禁を犯す大罪です。おそらく死罪は免《まぬか》れませぬ」

「死罪……たった、それだけで」

思わず呟《つぶや》きが口をついた。忠常が、尚七をふり返る。

「尚七、おまえにはまだ、地図の重みがわからぬのか。地図は、国の守りの要《かなめ》だ。異国の手に渡れば、大筒ほどの力をもつ」

国外に地図をもち出すのは、国禁とされていた。ましてや高橋が与えたのは、伊能忠敬の測量に基づく正確無比な代物だ。幕府にとっては見逃せない大事であった。

地図譲渡に協力したとされ、佐野関蔵ら天文方役人や、長崎出島の通詞からも、名村八太郎以下、捕縛者が相次いだ。その数は十数人にのぼる。

「尚七の舅《しゅうと》殿も、お縄になったのであったな」

利位が、いたわしそうに尚七を見遣《みや》る。

「ご用人、この一件には、間宮林蔵殿が関わっておられるとの噂がございますが……」

「それは、まことのことだ」と、忠常は否定しなかった。

三月末、浅草天文方に近い高橋景保の家に、長崎から包みが届いた。差出人はシーボルトで、間宮林蔵宛ての小荷物も同封されていた。

「中身は贈り物らしき更紗《さらさ》一反と、正月十一日に書かれた文であったそうだ」

高橋はこれを間宮に届け、間宮は開封せずに、上役の勘定奉行に荷を預けた。

「ではやはり、間宮殿が高橋さまを、陥れたということですか？」

「いや、それは違う。間宮殿は中身を知らぬまま、勘定奉行に届け出たに過ぎぬ。それがご公儀のとり決めであるからな。間宮殿はただ、御法を守っただけだ」

一方の高橋は、この届出を怠《おこた》った。公儀は疑いの目を向け、高橋を内々に内偵し、半年後の十月、捕縛に至ったのである。異人との文のやりとりや、蘭書の入手は罪に問われない。あくまで届けを怠ったことと、ご禁制の地図を渡したことが咎められた。

「さようでございましたか」

経緯をきいても、気持ちは晴れない。畳《たたみ》の下まで気持ちが沈むような、やるせなさに襲われた。尚七の表情に、気づいたのだろう。利位が、励ますように声をあげた。

「ともかく尚七の舅殿を、一日も早く助け出さねばならぬ」

「殿……」

「案ずるな、尚七。自ら罪を犯したわけではないのだから、助ける手立てはあるはずだ。出仕がかなわぬ身とはいえ、勘定奉行や目付衆への伝手はある。罪をかるくしてもらえるよう、すぐに書状を……」

「なりませぬ！」

忠常が、鋭い声を放った。

「殿、この一件には、手出しをしてはなりませぬ。それがしは一度、尚七は三度、長崎屋を訪ねております。下手を打てば、こちらまで痛くもない腹を探られることになりまする」

「したが、十左、尚七の身内に関わることなのだぞ。このまま捨て置けというのか！」

「さようです」

主従が一瞬、にらみ合った。座敷の内が急に毛羽立《けばだ》ったような、緊張がみなぎる。光と影のように、絶えず張りついていた主従である。このような場面は初めてだった。

忠常の目が、正面から主君をとらえた。そこには強い覚悟があった。

「殿、悔しいとお思いなら、幕閣にて力をおつけなさりませ」

「力、だと？　亡き父上のように、老中にでもなれと申すか」

「いいえ、それでは足りませぬ」

利位は皮肉な調子で返したが、忠常は首を横にふった。

「老中で足りぬと……まさか、十左、老中首座につけというのか」

病でにごった利位の目が、大きく見開かれた。

「殿には、十分なご器量がございます。そのためなら、この鷹見十郎左衛門、精一杯お仕えいたしまする」

利位に向けられた決意には、尚七への言外の意味も込められていた。利位の出世に、わずかな傷もつけてはいけない。古河土井家に、いささかの影も落としてはならない――。

利位の居室を下がり、尚七はひとりで上屋敷を出た。

外はすでに暗く、風は冬の冷たさを帯びている。

「多加音、すまぬ。父上、申し訳ございません……私は、無力です」

本当に無力なのは、利位ではなく尚七自身だ。忠常を恨む気持ちはなく、何もできぬ己《おのれ》が、ただ情けなかった。

冬の高い空に、星がまたたいていた。

星々は青く輝いて、まるで青いびいどろを、天空いっぱいに撒《ま》き散らしたようだった。

尚七がその手紙を目にしたのは、シーボルト事件から半年が過ぎた、翌年の晩春だった。

用人に頼まれて、御用部屋で書簡の整理をしていたときだ。

たたんであれば、尚七も無闇に読むような真似はしない。だがその文は、開いたままになっていた。その名が、射るように目の中にとび込んできた。

差出人の名は、フォン・シーボルト。宛名は鷹見忠常だった。

もう二年以上前になる。江戸のシーボルト熱がようやく冷めてきたころ、忠常は贈った品々を借り受ける名目で、返却を要請した。その後どうなったのか、商館医が送り返してくれたのか、尚七は確かめておらず忠常も語らなかった。

その返事だろうか。深く考えもせず目を走らせた。文は馴染んだ忠常の手蹟《しゆせき》で書かれている。控えのための写しのようで、原物は別の場所にあるのだろう。

手紙はごく短いものだ。『江戸では一度しか会う機会がなく、残念に思いました。オランダに帰り着いた折には、めずらしい異国の地図をお送りします。できれば貴殿から、押し葉にした植物標本を送ってはいただけないでしょうか』

だいたいそのような旨が書かれていた。内容もさることながら、妙だと思えたのはその日付である。文政十一年正月十一日――。同じ日付を、たしか耳にした。どこだったろうと考えて、はたと思いついた。同じ差出人からの、間宮林蔵宛ての手紙だ。高橋景保が捕縛された、そのきっかけとなった文だった。

手の中のたった一枚の紙が、急に冷たく、重くなった。

もしや忠常も、あの一件に関わりがあるのだろうか――。

ふとその疑念が浮かんだとき、背中から声がした。

「その便りは、間宮林蔵殿のもとに届いた文と、ほぼ同じものだ」

忠常が、そこにいた。尚七の前に座す。

「シーボルト殿は、同じ文を二通送るよう通詞に頼んだ。一通が間宮殿、もう一通がわし宛てだ」

それ自体は、何ら不思議はない。蘭語の手紙は通詞が翻訳し、和式の手紙にしたためる。江戸で一度会ったとか、地図を欲しがっていたとか、たまたま条件が同じであったから、それぞれに送ってほしいと頼んだのだ。

「では、間宮殿とちょうど同じころ、ご用人のもとにもこの文が届いたのですか？」

そうだ、と忠常は短くこたえた。

「もうひとつ、わしがつかんでいたことがある。ご公儀はかねてより、商館医に強い疑いを抱いていた。やはり密偵ではないかとな」

これまで幕府が素知らぬふりを通していたのは、シーボルトの存在が国に利益をもたらすからだ。禁制品のもち出しすら、目をつむる腹でいたことさえ窺える。事件より前に出航した蘭船に、シーボルトは禁制品を含めた品々を託《たく》し、それらはすでにオランダへ届いている。この蘭医だけではなしに、代々の商館員も大同小異である。

入港する蘭船には、必ず積荷検《あらた》めがなされるが、逆に出港する船はほとんど免除されている。異国から入る品には目を光らせる一方で、出る品にはさほど厳しくしない。唐人や蘭人への、土産か駄賃の心積もりとも受けとれる。

ただ今回ばかりは、目に余ると判断された。理由はやはり、伊能図である。

かねてより内偵を進めていた天文方や和蘭通詞ら、協力者の捕縛に踏みきった。

シーボルト当人も三度にわたって吟味《ぎんみ》を受け、一年のあいだ出島に留め置かれた。シーボルトが運び出そうとしていた地図をはじめとする禁制品の多くは押収したが、一方でその一部は、写しをとることを黙認している。国外永久退去を命じたものの、やはり幕府にはシーボルトを本気で罰する気はなかったと言える。そのかわり、国禁に加担した自国の者たちへは、容赦《ようしゃ》がなかった。中でも伊能図を与えた高橋景保が、槍玉《やりだま》に挙げられたのだ。

「蘭医殿よりの文は、内々に公儀のさるお方に届けた。その折に、はっきりとは口にせぬまでも、さような話も遠回しになされていた」

「では、シーボルト殿の災難を、ご用人は半年も前から存じておられたのですか！」

「そのとおりだ」

さるお方が誰かはわからないが、少なくとも奉行以上の身分だろう。

「どうして、もっと早《はよ》うに教えてくださらなかったのですか。前もって忠言しておれば、高橋さまや私の舅も、助けられたやもしれませぬ！」

「この一件においては、ご公儀の側に立つと、わしが心を決めたからだ」

情報は、確かさ早さで価値が決まる。忠常はそれを誰よりもよく承知していた。

出島にも長崎奉行所にも、忠常と親しい人物は何人もいる。遠方にかかわらず、驚くほど頻繁にやりとりが行われ、おそらくそれらの情報も、公儀がシーボルトを暴く一助となったはずだ。そうすることで、いわば公儀に恩を売った。決して己の保身のためではないことは、わかっている。見返りはいつか、利位や古河藩にもたらされる。

忠常は、庭の縁を背にして座していた。

光の加減で、顔は黒く塗り潰《つぶ》されて、表情がわからない。

十五年以上ものあいだ、師と仰《あお》いできた。常に尚七の行く道を照らしてくれる灯りだと、信じて疑わなかった。だが、このとき初めて、この男を恐ろしいと感じた。

忠常は、学者ではなく政治家だ。

わかっていたつもりでいたが、その真の怖さに気づかなかった。

「おまえの気が済むのなら、いくらでもわしを恨んでくれて構わない」

「私の胸の裡《うち》なぞ、どうでもいいのです。ただ、亡くなられた高橋さまのご無念を思うと……」

高橋景保は、つい先月、二月半ばに牢内で病死した。

その後の顚末《てんまつ》も酷《むご》く、遺骸は塩漬けで保存され、翌年、死罪の沙汰《さた》が下りてから、改めて刑場に引き出され斬首《ざんしゅ》された。

佐野関蔵は、幸い役目差控と隠居だけで済んだが、咎が決するまでの牢暮らしや、上役の死が応えたのだろう。病がちとなり、以前の笑顔をとり戻すことはなかった。

「高橋さまはただ、天文方のお役目を全うせんとしたのです。我が国の地図を与え、代わりに異国の地図を得たのも、それが御上のためになると思うたからです。シーボルト殿とて同じです。たとえ密偵であったにせよ、この国のために精一杯、心を尽くしてくださった」

八つ当たりだと、わかっていた。忠常が言ったように、高橋もシーボルトも、やり過ぎたのだ。ある程度までは、大目に見てくれようが、公儀が引いた線を、大きく踏み越えてしまったからこそ、咎を受けるに至ったのだ。

尚七の声が嗄《か》れ、座敷がしんと静まりかえった。ツバメだろうか、どこからか餌《えさ》をねだる雛《ひな》の声がした。

「言い訳のつもりはないが、正直、あれほど多くの者に累《るい》がおよぶとは、思うていなかった……わしの見当が甘かったのだ」

常に乱れのない声が、かすかに震えていた。忠常は詫《わ》びを口にしない。それでも尚七は、ふいに気がついた。

用心深い忠常が、写しとはいえ、あのような大事な手紙を、開いたままに御用部屋に放っておくはずがない。書簡の整理を言いつけ、尚七に見せるためにあえて置いた。

それが忠常なりの、詫びようであったのだ。

「ご用人、もしや……」

尚七の言葉をさえぎるように、忠常は立ち上がった。後の始末を頼み、座敷を出しな、独り言のように告げた。

「シーボルト殿は、このまま一生、我が国に留まるから、罪を得た者たちを許してほしいと乞われたそうだ。おまえの言ったとおり、良きお方であったのだろう」

しかし嘆願が認められるはずもなく、シーボルトは国外退去とされ、この年に日本を離れた。オランダに帰国し、三年後、『日本』と題した書物を刊行する。日本から北方にかけての地図も添えられ、この樺太北部に、『間宮瀬戸《まみやのせと》』と記されている。シーボルトを窮地に立たせた因《もと》とされる間宮林蔵は、皮肉なことに、当の蘭医の著書により、その名を世界に知られることとなる。

ただ、このドイツ人が、日本をこよなく愛していたのは本当だった。

シーボルトが国外退去を解かれ、ふたたびこの国を訪れたのは、三十年後のことだった。

第六話　雪の華

「美しゅうございますなあ」

とっくりとながめ、尚七はため息をついた。ふたりの前には、膨大な数の絵図が積まれている。一枚ずつ丹念にながめていては、日が暮れる。わかってはいるのだが、つい手が止まる。傍《かたわ》らの鷹見忠常は、咎《とが》めることをせず、一緒に絵図に見入った。

亀甲、矢車、松葉。桜、菜種、楓――。花や草木によく似ているが、どれも六枚の花びらで象《かたど》られていた。その数は、数百にものぼる。すべてが雪の欠片《かけら》、雪のひと粒たる雪華であった。人と同様、厳密にはふたつと同じものがないという。

「我らからすれば、見慣れぬ蘭人の顔は、どれもよく似て見えよう。それと同じことだ」

師匠である忠常は、そんなふうに言っていた。あれほどの数が降る雪に、ひとつひとつ顔があり、個がある。何ともけなげに思えてならなかった。

黒漆《くろうるし》の皿に受け、顕微鏡《けんびきょう》で確かめる。雪は、六つの枝の先からとけはじめる。それより早く形を写しとり、後にていねいに清書する。朝、顔を洗い、口をすすぐがごとく、単調ともいえる作業をひたすら続けてきた。その地道な努力が、ようやく実を結ぼうとしている。ふたりはこれまでに描き溜めた雪片図の、整理にあたっていた。

「それにしても、ようも続けてきたものよ。苦労であったな、尚七」

はじめてから、二十年が経つ。忠常に労《ねぎら》われ、あらためて歳月をふり返ると、柄にもなく深い感慨を覚えた。

どの図にも、日付と記した者の名が入っている。尚七の名がとび抜けて多いのは、主君と忠常の公務が、それだけ忙しかったことを物語っている。六花《りっか》の研究は、あくまで藩主の土井利位のものであり、忠常の助言と導きがあってこそなし得た結果だ。だが、忙しいふたりに代わり、誰よりも長く雪と触れ合ってきたのは尚七であった。

「辛い日がなかったとは申せませぬが、苦労とは思いませせなんだ。六花は私にとって、冬にだけ訪れる親しい友のようなものでした。友との再会がただ嬉しくて、毎年重ねるうちに、気づけば二十年も過ぎておりました」

「そう思えるおまえの心根は、何より得難い。恨み辛みを口にしながら嫌々続ける苦労とは、自《おの》ずと先々が違《ちご》うてくる」

自分にも他人にも厳しい男だ。こうもあからさまに褒《ほ》めることは滅多になく、尚七は大いに照れた。

「いえ、実は妻の前では愚痴なぞも、ようこぼしておりまして」

「そうか、では陰の功労者《もの》は、多加音殿というわけか」と、忠常が笑う。

冗談も、ゆったりとした笑顔も、やはりめずらしい。当の忠常には、愚痴を言う相手なぞいるのだろうか。上役をながめ、尚七はふとそんなことを考えた。

忠常は昨年、家老に昇り、五百石を賜《たまわ》る身となった。

お家の大事に関わる役目柄もあろうが、妻子の前ではまず仕事の話をしないと、嫡男の次郎からきいている。忠常の次男、次郎は今年、目付役見習に就いた。

家老に出世し、子福者《こぶくしゃ》でもある。誰もが忠常をうらやむが、人知れぬ苦労はあるはずだ。土井家には筆頭以下、家老は四人おり、新参となれば何かと気を遣う。また妻とのあいだに生《な》した九人の子のうち、長男をはじめ、すでに四人に先立たれていた。この時代めずらしくはないことだが、子を亡くす悲しみは察してあまりある。尚七も下にもうひとり娘を儲《もう》けて四人となったが、幸いにも達者に育っている。

尚七が六花とともに過ごした二十年のあいだ、忠常はもっと大きな渦《うず》に揉《も》まれてきたはずだ。けれども今日は少し穏やかに見える表情には、波ひとつ飛沫《しぶき》のひとつも現れてはいなかった。その目はいまは、六花の絵図に向けられている。

「やはり同じ欠片でも、殿と尚七では描きようが違うのだな」

二枚の図をとっくりと検分し、忠常が言った。

「私には、絵心がございませんから……殿のように美しい紋形にはなりませぬ」

「たしかに谷《たに》先生も、殿の画才は褒めておられたが」

主君の土井利位と忠常は、江戸では当代一と名高い、谷文晁《ぶんちょう》に絵を習っていた。

「殿にくらべて私の雪華は、何とも素っ気なく」

「まあ、平たく言えばそのとおりなのだが」と、こればかりは忠常もにべもない。「だがおまえのものも、決して悪くはない。いわば、殿とは別の目をもっているということだ」

「別の目とは？」

返事の代わりに忠常は、脇の書物棚から一冊の本を抜き出した。

「これは、『格致問答《かくちもんどう》』でございますな」

雪の観察をはじめた、そもそもの発端といえるのが、この蘭書であった。マルチネットというオランダの牧師が著《あらわ》した、格物究理の書であり、名のとおり問いと答えの形で、わかりやすい物理化学の入門書となっている。

忠常は、その一頁を開いた。十二の雪の結晶が載っている。初めて主君の利位とまみえたとき、ともに夢中で見入った雪華図だった。この十二片に魅入《みい》られて、雪の世界に足を踏み入れ、それからもくり返しながめた。目をつむっても描けるほど、馴染んだ図だった。

「おまえの雪華は、これに似ているとは思わんか？」

「言われてみれば、たしかに……やはり幾度も目にしたためでしょうか？」

「それなら、殿も同じであろう」

なるほどと、尚七がうなずいた。

「司馬江漢殿の、『天球全図《てんきゅうぜんず》』は知っていよう？」

「もちろんです。いわば我が国で描かれた、最初の雪華図が載っておりますから」

司馬江漢の本業は浮世絵師だが、蘭学にも秀でていた。『天球全図』には遠眼鏡で見た月から、顕微鏡による虫の姿まで、精緻《せいち》な筆で描かれている。その中に雪の結晶もあり、いまから三十年以上も前だから、知る限りでは日本で初めて雪華を描いたのは江漢であった。

「あの図もやはり、この蘭書の図をもとに描かれたそうだ」

「さようでしたか」

「しかし江漢殿の雪華は、『格致問答』よりもよほど華やかであった。以前、宇田川榕庵殿から、花粉の絵を見せていただいたときも、同じことを思うてな」

蘭医の宇田川榕庵が、近年、力を入れているのが西洋の植物学だ。榕庵は絵師ではないが、顕微鏡でとらえた花粉は、たとえ同じ形でも、蘭書の図にくらべて情緒があった。そう忠常は説《と》いた。

「尚七、おまえのものの見方は、むしろ西洋人に近いように思える」

「私が、蘭人に？」

頭の中に金髪碧眼《へきがん》が浮かび、それを払うように、まさかと首を横にふった。

「絵としては素っ気ないが、どちらがより真物に近いかといえばおまえの図だ。西洋人にはそちらの方が大事でな、もしも双方を見せれば、軍配はきっとおまえにあがる」

学問であればなおさら、より正確で緻密な図が求められる。それが科学に先んじた西洋人の目であり、忠常が言った別の目とはその意味だった。

対してこの国では古《いにしえ》より、雪月花は愛《め》でられるものだった。もっとも端的な例が、家紋である。花鳥風月を図案化し、着物や道具にまでとり入れる。

「殿の描かれた図には、家紋に近いものが多く見受けられる。晴明鱗《せいめいうろこ》に梅鉢《うめばち》、細桔梗《ほそききょう》というようにな」

忠常が指をさした図は、たしかにその名をもつ家紋によく似ていた。利位の雪華は、家紋のもつ日本の様式美を、深く投影していた。

「本来であれば、真形に近いおまえの図をとり入れるべきであろうが、配る相手がこの国の者なら、やはり殿の図の方がよかろうな」

尚七にも、異存はない。

「では、ご家老」

うむ、と深くうなずかれ、尚七の胸が大きくふくらんだ。

天保《てんぽう》三年冬、あのシーボルト事件から四年が過ぎていた。

「どうであった、十左」

やがて城から戻った主君は、まっすぐにふたりのもとにやってきた。

ひと頃はからだをこわしていたが、無事に快癒《かいゆ》した。役目ももとに復帰して、奏者番と寺社奉行を兼務している。

「質も量も、申し分ございません。やはり今年の冬、五十五もの雪華を見出したのが、大きゅうございます。さぞや立派な書物に仕上がりましょう」

「そうか！」

喜色が満面からあふれ、その目は輝いていた。

「いよいよ我らの労が、報われるときがきたのだな。はじめた時分は、よもや二十年もの歳月がかかるとは思うてもみなかったが……」

「よう続けられましたな、殿。道半ばで放り出すことなく、こつこつと地道に雪の験《け》視《み》を重ねてこられた。その果《か》が、見事に実るときが参りました」

利位は、細やかな気持ちの持ち主だ。忠常にてらいなく褒められて、感慨がにわかに押しよせたのだろう、うっすらと涙ぐんだ。

「これも十左と尚七のおかげぞ。十左に手を引かれ、尚七は尻を押してくれた。ふたりがいてくれたからこそ、わずかながらでも進むことができた。あらためて礼を申すぞ」

「もったいなきお言葉にございます」

忠常とともに平伏したが、本当は手をとり、心の底から喜びを分かち合いたい。こと雪華の研究に限っては、身分の別なき仲間意識を尚七は強く感じていた。おそらく利位も同じなのだろう。

「本来なら、やはり尚七にも跋《ばつ》を頼みたかったのだが……」

と、肩を落とした。

すでに利位の序文や、忠常の跋、つまり後文はでき上がっている。利位はもうひとつの跋を尚七に書かせるつもりでいたが、これには忠常が異をとなえた。

「恐れながら、もうひとつの跋には、別の方に頼まれた方がよろしいかと……殿の名が冠されるのですから、やはり尚七の身分はあまりに軽すぎるかと」

「巷《ちまた》に売りに出すわけではない。あくまで土井家が版をなし、親しい方々にお配りするだけぞ。そこまで堅苦しく考えることはあるまい」

「ですが、上さまが御覧になるとしたら、いかがでございますか？」

「上さまだと？」

と、利位は怪訝《けげん》な顔をした。日頃つきあいのある大名旗本や、著名な蘭学者。せいぜいがそのあたりだろうと利位は考えていたようだが、忠常はさらに上を見当に入れていた。

「雪華紋の美しさは、誰の目にも心躍《こころおど》るものと存じます。上さまも、さぞお喜びになられましょう」

そんな話が交わされたのは、今年の夏のことだ。尚七にとっても、悪い話ではなかった。

己《おの》が名を残すより、多くの者に見てほしい。いまの将軍、十一代家斉が気に入れば、裾野にもあまねく広がろう。そう思うと、わくわくした。

「尚七、本当に良いのか？」

いまになっても利位は、気に病んでいるようだ。

すまなそうな利位に向かい、はい、と尚七は笑顔を向けた。

「終《しま》いの跋は桂川甫賢殿《かつらがわほけん》にお頼みしました。こちらにございます」

桂川甫賢は将軍家の奥医師であり、またすぐれた蘭学者でもある。跋文を頼むには、最適な人物だった。忠常から受けとって、利位が目を通す。

雪華の配し方や、版木で刷る冊数、誰に贈るかなど、あれこれと相談し、ひとわたり済むと尚七は、ひと足先に利位の御前を下がった。

廊下に出ると、雪が降っていた。

「またか……」

空は明るい。蘭鏡《らんきょう》で覗《のぞ》く間もなく、すぐにやみそうだが、それとは別の落胆が胸を塞《ふさ》いでいた。少し先の縁から庭に降り、手の平で雪を受けた。

以前は、湿った羽毛のようなぼたん雪が多かった。このところ年を追うごとに、次第に粒が細かくなっている。それだけ大気が冷たいという証しであった。

今年、五十五種という、かつてない数が観察できたのもそのためだ。興奮し、大喜びで蘭鏡を覗く毎日だったが、ある日、郷里の弟から便りが届いた。

実父の葦兵衛が他界して、弟が弐兵衛《にへえ》と名を変えて小松家を継いでいた。父と同様、郡方《こおりがた》で代官手代を務め、日々田畑を歩きまわっている。手紙の内容を思い出し、尚七は重いため息をついた。

「尚七か？」

気がつくと、廊下に忠常の姿があった。自ら縁を降り、尚七のもとに来る。

「この雪なら、験視にはおよぶまい」

「はい、承知しておりますが……」

尚七の屈託《くったく》に気づいたようだ。忠常は、声を落とした。

「跋のことは、すまぬな。やはり残念であったろう」

「いえ、滅相《めっそう》もない。跋については、まったく異存はございません」

忠常の誤解を、慌てて打ち払う。

「さようか……なにやら浮かぬ顔に見えたのでな」

「はい、実は、他のことを憂《うれ》えておりました……古河は今年も凶作であったと、ききおよびましたので」

郡方は毎年、その年の作柄を判ずる。平年並みなら平作、それより上なら豊作、下は不作となる。不作より悪ければ凶作、さらに飢饉《ききん》と続く。文政十二年の豊作を最後に、古河では不作と凶作が二年続き、今年もやはり凶作だったと、弐兵衛の手紙には書かれていた。

出来高の悪さは、古河に限ったことではない。少なくとも東国では同じようなものだろう。それでも古河は、決して豊かな国ではない。他国を知ったいま、尚七は気づいていた。

古河から江戸までは幾度も往復し、また御用の向きで、関八州にも赴《おもむ》いた。他国にくらべると、古河の城下や宿場は、あまりにもさびれていた。遠国《おんごく》ばかりでなく、近隣の国々に比しても見劣りがする。宿場の寂しさは、旅人の口の端《は》にのぼるほどだった。

城下や宿場は、いわば古河の表通りにあたり、裏側にいる百姓の貧しさを物語る。三年続きの不作と凶作は、ますます百姓を追い詰めることになる。もとは郡方見習として、彼らと接してきた尚七には、他人事《ひとごと》とは思えなかった。

「領民たちは、さぞかし難儀しているのではないかと案じられて……」

「さようであったか」

「年貢の先送りや、借金を願う者も多いとききました。今年だけでも、重荷をかるうしてやるわけには参りませぬか？」

忠常はこたえず、ただ難しい顔をした。領地の作柄も、古河藩の財政も、誰より熟知しているのはこの男だった。

他の大名家と変わらず、古河の台所事情も火の車である。譜代であり、幕府の要職に就いている恩恵で、参勤交代は免除される。そのかわり、おびただしい付け届けが欠かせず、また江戸に暮らせば、それだけで日々大枚の金が費やされる。入る年貢より、出る金が多ければ赤字は必然。土井家も方々の寺や商人のみならず、領内の百姓からも借金を重ねていた。

　利位は決して、無能な君主ではない。むしろ藩財政の立て直しに必死であり、借金はわずかながら目減りしているのだが、先祖代々の借財はあまりに大きい。百俵積まれた俵の、一、二俵に過ぎず、借財という俵の山は、相変わらずでんと居座っていた。

　借りた金には利子が生じ、借金を続けるためには借金を重ねるより他にない。家老たる鷹見忠常のもっとも大きな仕事は、借金の申し込みであった。忠常の顔の広さは新たな貸方を開拓するにはうってつけだ。皮肉にも思えるが、この時代、どこの大名家も事情は同じだ。借金という金繰りが、重臣たちの何よりの責務であり、その点でも忠常は有能な家老であった。

「文化文政を通じて、作柄は悪くなかった。ことに文政十二年の大豊作のおかげで、この三年はどうにか凌《しの》いだが、来年も甚《はなは》だ心許《こころもと》ない。今年、お家の有金をはたいてしまえば、来年はもっと困ることになる」

尚七の案を容《い》れられぬ理由を、忠常はそう説いた。

「来年も不作や凶作が続くと、ご家老はお考えなのですか」

「いや、さらに悪くなるやもしれん」

「さらにというと、まさか……」

凶作の下に何があるか。わかってはいたが、怖くて口にすらできなかった。

「今年の冬の寒さは尋常ではない。おまえなら、ようわかっているはずだ」

「はい……だからこそ、あれほど多くの雪華を見出すことが叶《かな》いました」

五十五種という数は、それこそ異常と言える。二十年続けてきて、多い年でも十種がせいぜいだ。弟の便りを受けとってから、漠然と感じていた不安が、初めて形を成した。

「冬がことさら厳しい翌年は、往々にして夏も涼しい。日が足りねば、米は育たぬ。天明の折も、ちょうどこんな具合だったと申す年寄もいた」

天明の飢饉は、ふたりが生まれた頃の話だ。それでもいかに悲惨であったかは、未だに語り継がれている。そんな災厄《さいやく》がふたたび訪れるのかと、思わず身内に震えが走った。

「思うに、ご公儀の力が弱まったのは、天道に恵まれなかったためかもしれぬ」

「と、言いますと？」

「江戸に幕府が開かれた、ちょうどそのころから、おしなべて作柄が悪くなった。国がようやく落ち着き、百姓たちは畑仕事に勤《いそ》しめるようになり、道具や作物など農のやり方も大いに進んだ。にもかかわらず、作柄は一向に良くならない」

「それが、天道のためと」

「さよう。昔の控《ひか》えをあたってみると、元和《げんな》元年の大飢饉を境に、作柄が一変しておる」

元和元年は、江戸幕府が開かれてから、十三年目にあたる。それまでは、十年ほどのあいだに、不作や凶作は一、二度に過ぎず、あとは平作や豊作が続いた。しかし元和元年をまたいでより、まったく逆に様変わりした。つまりは不作の合間に、辛うじて平作や豊作が時折顔を出す、そんな状況が江戸期を通じて続いていた。

「調べてみると、この国で大凶作であった年は、異国でもやはり同じ災難に見舞われていた。天変はおそらく海をまたいで、我らが思う以上に広がっておるようだ」

「まるで、世界が冷えているようにございますな……」

以前見た地球儀を思い出し、尚七はそんなことを口にした。忠常は否定しなかった。

「そう言っても、さしつかえなかろう。仕組みまではわしもわからぬが、この二百年ほどは、農にとってはまさに冬を迎えていたということだ」

十七世紀から、後の十九世紀末にかけては、いわゆる太古の大氷河期以後もっとも寒冷な時期で、後世の学者には小氷期と呼ばれた。

「田畑が潤《うるお》わねば、自ずと国の力は衰える。西洋の国々が外へと向かい出したのも、それ故かもしれぬ」

異国の情報は、忠常とて入手が限られている。そのわずかな量から、導き出した結論だった。なるほどと、尚七は素直にうなずいていた。

「国を閉ざしていた我が国には、それが叶わなかったということですか」

「逆に閉ざしていたからこそ、異国から身を守ることができたとも言えよう」

鎖国についても、また幕府の支配についても、忠常は概《おおむ》ねを評価していた。戦国のまま国が乱れていたり、あるいは放埒《ほうらつ》な君主のもとでは、打ち続く凶作により、もっと多くの人死にが出ていたに違いない。堅実な徳川幕府だったからこそ、二百年もったと言える。

「ただ、この先は、ご公儀にとっても正念場となろう。他国は年々、慌《あわただ》しくなっておる。異国とのつきあいをどうすべきか、おっつけ考えねばならぬであろうな」

「ご家老の目は、古河のみならず、ご政道や世界に向いているのですな」

「決して古河を、かろんじておるわけではない。領民あっての、お家なのだからな」

　皮肉のつもりはなく、むしろ尚七は、自分の卑小さが急に恥ずかしくなった。

「世界は広いと、ご家老に教えていただいたというのに、私はこの歳になっても足許《あしもと》ばかりに目が行きます」

「おまえは、それで良い。だからこそ……」

と、家老は途中で話を切った。そろそろ他出せねばならぬ刻限のようだ。

「いや、この話はまたにしよう」

踵《きびす》を返し、家老が去った。

　風花のように頼りない雪は、いつのまにかやんでいた。

その年の暮れ、『雪華図説《せっかずせつ》』は完成した。

「ついに、仕上がったか」

感無量なのだろう。冊子を手にした利位は、開くことすらためらうように、しばし表紙をながめていた。惜しむように、そろりと一枚めくり、にこりと頬をゆるめた。表紙には何も書かれておらず、一枚開くと、その裏表紙に『雪華図説』と大書されていた。

最初に、利位による本文。八枚という短いものだが、「雪の成り立ち」と「雪花の観察方法」、さらに「雪の効用」について説いている。土を寒気にさらさぬよう覆《おお》いの役目を果たし、山に積もる雪はやがてとけて流れ、河川の源となるなど、十四の効用をあげていた。

次いで利位の手による八十六種の雪華図、これは縦に三、横に二と、一枚につき六種ずつ載せた。そして忠常の後文。わずか二枚だが、主君の長年の研究を讃《たた》えるとともに、物理の考察にも触れている。マルチネットの『格致問答』の結晶図と、まったく同形のものが主君の雪華図にもあり、たとえ土地が東西に隔たっていても、万物生成の物理には違いがないと述べていた。その後、参照にマルチネットの手による十二の結晶図がならび、桂川甫賢の末文で締められる。

利位が一枚ずつ紙を繰るたびに、尚七の心が震えた。版は摺師《すりし》を雇ったが、すべての出来を検《あらた》めたのは尚七だ。何枚目のどこにどの雪華があるかまで頭に刻み込まれていたが、雪華のひとつひとつに、万感の思いがある。利位も、まったく同じ心持ちでいるのだろう。愛《いと》おしむように、大事そうに検めていった。

「申し分のない、良い出来ぞ。よう働いてくれたな、十左、尚七」

短いが、心のこもった労いの言葉だった。臣下のふたりが、ていねいに頭を下げる。

「これをいくつ摺《す》ったのだ？」

「ひとまずは、百ほど」

尚七がこたえ、足らなければまた摺らせると、忠常が言い添えた。

年が明けてから利位と忠常は、城中や親しい大名諸侯、蘭学者たちに、出来立ての『雪華図説』を進呈した。

その反響は、三人の予想を大きく上回っていた。

「大奥からも、ご所望《しょもう》をいただいたのですか！」尚七がびっくりし、

「さよう。学問の書であるから、女子供には難しかろうと思うていたのだが。雪

華の美しさには、誰もが夢中になってしもうてな」と、家老もいささか戸惑っている。

予見の達人たる忠常でさえ思いおよばぬ勢いで、『雪華図説』は城中でもてはやされていた。そして尚七が願ったように、その裾野は、すでに城の外へと広がりつつあった。

「そういえば、さる方を通して、越後《えちご》の縮商《ちぢみ》からも申し入れがあってな。何でも雪に関する学問の書を著しておるそうだ」

「縮商人が、雪の書を？」

「越後と江戸のあいだを行き来して、雪に心惹《ひ》かれたようだ。雪国ならではの暮らしぶりに加え、雪の成り立ちなぞの究理にも触れたいとのことでな、殿の雪華図をぜひ載せたいと申しておるそうな」

「それなら、我らと同じ穴のむじなでござるな。さような者の頼みなら、殿もきっとお喜びになりましょう」

越後の縮商、鈴木牧之《すずきぼくし》は、この四年後、天保八年に『北越雪譜《ほくえつせっぷ》』を発刊する。刊行までには紆余曲折《うよきょくせつ》があり、構想から何と四十年ほどもかかったが、その甲斐《かい》はあった。『北越雪譜』は庶民のあいだで大評判を博し、明治の時代になっても版を重ねた。

『雪華図説』から写した三十三の図を載せ、表紙にも使われた。雪華の舞う美しい表紙も話題となり、利位の雪華紋は庶民にも広く行きわたり、盛《さか》んに使われるようになる。

むろんいまのふたりは、そのような顚末《てんまつ》は露ほども知らないが、反響の大きさは肌で感じていた。

「雪華図の評判は、私も嬉しゅうございます。ただ、他にも引き合いが多うございまして、摺りが間に合わぬかもしれませぬ」

「人手を増やしてもかまわん。早急にもう百、いや二百摺らせよ」

「すぐに手配りいたしまするが……ですが、ご家老、よろしいのですか？」

尚七の屈託を、察したようだ。忠常はかすかに眉をひそめたが、

「案ずるにはおよばぬ。すぐにかかれ」と命じた。

は、と平伏し、家老の座敷を辞したが、胸のわだかまりはとれなかった。

廊下から見える空は、今日も鉛色《なまり》に塞がり、まるで尚七の胸中を映しているかのようだ。

季節は夏を迎えていたが、盛夏というのに暑気には程遠い。冷たい雨が降り続

き、単衣《ひとえ》では肌寒いほどの天気が続いていた。

このところ古河からの使者が、頻繁に江戸屋敷を訪れる。いずれも昨年を大きく下回る作柄の悪さを憂う知らせであった。去年の作柄は、十を平作とすると、せいぜい七分という凶作であったが、今年は五分に届くかどうかも危うい。弟も、そう書いてきた。

古河だけでなく、関八州や東北は軒並み同じような状況で、やがて実りの秋を迎えると、大凶作は誰の目にも明らかとなる。

天保の大飢饉は、この年をもってはじまった。


「毎日、米屋に足を運ぶたびに、値が上がっておりまする。いったいどこまで跳ね上がるのか、当の米屋ですら見当がつきかねると申しておりました」

妻の多加音が、尚七の顔を見るなり大きなため息をこぼした。気性が強い分、滅多に弱音を吐かない。妻が憂えているのは家計のやりくりではなく、古河に送る米が、十分に購《あがな》えなかったからだった。

「旦那さまのご所望より、三分ほども少ないのですが」

「それでも構わぬ。少しでも早《はよ》う届けた方がよかろう。小松の家では、雑穀《ざっこく》すら底をついておるというからな」

いかに不足していても、国中の米は江戸に集まる。養家の援助を受けて、尚七は米を買い集め、実家に届けることにした。箕輪の家も、養父の宗智が亡くなっていたが、兄の宗漢が遺漏《いろう》なく藩医を務めている。内証にもゆとりがあり、郷里の惨状をきき知ると、気の良い兄は、惜しみなく金を融通してくれた。

「中身が米と知れれば、道中でひと粒残らず奪われるときくぞ。尚七は鈍くさいからな。お供は多いに越したことはない。十人は連れていくのだぞ」

冗談めかしてそう言ったものの、兄の宗漢も心配そうだ。

幸い、同様に米を担いで郷里に向かう道連れは何人もいた。「たとえ米を送っても、人夫だけではたちまち野盗に遭《あ》う」との噂が、とびかっていたからだ。総勢二十人ほどの一団を成し、尚七も若党と下男と三人で米を背負い、日光街道を北へ向かった。

江戸から離れ、古河へ近づくほどに、村々の惨状は目に見えてひどくなっていった。まるで先へ進むごとに、人も牛馬も徐々に衰えていくような、そんな錯覚すら感じ、慄然《りつぜん》とした。

荷を背負っているとはいえ、古河まではさほどの道程《みちのり》ではない。三日目には無事に到着した。

「わざわざ江戸から足を運んでいただけるとは……一筆送ってくだされば、私が参りましたものを」

「なに、しばらく無沙汰《ぶさた》をしておったからな。久々に里帰りしたくなったまでよ」

涙ぐむ弟に、気にするなと笑った。三人で二俵分も運んできたのだが、となり近所なぞにも分けると、半分ほどに目減りした。それでも大根や雑穀を混ぜれば、十分に凌げると弐兵衛は有難そうに告げた。

「百姓たちは、さらに窮《きゅう》しておりますから。贅《ぜい》を申しては罰が当たります」

昔からまじめな気性であった弐兵衛は、口許を引き締めてそう告げた。

「今年の年貢は、どうだったのだ？」

「さすがにいつもの年よりは、下げざるを得ませんでしたが……それでも百姓たちが訴える量には遠くおよばず……米を召し上げるたびに、我らを飢え死にさせるつもりかと罵《ののし》られました。正直、お役目とはいえ、辛《つろ》うてなりませんでした」

「御城下では、風体の悪い輩《やから》も、ずいぶんと目についたが」

「女衒《ぜげん》か無宿者でございましょう。娘を身売りさせる者が多く、絶えず女衒がうろついておりますし、一方で他所者《よそもの》も増えました。大方が北の陸奥《むつ》から流れてきたようで」

「陸奥は、それほどひどいのか？」

「先日、二本松《にほんまつ》の叔母上が病と伺《うかご》うて見舞いに参りましたが……この辺りの比ではございません。どこの村もひどい有様で……街道には、痩《や》せ衰えた物乞《ものご》いたちが幽鬼《ゆうき》のようにうろついておりました。通る旅人に雲霞《うんか》のごとく押しよせて、銭ではなく、食べ物はないかと訴えるのです」

北へ向かうごとに、物乞いの数は増したという。やりきれない思い出をふり払うように、弐兵衛は頭《かぶり》をふった。

「他人事ではないやもしれませぬ……もし来年も凶作なら、古河もあのような景色になり果てるやもしれませぬ」

「悪い年が三年も続いたのだ。四年くり返すことはなかろう」

「私が憂えているのは、種もみです」

尚七が、はっとした。尚七自身、見習いとはいえ昔は郡方にいた。弟の言葉が何を意味しているのか、すぐにわかった。

「百姓たちは、この冬を越すだけの十分な糧《かて》がありません。いよいよとなれば、種もみまで食らい尽くすでしょう。来年の春、蒔《ま》く種がのうなります」

いくら気候に恵まれても、肝心の種もみがなくては実りはない。飢饉とは、そういうことだ。種もみにさえ手をつけざるを得ないほど、出来高が少ないために、翌年も米は穫《と》れない。役人が禁じるまでもなく、百姓たちは誰よりも身にしみている。それでもひもじさに耐えかねて、泣きながら種もみに手をつける。餓鬼《がき》道に堕《お》ちたようなその姿は、江戸へ帰るまでずっと、尚七の脳裡《のうり》から消えなかった。


江戸の中屋敷に戻ったときは、まだ日が高かった。長屋に荷物を置いて、尚七はその足で上屋敷に向かった。廊下を行く途中で、家老の姿が見えた。

鷹見忠常はいつもどおり御用部屋にいて、用人に何事か指図している。ただその横に、見慣れぬ男がひとりいた。身なりは町人だが、職人というより文人に近い。立ち聞きするつもりはなかったが、となりの控えの間で待ちながら、自ずと話はきこえてくる。その内容に、尚七は耳を疑った。

「ひとまず、印籠《いんろう》を五、文箱《ふばこ》二、棗《なつめ》と香合《こうごう》をともに三つ。いずれも黒漆塗りの金《きん》蒔絵《まきえ》が良いと思うが、どうか、久米次郎《くめじろう》？」

「はい。黒に金なら、あの絵はいっそう引き立ちましょう。よろしかろうと存じます」

「では、そうしてくれ。献上する方々は、いずれも道具に目が肥《こ》えておられる。漆も金も、上等なものを頼むぞ」

「……そうなりますと、金子《きんす》もそれなりに嵩《かさ》みますが」

「むろんだ、金に糸目はつけぬ。目に美しく、非の打ちどころのない道具でなければならぬ」

　――金に糸目はつけぬ。その一言が、突き刺さった。本当に耳を矢で射貫《いぬ》かれでもしたように、忠常の声が、急に遠くなる。

　やがて用人と客の気配が消えると、尚七は控えの間から声をかけた。

「尚七、戻っておったか。古河は、いかがであった」

　招じ入れた忠常は、いつもと変わらぬたたずまいだ。ふっと背筋が冷えた。この感覚は、五年前のシーボルト事件以来、時折訪れる。

「古河は……ひどい有様でございました。領民の誰もが、力を根こそぎ奪われた

「さようか。わしも領内のようすは、逐一《ちくいち》きき知っておるが……」

「知っておられるなら、どうして年貢を減らすことができぬのですか。百姓たちに、米を返してやれぬのですか！」

片眉をひそめたが、忠常は冷静にこたえた。

「それではお家が立ち行かぬ。正直、今年とり立てた年貢ですら、お家の賄《まかな》いには足りぬ」

「……贅を尽くした道具をやめれば、済む話ではないのですか」

さっきよりはっきりと、忠常が眉間《みけん》をしかめた。それでも声だけは、荒立てることをせず、静かに告げた。

「頼んだのは、雪華紋をあしらった道具のたぐいだ」

「雪華を……」

「さよう。先ほどここにいた者は、江戸随一と称される蒔絵《まきえ》師でな」

家老の傍らには、一枚の紙があった。几帳面な忠常の字で、城中の主だった者たちや、大名諸侯の名が連ねられている。いましがた頼んだ高価な道具が、進物にされるのは明らかだった。

「それでも何故、いまなのですか。よりによって、民百姓が食うに事欠いているこの時に！」

「いまこの時が、もっとも雪華の値が増しておるからだ」

雪華紋は、城中で大変な人気を博していた。その模様をあしらった道具は、何よりも珍重されよう。もちろん他の大名旗本も作らせることはできようが、いわば本家本元たる土井家から贈られたとなれば、千金の値《あたい》となる。

「進物も、相場と同じだ。物珍しさが失せれば、薬効も薄まる。いまこの時こそが、雪華がもっとも高い価を生むときなのだ」

「殿のご出世が、それほど大事なのですか。領民あっての、お家ではありませぬか！」

明らかに分限を越えている。わかってはいたが、止められなかった。

シーボルト事件の折、初めてこの男を、恐ろしいと思った。学識も人づきあいも、忠常にとっては政治のための、まさに道具に過ぎない。利位と三人で、力を合わせてとり組んできた雪華さえも、やはり同じなのか――。たとえようのない強い悲しみが突き上げて、どうにも止められなくなっていた。

「ご家老の目は、たしかに広い世界に向けられております。ですが、足許をないがしろにしては、元も子もありませぬ！　後生ですから、何卒お考え直しを！」

「言いたいことは、それだけか？」

怜悧な目が、いっそう冷たくまたたいていた。

「尚七、おまえが毎日覗いていた蘭鏡は、先ほど頼んだ道具より、よほど高直《こうじき》なのだぞ」

無闇にぶつけた石礫《いしつぶて》なぞ、この男にはかすり傷さえ負わせられない。逆に放たれたたった一本の矢は、尚七の心の臓を正確に刺し貫いた。

「お家の賄いに、口をはさむなど言語道断。この先、二度と口にするでないぞ」

どんな罰を受けてもおかしくない、無礼なふるまいだ。咎めることをせず、そのまま席を立ったのは、忠常の温情であったのだろう。それでも尚七は、小半刻《こはんとき》ほどその場を動けなかった。

二十年間愛し、たずさわってきた。あの雪華図は尚七にとって、生きた証しそのものだ。雪華の研究に、どれほどの金がかかったか、いままで考えることすらしなかった。己の行いは、めぐりめぐって領民を苦しめてきたのか――。完成したいまでさえ、雪華はやはり高価な道具に化けて、民百姓の首を絞めている。からだから、一切の力が抜けていくような心地がした。

「お役目を、お暇《いとま》させていただきとうございます」

三日三晩考えて、尚七はその結論に至った。尚七が認《したた》めた暇乞《いとまご》いを手に、忠常が問うた。

「わけを申せ」

「殿の御学問相手として、長らく務めて参りましたが、殿はすでに私を超えられました。もっとふさわしい学者がおられましょうし、『雪華図説』も無事に仕上がり、区切りがつき申した」

そうか、と呟《つぶや》いた。常のとおり、表情からは何も読みとれない。

「相わかった。おまえが心決め致したなら、仕方あるまい」

あっさりと承知され、思いのほかに落胆した。しかし忠常は、ひとつだけ断りを入れた。

「尚七、おまえはあくまで殿の御学問相手だ。殿のお許しを得るのが何よりであろう。おまえから、お伝えせよ」

「私が直《じか》に、殿に申し上げるのですか？」

「さよう。その方が、殿も得心がいくであろう」

忠常に促《うなが》され、尚七は主君の書斎に向かった。今日は登城日にあたらず、利位は執務についていた。

「おお、尚七か。ちょうど一服しようと思うていたところだ」

気軽に招き入れ、小姓《こしょう》に茶と菓子を頼む。ふっくらとした笑顔を向けられると、あれほど熟考したはずの決心が鈍りそうになる。茶が運ばれるより前に、尚七は思いきって暇乞いを告げた。

「……役目を、降りると?」

「はい、勝手ながら……」

「いかぬ! いかぬぞ、尚七。わしは許さぬぞ!」

おつきの者たちが驚くほどに、利位の狼狽《ろうばい》は激しかった。滅多に大声など出さぬ主君だ。こんな姿は、尚七も初めて目にする。

「おまえたちは、座敷を下がれ。わしが呼ぶまで、何人《なんぴと》たりとも入れてはならぬ」

書斎にいた家臣や小姓に、直ちに人払いを命じた。上座ではなく、尚七の間近に正座した。

「尚七、何故おまえが暇乞いなぞ……わしの側仕《そばづか》えに、嫌気がさしたか？」

「滅相《めっそう》もございません。殿との学問談義は、いまも楽しゅうございます。ただ私も、考えに考えた上での仕儀にございます」

先ほど忠常に述べた、同じ理由を告げた。

「長年の大願が成就して、気が抜けてしもうたのやもしれませぬ」

「何を言う。わしは雪華の験視をやめるつもりはないぞ。まだまだわしらが知らぬ形が、たんとある。図説の続は、すでに頭の中にある」

尚七と利位では、立場が違う。目の玉がとび出るほど高価な顕微鏡も、殿さまの道楽としては、むしろ質素な部類に入ろう。それを利位から、とり上げるつもりはない。本当の理由は明かさず、ただ暇だけをふたたび乞うた。

利位の表情が、ふいにゆがんだ。

「尚七、わしをひとりにするな……わしにはおまえより他に、心を許せる者がおらぬのだ」

腹がさし込んだかのような、苦しげな面持ちだった。この主には無縁と思えた暗い色が、濃くただよう。病のときでさえ、こんなうつろな表情は見せなかった。尚七は少なからず、胸を衝《つ》かれた。

「養子に来てよりこの方、人前では絶えず気を張っていた。隙《すき》を見せてはならぬ、意気の落ちた姿なぞ家臣たちの前でしてはならぬと、ずっと肝に銘じてきた」

明るく闊達《かったつ》な気性は生来のものだろうが、機嫌の善し悪しや、気がふさぐことは誰にでもある。妻子の前ではまた別の顔もあるのだろうが、少なくとも家来の前では、気分の浮き沈みを露《あら》わにすることはなかった。君主の役目のひとつと心得、利位の矜持《きょうじ》でもあったのかもしれない。

「だが、尚七、おまえの前でだけは、肩の力を抜くことができた。何故だかわかるか?」

「いいえ……」

「それはな、尚七、おまえには学問より他には、欲がないからだ。屋敷内では、誰もがわしの顔色を窺《うかが》う。城中では逆の立場であるからな、わしにもようわかるのだが」

疲れたように、深いため息を吐いた。家臣たちはそれぞれに、家を背負っている。主の機嫌を損じては、出世に関わるばかりでなく、下手を打てば家が潰《つい》えることになりかねない。自ずと利位の一挙手一投足に目を配り、粗相《そそう》のないよう無難を心掛ける。

「あのう……私も殿のご機嫌は、伺うておるつもりなのですが」

「そうであったな」と、初めて利位が笑みをこぼした。「だが、ひとたび雪華や蘭書の話となると、忘れてしまうであろうが」

「たしかに……申し訳ござりませぬ」

恐縮する尚七に、利位がまた笑う。それから、しみじみとした口調で告げた。

「おまえにだけは、下手な洒落《しゃれ》をきかせたり、愚痴をこぼしたり、思うままを口にできた。わしにとって、どれほど慰《なぐさ》めになったことか……それが失《の》うなっては、たったひとりでどう毎日を凌げばよいか、見当もつかぬ」

「ですが……殿にはご家老が、鷹見十郎左衛門さまがおられまする。誰よりも識《た》に長けた、良き相談相手でございましょう」

利位の目が、虚を衝《つ》かれたように、かすかに広がった。その面《おもて》が、ひどく複雑な影を落とす。

「『土井の鷹見か、鷹見の土井か』……おまえも、きいたことがあろう」

はい、と尚七はうなずいた。忠常の評判は、城中にも広く知れ渡っている。その明晰な頭脳と交遊術は、他家からも羨望《せんぼう》されていた。少なくとも尚七は、いまのいままでそう考えていた。だが、その文句には、もうひとつ別な意味が含まれていた。

「裏を返せば、鷹見あっての土井家だと、十左がおらねば土井家は立ち行かぬとの、わしへの揶揄《やゆ》だ」

「決して、そのような！」

「よい、尚七。十左を責めているのではない。わしはただ、己の器をよく承知しておるだけだ」

非凡な忠常にくらべ、己がいかに凡庸《ぼんよう》か、利位は理解していた。

「十左なくして、土井家はまわらぬ……だが、わしがおらずとも土井家は続く」

「さようなことはございません！　殿を土井家に迎えられたのは、何よりの幸いと、ご家老も常々申しております る」

利位が跡継ぎに迎えられたのは、忠常の強い後押しがあってこそだとの噂もある。まだ若かった忠常だが、先代藩主の側仕えとして重用されていた。それなりの影響はあったはずだ。利位自身、それは肝に銘じていた。

「十左の忠義を、疑《うたご》うたことはない。その忠義に応えんと、わしも精一杯務めてきた。だが……」

利位の顔が、また苦しそうにゆがんだ。

「わしは、政《まつりごと》には向かぬ」

雑巾《ぞうきん》のように腹を絞り、絞り出した最後の一滴のように、その言葉は苦渋に満ちていた。

「こればかりは決して口にしてはならんと、これまで戒《いまし》めてきた。だが二十年続けても、雪華と違い、まったく興《きょう》がわかぬのだ」

学問に秀で、気性も丸く、努力も厭《いと》わない。忠常が見込んだとおり、藩主としては十二分な器であったが、たったひとつ欠けていた。出世と権力、いわば力に対する欲が、利位にはなかった。欲のない尚七を、傍におきたがるのもそれ故だ。

利位が惹かれるのは学問と、そして芸術だった。深い趣《おもむき》や美しいものに、何よりも心を動かされる。

血は争えぬ――。利位の実父もまた、そういう男だった。道楽者と不評であった実父の姿を戒めとしたか、もともとの堅実な性質もあろう。あくまで公務の合間の息抜きの域を出なかったが、絵や書に加え、陶芸も好んだ。いわば美と向き合う暮らしがしたかったのだろうが、利位にとって政は、まったく逆の世界に思えたに違いない。

城中では、魑魅魍魎《ちみもうりよう》のたぐいの噂が後を絶たない。ただの夢幻ではなく、城中に暮らし、あるいは出入りする人の中に、渦巻いているのだろう。それは人の真実の姿でもあるのだが、利位にはことさら醜く映るようだ。年を経《へ》れば経るほど、嫌悪は強くなった。

「病を得たのも、その魍魎のためかもしれん……このままはかなくなれば、楽になれるだろうかと、弱気にもなった」

同様に、幾度も隠居を考えたと、利位はそう吐露《とろ》した。

「だが道半ばでわしが降りれば、十左のこれまでの労苦はすべて水泡に帰す。亡き父上にも、わしを迎えてくれた土井家にも、申し訳が立たぬ」

それだけを支えに、利位は懸命に踏み留まっていた。誰より虚勢を張らねばならない相手は、他ならぬ忠常だった。

「わしは十左にとって、駒《こま》に過ぎぬ。使い物にならぬと知れて、いつ捨てられるかと怖くてならぬ。出来の悪い子供が、厳しい父の顔色を窺うのと同じだ。隠居を願いながら、何よりもそれを恐れておる」

主君の姿が、忠常の次男、次郎の姿に重なった。役目を賜り角もだいぶとれたが、次郎もやはり父へのこだわりはあるようだ。目の前の主君が、急に庇護すべき頼りないものに感じられた。

「いつか、十左に認めてもらいたい。わしはそうも思うているのやもしれぬ。それが十左への何よりの恩返しになろう」

「殿のお気持ちは、きっとご家老にも届いておりましょう」

心をこめて、そう告げた。

「先に言ったろう、十左に手を引かれ、尚七は尻を押してくれた、と。なまじ十左が優れておるだけに、わしはすぐに息が切れ、足が止まりそうになる。どうにかここまで歩いてきたのは、尚七、おまえがいてくれたからだ」

「殿……」

「頼む、尚七。主君のわがままと思うて、これまでどおりわしの傍で、学問の友を務めてくれ」

尚七は、それ以上何も言えなくなった。

立場を楯《たて》に、命じるなり脅すなりもできたろうが、主君の心からの慰留は、どんな書物よりも心にしみた。

「いかがであった」

すごすごと家老のもとに戻り、許しはもらえなかったと告げた。己の意を通せなかった忸怩《じくじ》たる思いは残っていたが、利位の喜びようで十分に釣りがくる。

「さようか」と呟いて、預かっていた尚七の暇願いを火鉢にくべる。頼りない紙は、すぐに炎を上げた。

「やはりわしの目に狂いはなかった」

「え」

「おまえを学問相手にして、よかった……殿のためにも、わしのためにもな」

もとより忠常は、暇を受け入れるつもりなど、なかったのかもしれない。この結果も、利位の心中も、すべて見越した上で、尚七を主君のもとに行かせたのかもしれない。

この男は、心の安らぎを誰に見出すのだろうか——。

炎に照らされた横顔をながめ、尚七は考えていた。

誰にでも、辛いことはある。そんなとき、拠所《よりどころ》はあるのだろうか。忠常も決して、鉄でできているわけではない。尚七は、忠常の孤独を思いやった。

もしかするとそれは、利位であり、自分であるかもしれない。何の裏打ちもなく、ふとそう思った。

炎の成す影のせいだろうか。忠常の横顔は、少し微笑んで見えた。


翌天保五年正月、弟の弐兵衛から、久方ぶりに手紙が届いた。

気塞ぎな話題に飽いたように、やや便りが途絶えていたが、無沙汰を払拭《ふっしょく》するような、喜悦にあふれた文面だった。

「なんと！　正月に入り、お救米《すくいまい》が次々と届いているそうだ」

「まあ、さようでございますか！　これで古河の皆さまも、ひと息つくことができましょう。本当によろしゅうございました」

妻の多加音も、自分のことのように喜んで、尚七が語る書簡の内容に耳をかたむけた。

気丈なこの妻は、夫の暇願いにも、まるで動じなかった。

「おまえさまの、好きになさいませ」

暇の決心を告げたときも、不首尾に終わり家に戻った折も、まったく同じ台詞《せりふ》

さりませ」

「私は己の足で、ちゃんとついてゆきますから。おまえさまは、好きなようにな
の妻女ならまず心配が先に立つのだろうが、多加音は平然としていた。
無役となれば、たちまち金に詰まる。一家六人の生計をどうするのかと、並み
を吐いた。

蘭書の訳なぞこなせば、食べていくくらいはどうにでもなる。笑いながら、そう告げた。有事には、何とも頼もしい妻であった。

「どうやら此度《こたび》のお救米は、他家よりの厚情であるようだ」

「このご時世に、めずらしいこと。いったい、どちらさまなのですか」

「一家ではないようだ。ここに書いてあるのだが……肥後熊本《ひごくまもと》の細川《ほそかわ》家に、豊前《ぶぜん》中津《なかつ》の奥平《おくだいら》家、京坂《けいはん》の豪商の名もあるな」

妻に説きながら、おや、と気づいた。

同じ名の羅列を、どこかで見たことがある。はたと考えて、思いついた。

「そうか！　ご家老が認《したた》めていた、進物の送り先だ！」

何の話かと、首をかしげる妻に、尚七は口早に仔細《しさい》を告げた。

北へ行くほど飢饉はひどく、逆に南にはまだゆとりがある。雪華紋をあしらっ

た高価な蒔絵の道具は、西国の大名や豪商に贈られ、米となって返ってきた。

不作の折はもちろん、平時でも他国へ米を送るのは異例のことだ。米は単なる作物ではなく、幕府の根幹を成すものだからだ。今年の米ではなく、あくまで余剰の古米を進呈した。届いた米が古米ばかりなのも、その建前を通すためだろう。

忠常は、周到な男だ。尚七の嘆願に動かされたわけではなく、最初から見越して、蒔絵師に作らせたに違いない。飢饉の最中、米は何よりも高くつく。まともに購《あがな》えば、とんでもない金高になろう。

——いまこの時こそが、雪華がもっとも高い価を生むときなのだ。

忠常が言ったのは、このことだった。

「あの道具が……雪華の紋様《もんよう》の道具が、米になったのか」

民百姓の汗水を、無駄に費やしている。そう思えた雪華が、領民の糧となった。

涙が、止まらなかった。

夫の背を撫《な》でながら、多加音がふと外に目をやった。

日の落ちた空に、光の粒のような雪の華が舞っていた。

最終話　白炎《びやくえん》

「ここが天満天神《てんまてんじん》か。たいそうなにぎわいだな」

そう広くはない境内は、人であふれている。とびかう上方言葉《かみがた》が、尚七にはまだ耳新しく、口喧嘩でもしているようにきこえた。

「六月の末に行われた天神祭も、見事であった。船渡御神事《ふなとぎよ》というてな、ご神体が川岸の御旅所《おたびしよ》へと渡られるのだが、町々が競って人形を飾りつけた船をくり出し、何とも華やかだった。おまえも御先用を務めておれば、見物できたものを」

残念だったなと、軽口をたたく。目付役の時田肇《ときたはじめ》は、尚七と歳が近く長屋もとなり同士だ。よく日に焼けた闊達《かつたつ》な男で、剣術と柔術に長《た》け、代わりに学問は得意ではないと頭をかく。いわば尚七とは逆の手合いだが、だからこそ気が合うのか、妻女や子供も交え、家族ぐるみで親しくしていた。

この日、尚七は、時田に大坂《おおさか》の町を案内してもらっていた。

主君の土井利位が、大坂城代を拝命したのは、『雪華図説』を刊した二年後、天保五年四月のことだった。翌月、十五名ほどが御先用引越を仰せつかり、大坂に向かった。利位に従って、大挙して大坂にやってくる家臣のために下準備をし、大坂町奉行をはじめ各所への挨拶《あいさつ》まわりなどをこなす。時田肇もそのひとりで、互いに非番のこの日、案内役を買って出てくれた。尚七は十日ほど前、八月半ば過ぎに主君とともに到着した。

「それにしても、ここまで武士が少ないとは思わなんだ」

「大坂中の武士を集めても、二千五百に満たぬときいた」

「大坂城だけで二千ほどはおろう」

城に入った古河の家中は百人余だが、城代の補佐として、大番頭や定番、加番がいて、三万石以下の小大名が拝する。その配下を合わせて二千くらいだ。

「あとは大坂町奉行所と蔵屋敷、代官所あたりだが、せいぜい五百といったところだろう」

大坂の人口は四十万。僧侶もいようが、残りすべてが町人ということになる。江戸が武士の町なら、大坂は町人の町であった。

幕府にとっては江戸に次ぐ要所で、天領とされている。利位が賜《たまわ》った城代の役目は、大坂城の警護と、さらに西国三十八ヶ国ににらみをきかせることにある。古河土井家からは、家老がふたり。ひとりはもちろん鷹見忠常で、以下家臣が百余とその家族もつき従った。中間《ちゅうげん》や小者も入れると五百は下らない数だ。土井家では滅多にないほどの長い大名行列となった。

「そういえば、きいておるぞ。お行列の旅程が一日延びたのは、おまえのせいだとな」

「あれは雨風のために川が渡れず、浜松《はままつ》で一日逗留《とうりゅう》したのだ。おれのせいではないわ」

とはいうものの、尚七のために二度、行列が止まったのもまた事実である。利位は尚七を駕籠《かご》の傍におき、道中の話し相手にしていた。西国への旅は初めてだ。何もかもが新鮮で、目新しいものを見つけては、つい声をあげる。

「あれはまた変わった形でございますな。どのような仕掛けで、動いておるのでしょうな」

めずらしい水車に目が行って、駕籠の小窓から覗《のぞ》いた利位も興味をもった。尚七が近くにいた百姓にききにいくあいだ行列は止まり、同じことがもう一度あった。二度目はさすがに、行列の後方から家老の鷹見忠常がやってきて、このままでは旅程に障《さわ》るとたしなめられた。

「おまえの何故なにの虫は、厄介《やっかい》だな」と、時田が笑う。

しかし天満宮を出てまもなく、その虫がまた騒ぎ出した。大きな書物問屋を見つけたのだ。尚七はたちまち夢中になった。

「この分では、江戸では見ない書物も多く、あとふた刻《とき》はかかりそうだな。おれはこの後、用があってな。すまんが先に行くぞ」

「おまえに行かれては、帰り道がわからんではないか」

「市中の誰にきいても、大坂城は知っていよう。天守がないから、ここからは見えぬがな」

大坂城の天守は、四代将軍のころに焼失し、以来築かれていない。

時田と一緒に仰《あお》いだ空は、江戸よりも青く見えた。

「お侍さま、お目が高い。そちらは長崎から届いたばかりの書物でおましてな」

時田の姿が消えると、ふりの客ではなさそうだと判じられたか、脇にいた手代がにわかに商売気を出した。

「ほう、長崎から……もしや、蘭書なども扱《あつこ》うておるのか?」

「もちろんですわ。店先にでかでかと並べとくわけにもいきまへんさかい、奥に仕舞《しも》うとりますが、いまお持ちしまひょ」

手代がいったん奥へと引っ込み、戻るまでのあいだ、尚七は朱子学の書物に目を通した。朱子学は儒学の一で、尚七はひととおり修め、家中やその子息に講義を行うこともあった。熱心に読みふけっていたが、ふいに頭の上で声がした。

「そのようなもの、いくら読んでも無駄であるぞ」

頭を上げると、武家の隠居と見える男が立っていた。痩せて色が白く、だが眼光は鋭い。月代《さかやき》の青さと、不遜《ふそん》とも見える堂々とした態度が、どこかちぐはぐで風変わりなものを感じさせる。尚七が何を応《こた》えるより早く、男はさらに続けた。

「朱子学なぞ、時代遅れの遺物に過ぎん。わしは、とうの昔に捨て去った。真の儒学から遠ざかり地に墜《お》ちた、見てくればかり飾り立てた空の箱。それがいまの朱子学だ」

尚七は、少なからず驚いた。儒学にはいくつかの体系があるが、幕府が官学と定めているのは朱子学だ。林家《りんけ》をはじめとする儒官も、やはりすべて朱子学であった。

それを初対面の相手に向かって、真っ向から否定するなどあり得ない。だが目の前の男は、挨拶も名乗りもせず、滔々《とうとう》と語り出した。

「儒学を極めるのであれば、本来の教えに立ち返らねばならぬ。太虚《たいきょ》に帰し、良《りょう》知《ち》を致す。これこそが儒学の真髄《しんずい》ぞ」

「太虚と良知……それはもしや、王《おう》学ではございませぬか？」

王学とは、やはり儒学のひとつである陽明《ようめい》学のことだ。朱子学よりも精神性を重んじ、実践と精神の合一を標榜《ひょうぼう》する教えである。方向や教えが多少違っても、どちらも同じ儒学だから、尚七もそのくらいは知っている。しかし相手はたちまち一喝した。

「阿呆《あほう》が！　わしの教えは王学ではない、孔孟《こうもう》学だ！」

「こうもうがく、とは？」

「わし自身が築き上げた、学問だ」

首をひねる尚七に、男は誇《ほこ》らしげに告げた。後に知ったが、孔孟学とやらもやはり陽明学であり、この人物は世間では陽明学者で通っていた。それでも決して陽明学、王学とは自身では口にしない。形骸《けいがい》化した既存の学問とは一線を画《かく》し、いわば儒学の原点に立ち返る。儒学の礎《いしずえ》を築いた孔子《こうし》と孟子《もうし》の名を冠したのは、その強い思いの表れであろう。

尚七の思惑にはまったく頓着《とんちゃく》せず、書物屋の店先で延々と自説を打《ぶ》つ。かなり変わった男だが、講義としては面白い。ひとまず長広舌《ちょうこうぜつ》に耳をかたむけ、いくつか疑問も投げてみた。決して相手に手放しで迎合したわけではないが、それなりの学はあると、相手も認めてくれたのだろう。

「まだまだ半人前だが、見所はある。今度、わしの塾に来るといい」

「塾と言いますと？」

「わしは大塩平八郎《おおしおへいはちろう》だ。『洗心洞《せんしんどう》』は知っていよう？」

「いえ、あいにくと……」

男の細い眉が、片方だけ吊り上がる。この大坂でわしを知らんとは、と言いたげだ。

「大坂には、つい十日ほど前に来たばかりで」

「なるほど、先ごろ入られたご城代、古河侯のご家中か」

物慣れていないようすから、相手は察したようだ。尚七はあらためて名乗った。

「わしの塾は、ここからもそう遠くない。学問は決して一日で成るものではないからな。じっくりと教えてしんぜよう」

「ではそのうち、寄らせていただきます」

　尚七がそうこたえると、満足そうにうなずいて、書物屋を出ていった。その後に、門人らしき弟子ふたりに若党ふたり、さらに草履とりも連れている。隠居とはいえ相当な羽振りのよさがうかがえる。

　一行の姿が見えなくなると、先ほどの手代がやれやれと息をついた。

「あれが天満のわがまま先生ですわ」

「わがまま先生？」

「若いころから塾を開いてはる、たいそうな先生ですけどな。なにせあのとおり歯に衣《きぬ》着せぬお方で、頑固一徹なところもありまして。他所《よそ》の学者先生からは『天満風のわがまま学問』と言われてはるそうですわ」

　大川《おおかわ》と呼ばれる淀川《よどがわ》は、大坂城の北西あたりで弓形に大きく曲がって流れている。弓の内側、川をはさんで城の対岸にあたる一帯が天満である。大坂城を含む南北に長い丘陵地、通称上町台地《うえまちだいち》の北辺にあたり、川に面していながら水害を免《まぬか》れてきた。

　天満青物市場や、淀川水運の要《かなめ》たる八軒家《はちけんや》の船着場があり、活気にあふれた町だった。

「洗心洞は、ここから近いのか？」

「へえ、この先に、大坂町奉行所の御組屋敷がおましてな、そこですわ」

「では、あの方は、町方の……」

「与力の旦那ですわ。四年前に、隠居しはりましたけどな」

江戸の南北に対し、大坂は東西に町奉行所がある。それぞれ江戸から奉行が遣《つか》わされ、与力三十騎、同心五十人を擁《よう》する。与力同心の組屋敷は天満の北東にあり、天満与力などと呼ばれていた。

「東町奉行におったころは、いくつも手柄を立てられましてな」

傍にいた客のひとりが、会話に割り込んできた。浪花《なにわ》っ子は気さくで話し好き、商売人が多いせいか、他所者を受け入れる度量も広い。見ず知らずの尚七相手に、手代と客は、大塩平八郎という男の噂《うわさ》を、あれこれと披露《ひろう》してくれた。

「切支丹《きりしたん》騒動に、破戒僧の一斉捕縛と、派手な働きぶりでおましてな」

「あの先生が絡むと、いちいち派手になるんですわ。なにせ、ほどほどという言葉を知らんお方ですさかい」

「西の与力を捕縛したのにも、驚かされましたな。その与力はな、賂《まいない》を渋るとあらん罪を着せて島流しにするっちゅう、ひどいやっちゃで。それでも与力相手では、誰も手出しできしまへん」

大坂町奉行の与力は二百石、役料は小藩の家老や用人に匹敵する。さらに役目柄、賂が多い。訴訟のたびに、訴えた側訴えられた側、双方から金子《きんす》が渡され、落着すればまた礼金を受ける。江戸の町与力も同様だが、大坂は裕福な町人が多く、また幕府の目も届きづらい。与力の羽振りの良さは、江戸をはるかに凌《しの》ぐと言われ、知行《ちぎょう》の十倍、二千石ほどの贅沢《ぜいたく》な暮らしぶりだと、尚七も時田肇からきいていた。

「せやけど大塩先生は、清廉潔白を旨としとりましてな。与力にはめずらしく、賂にも厳しおましたわ」

留守中に商人から魚が届けられても、「不埒《ふらち》の事」と突き返すほどだという。この時代、賂はむしろ処世術であり、ことに武家は上から下までどっぷりと浸《つ》かった有様で、賂なしには昇進もままならない。それをまるで病原のごとく忌避するとは、大塩の廉直《れんちょく》は本物であるようだ。

「そないなお方やさかい、西の与力の悪行に、我慢できへんかったんやろな」

「あれは当時の東のお奉行が命じたて、わてはきいてますけどな」

「そやったかいな。まあ、どっちゃにしても同じことや。高井《たかい》さまと大塩先生は、まさに一心同体やったさかい」

「その、高井さまというのは？」

耳慣れない上方弁についていくのがやっとであった尚七が、ようやく口をはさんだ。

「高井山城守《やましろのかみ》さまですわ。丸々十年も東町奉行をされとったんやが、あのころすでに六十を超えとりましたか。お歳のせいか、穏やかで温厚なお奉行やったそうですわ」

この東町奉行がことのほか大塩に目をかけて、また大塩もそれに見合う働きぶりを見せた。ふたりの町人が語ったとおり、大きな手柄をいくつも立て、与力としての位も極めた。

一心同体も、決して大げさな話ではない。高井が高齢を理由に役目を退いた四年前、大塩もまた息子に家督を譲《ゆず》って隠居した。

「まだ、三十八でしたんやで。隠居には早い思いますけどな」

「四年前に三十八というと、いまは四十二か。てっきり、おれより上だと思うていた」

自分より六つも若いのかと、尚七がびっくりする。

「そら、あんだけふんぞりかえっとったら、誰かて下に見えますわ」と客が笑う。

「出自については、えろう驕《おご》っとりましてな。今川《いまがわ》の血筋で、神君家康公から弓を賜ったご先祖もおると、たいそう自慢にしとりますわ」

「禄はあっても、家格は低うおますさかいな。与力なぞには勿体《もったい》ないと、さしずめそう思うてはるんとちゃいまっか？」

冗談交じりに返しながら、客は腰を上げた。

「うちみたいな書物屋にしたら上得意でっけど、目こぼしの術があらへんさかい、わてら商人には、かえって面倒もありましてな。なかなかに難しいお方ですわ」

書物問屋の手代は、感心半分、苦笑半分という顔をしたが、学識の高さと清廉な姿には、強く惹《ひ》かれるものがあった。

城に戻った尚七は、さっそく上役たる家老にたずねてみた。

「大塩平八郎殿なら、知っておる。会《お》うたことはないがな」

情報通で知られる鷹見忠常は、あたりまえのようにうなずいた。

「その方の塾を、一度覗《のぞ》いてみようと思うのですが」

忠常は少し考えて、構わぬと許しを与えた。

「ご家老は、いかがいたしますか。お忙しい折とは、重々承知しておりますが」

この手の塾のたぐいには、たいてい忠常も興味を示す。公務の合間を縫《ぬ》って同行することも多いのだが、今回はめずらしく自身は動こうとしなかった。

大坂に来てから、忠常はいっそう忙しくなった。鴻池《こうのいけ》をはじめとする豪商たちのもとに足をはこび、お家のために金の融通を頼み込む。いわば大名貸しの相談が、忠常の大きな仕事となっていた。ただ、洗心洞へ行かぬ理由は、それだけではないようだ。

「大塩殿の噂は、江戸表にも伝わっておってな」

「さようでしたか」

「たいした学者であり、役人としても長《た》けていた。いまも隠居の身でありながら、ご意見番として、町奉行を助けているときく。ことに西の矢部《やべ》さまは重用しておるそうだ」

いまの西町奉行は、能吏《のうり》として名高い矢部駿河守《するがのかみ》だった。ことに昨年、天保四年の飢饉《ききん》の折には、東の町奉行が欠員しており、矢部はたったひとりで見事にこの難局を乗り切った。飢饉となれば、まず窮民に米を施与《せよ》するのが相場だが、矢部は「施《ほどこ》しは小恵」だとして、米価の引き下げに力を入れた。

この時代、金銀銭の三貨を用いていたために、貨幣相場は絶えず変動していた。そのかわりに物価の基軸となったのが米相場であった。つまりは米価が上がれば諸色《しょしき》もはね上がり、貧しいものがさらに困窮《こんきゅう》することになる。

矢部はまず、江戸への廻米《かいまい》を停止した。大坂に残存する米の量は、米相場に直接関わってくるからだ。量の確保とともに相場へも目を光らせ、米価の抑制に腐心したのは、矢部の何よりの功績だった。さらに豪商たちから義捐《ぎえん》金を集めるなど、あらゆる手を打って、おかげで大坂はひとりの餓死者も出さず、飢饉の被害は最小限に食い止められた。

矢部（やれ）うれし　駿河の富士の山よりも　名は高《たこ》うなる米は安うなる

大坂のあちこちに見られた落首《らくしゅ》からも、矢部の手腕のほどがうかがえる。米価をいかに抑えたらよいか、矢部が相談相手にえらんだのが大塩平八郎であった。見識の高さは本物だろうと、忠常は評価した。

「なるほど。きけばきくほど大塩殿とは、たいそうなお方ですね」

「ただ、気性の激しきことでも有名でな。味方と同じほど敵も多いときく」

会ったときの、あからさまな朱子学批判を思い出し、さもありなんと尚七もうなずく。

「だが、おまえなら、得るものも多かろう。行ってみるといい」と許しをくれた。


「なるほど、まさに大塩殿に似合いの名だな」

『洗心洞』と書かれた文字を、尚七はあらためてながめた。

洗心とは、唐の五経《ごきょう》にある言葉で、私利私欲を洗い流すという意味だ。陽明学の祖たる王陽明の故郷陽明洞にもあやかって、この名をつけたのだろう。

大塩の学塾、洗心洞は、天満の与力組屋敷の内にあった。いまは息子の格之助《かくのすけ》が、与力職を継いでいる。

玄関で訪《おとな》いを告げようとすると、きき覚えのある声が響いてきた。

「よいか、太虚とは、この世のすべてを成す根元であり、人はこの太虚を受けて、心としておる。いわば人の核をなす無形の霊物。人欲を去り、太虚に帰せば、常人とて聖《ひじり》の域に達せよう」

　やや甲高く、張り詰めるように厳しい声音は、紛《まぎ》れもなく大塩のものだ。釣られるように、式台に上がっていた。屋敷の玄関を上がって右側に広いひと間があったが、いまは誰もいない。ここが塾になっていると、後で知った。

　声はその向かい、玄関の左側からする。読礼堂《どくれいどう》と呼ばれる講堂であり、大塩が塾生を前に講義をしているようだ。戸は開け放たれていたが、さすがに覗き見ははばかられる。尚七は廊下に正座して、流れてくる講義にきき入った。

「そして良知とは、たとえるなら生まれたばかりの赤子の心だ。しかし凡夫は長ずるにつけ、その澄んだ心をさまざまな欲で濁《にご》らせる。人欲を排し、良知をとり戻すには、慎独《しんどく》、つまりは人の目の届かぬ場所でも、常に身を慎《つつし》むより他にない」

　大塩が語ったのは、陽明学の教えでありながら、さらにこれを極めたものと言えよう。書画に押す印も、好んで「慎独」を用いていた。

　けれど尚七が何より心惹かれたのは、次に大塩が発した文句だった。

「慎独の工夫を怠《おこた》らねば、出自にかかわらず、必ず立身の道は開ける。そのように心得よ」

——出自にかかわらずとは、新しい。

思わず胸の裡《うち》で呟いた。この封建の世で、すでに退いたとはいえ大塩も為政者《いせい》の側にいた。そのような者が、身分の貴賤《きせん》を問わぬと明言する。これまでにない新鮮な感覚に、尚七は襲われた。

やがて講義が終わり、塾生たちが講堂から出てきた。中のひとりが、気づいたように尚七をふり返る。

「お客人でしたか。何か御用でござろうか？」

笑えば人懐こそうな手合いだが、未だに師の言葉を拝聴しているような、面《おも》からは緊張が消えていない。他の塾生たちも同様で、講義を終えた緩みなぞ毛ほども見せず、静かに廊下をはさんだ塾の間へと移る。

「こちらの塾への入門を、お願いに上がりました。先日、書物屋の店先で大塩先生とお会いした折に、お誘いを受けまして」

「先生が、直々に？」

「はい、それがしは先ごろ、大坂城代を拝しました土井家の……」

相手に名乗るより前に、激しい叱責《しっせき》が浴びせられた。

「この、不届者がっ！　入門を乞《こ》う身でありながら、いまごろのこのこ現れるとは、たるみにも程があろう！」

講堂の入口に、大塩の姿があった。細い目がこちらをにらみつけ、いまにも髷《まげ》が逆立ちそうだ。講堂から塾の間へ渡っていた塾生たちの目が、いっせいに尚七に集まった。いまごろというが、まだ朝五つ、子供が寺子屋に通うころであり、決して遅くはないはずだ。

「あの、大塩先生……」

「時を無駄に費やすは、何よりの過ち。一日を一年のごときに工夫せよ。我が洗心洞では、子供でも承知しておる道理ぞ」

一日で一年分のことをなせとは、時を惜しめという教えであろう。尚七は素直に詫《わ》びを口にした。

「まずは自身の怠け心を、よくよく戒《いまし》めよ。わしの教えを乞うのはそれからだ」

重々しく申し渡し、また講堂へと戻っていく。講堂の奥が、大塩の書斎になっていた。

突っ立ったままの尚七に、侍が小声でささやいた。

「次に来る折は、寅《とら》の刻より前になさりませ」

「寅の刻とは、夜明け前ではござりませぬか！」

「先生は、丑《うし》の刻には起きて、寅の刻には机に向こうておりまする」

まさに草木も眠る丑三つ時、真夜中である。大塩は毎朝その時刻に起き、天体の事象をたしかめ、寅の刻には最初の講義をはじめる。一日一年は、決して大げさではない。十日も寝ないことすらあり、大塩は自身にも、そして弟子たちにも、厳しい則を与えていた。

侍に礼を述べ、その日はひとまず帰り、数日後にあらためて洗心洞の門戸をくぐった。

尚七も江戸で数々の塾を見てきたが、大塩の洗心洞は、そのどこよりも厳格だった。初日に十分身にしみたが、時が経ってもなかなか緊張がほどけない。それもそのはずで、師の大塩が、その緊張こそ学び舎《や》にはあって然《しか》るべきものと考えていたからだ。塾の内には絶えず、いまにもぴりりと裂けそうな、張り詰めた空気が満ち満ちていた。

当人は決して頑健《がんけん》なからだではない。若いころから肺病を患っており、色が白く月代《さかやき》が青いのもそのためであろう。一度は療養のために辞職を願い出たが、奉行の高井山城守から強く慰留され、感涙にむせび泣いたとの逸話もある。ただ気迫と気力のみで、自らを鼓舞《こぶ》し律しているのである。その心の強さには感服するが、大塩は同じことを当然のように周囲にも強いる。

「箕輪殿が入門されて、そろそろひと月になりますか。よう続いておりますな。初日にあのようなお叱《しか》りを受けて、入門する気が失せたのではと案じていましたが」

　塾生の竹上万太郎《たけがみまんたろう》が、にこやかな顔を向ける。洗心洞の玄関で、最初に声をかけてくれた男だ。弓奉行組の同心で、歳もそう離れていない。組長屋も大坂城に近く、この日は一緒に家路を辿《たど》った。

「確かにあのときは、肝が縮みましたが」と、苦笑いを返す。「ですが先生の講釈はまことに立派で、また目新しき考えもございます。はばかりながらそれがしも、末席で学びたいと切に思いました」

「箕輪殿は、学ぶ大切さをよう存じておられる」

　竹上が、嬉しそうに笑った。塾の内では誰も笑顔なぞ見せないが、竹上は本来、人好きのする男だ。いつにない気さくな調子で、尽きることのない尚七の問いに、あれこれとこたえてくれた。

「いまの塾生は、四、五十人ほどでありましょうか。そのうち何人かは、塾に起居しておりまする」

洗心洞には寄宿生もいるが、他は通いの塾生だった。竹上なぞ二十年も通い続けているが、一方でその厳しさについていけぬ者も多く、塾生の数がとり立てて増えることもないという。

大塩の講義は、多いときは日に五回を数える。朝、日の出前から、終わりは夜更けになることもあり、尚七も己《おのれ》の役目があるから、ひと月が経ったとはいえ、塾へ足を向けるのは今日で四度目になる。すべての塾生を見知ったわけではなく、また私語が禁じられているから、内情が摑《つか》みづらい。竹上の話に、なるほどとうなずいた。

「門弟の顔ぶれも、たいそう面白うございますな。天満の与力同心が多いのはうなずけますが、村方《むらかた》の多さには驚かされました」

大塩自身が与力であったから、同じ天満に住まう東西町奉行所の役人が目立つのはあたりまえとして、次に多いのは医者と、そして大坂近在の百姓だった。逆に町人は少なく、竹上の話では、わずかふたりだという。大坂という町人の町にありながら、それは異色と言えた。

「実を申さば、縁続きの門弟も多くおりましてな。ことに村方たちは、その手合いです」

「百姓が、縁続きとは？」

さらに首をかしげる尚七に、竹上は理由を説《と》いた。

昨今、天満の町方役人と、大坂周辺の村方との縁組が増えていた。百姓とはいえ、もっぱら地主をはじめとする富農である。武家のもつ家柄と、富農のもつ財力が、うまく結びついたのだ。入門した天満同心が、妻の実家の村から新たな弟子を連れてくる――。そのようにして、洗心洞は門弟を少しずつ増やしていった。

「村方とはいえ、身なりの良い者ばかりだと思うておりましたが、なるほど、得心がいきました」

「それに先生は、町人を『遊民』と、厭《いと》うておりますから」

「先生は、町人がお嫌いなのですか？」

はい、と竹上が苦笑する。上得意にもかかわらず、なかなかに難しい――。そう話していた、書物屋の手代を思い出した。

謹厳実直《きんげんじっちょく》を自ら体現する大塩には、江戸以上にのびのびと生きる大坂町人は、俗欲にまみれて映るのかもしれない。『純朴』を愛し、尊んだ大塩は、良知は村人にこそ授けるべきと考えていた。

「しかし何より厭うておるのは、武士でござろうな……同じ天満の町方にも容赦《ようしゃ》がないが、何より政《まつりごと》を預かる位人臣を極めた者たちの自堕落《じだらく》を、日々嘆いておられます」

「それがしのような新参にも、それは伝わりまする」と、尚七もうなずいた。

たゆまず、憤る。大塩平八郎とは、そういう男だ。その怒りの矛先は、大名旗本をはじめとする、為政者に向けられていた。国を治《おさ》める者こそが良知に目覚めねばならぬはずが、目先の欲に囚《とら》われ、贅を尽くし、下々を顧《かえり》みようとはしない。いまの幕府の体たらくを、如実に表しているのが、他ならぬ町方の与力同心たちだった。

二十五年近くのあいだ、与力として精励してきた大塩は、その現実を嫌というほど見せつけられた。「天満与力同心には、ひとりとして学のある者なし」と公言してはばからず、若い時分から講義を行った。竹上もそのころからの弟子のひとりで、正式な私塾としたのは九年前、三十三歳のときである。

「大塩先生が目指すものは、ひとえに『治国平天下《ちこくへいてんか》』。つまりは良知をよくする者たちが、よりよき治世を行うことです」

「治世……でござりますか」

何かが、頭の隅に引っかかった。何が障ったのか、尚七にもわからない。竹上も気づかず、師と同じくする志を語る。

「我らのような小役人や村方も、たゆまず努めれば、いつか国のために何事かを果たせるやもしれません。このような歳になってすら、先生の傍にいると、さような望みが持てるのです」

竹上の口ぶりには、大塩への純粋な畏敬の念があふれていた。

たとえ厳しくとも、熱心で誠意のある師であることは間違いない。私塾は数多《あまた》あれど、たいがいは素読、つまりは書物の音読に限るのが通例だった。しかし大塩は、その中身や意味するところを、ひとつひとつ懇切丁寧に教えてくれる。講義がやたらと多いのもそのためだ。学が本物でなければできぬ業《わざ》であり、またごまかしを嫌う性分もあろう。

師が誰よりも、熱意をもって学問を説く。勉学を志す弟子にとって、これに勝るものはない。

加えて言行一致を旨とする、曲りがなく、ひと筋もぶれることのない毅然としたその姿は頼もしい。竹上をはじめとする洗心洞の門弟たちは、そのような師を慕《した》っているに違いない。

尚七もまた、大塩の人と学問に惹かれていたが、時が経つうちに少しずつ冷めてきた。

きっかけは、竹上が言った『治世』という言葉だ。

治世とは、太平の世を表すが、同時に、世襲による絶対の君主が、国を治めることをさす。いわゆる民主主義とは相反するものだ。

神君家康公から弓を賜った祖先を誇りにしているほどだから、大塩の徳川家への忠節心は厚い。良知を得た臣下が、徳川家を守《も》り立てながら、よき国を造る。大塩の説く『治国平天下』とは、平たく言えばそういうことだ。

尚七が引っかかったのは、そこに潜む、わずかばかりの矛盾《むじゅん》であった。身分の低い武士や農民に学を与えながら、君主国家にはいささかの疑問も感じない。どこか座りの悪い、釈然としないものを覚えた。

もちろん尚七とて、幕府転覆なぞ望んではいない。それでも尚七は知っている。民が政の権利をもつ、そういう国がこの世にはあることを。米国も仏国も、何十年も前に君主政権を終わらせていた。

洗心洞は、大塩平八郎が丹精込めて磨《みが》き上げた玉のようなものだ。大塩という硬く純粋な核をもち、わずかな傷さえ見逃さず日々浄《きよ》められた玉である。対して尚七は、江戸で利位や忠常とともに、蘭学をはじめとする数多の学問に接してきた。

世を憂《うれ》い、現実の世相に危うさを見る。その姿勢は感服に値《あたい》するが、誰もが聖人たれと強いるのは無理がある。その鋭角的な考えに、しだいに疲れてきたのである。日を追うごとに縄目がきつくなるように、尚七には思われた。

師走《しわす》のころには足が遠のいて、年が明けると、尚七は役目繁多を理由に、洗心洞を正式に抜けた。

「かような仕儀に至り、申し訳ございませぬ」

歯に衣着せぬ男だ。どんなに悪しざまに罵《ののし》られることかと覚悟していたが、意外にも大塩は叱らなかった。

「箕輪はすでに、朱子学や蘭学に染まっておるからな。齢《よわい》も相応に重ねておるし、馴染《なじ》むのは難しかろうと思っていた」

塾を去る門弟も少なからずいて、慣れもあるのだろうが、尚七に向けられた瞳には、不思議なものが揺らめいていた。それはちょうど、色のない火のように見えた。

「学問は決して、論じるものでも愛《め》でるものでもない。世に役立ててこその学問ぞ。それだけは、忘れてくれるな」

肝に銘じるとこたえ、頭を下げた。癇癪《かんしやく》持ちと評判の男との、静かな別れだった。

「それで尚七は、挫《くじ》けてしもうたのか」

理由をきいた利位が、おかしそうに笑った。

道場のごとく厳しい指南についていけなかったと、面目なさげに尚七が語る。

「真冬というのに戸を開け放し講釈をなさり、皆もこればかりは勘弁願いたいと陰で嘆いていましたが、若い門人たちが震えていても、大塩殿だけは端然となされておりました」

「雪華を相手にしておるおまえなら、寒いのは慣れておろう」

「はい、その辺りは応えませんでしたが……何と申しましょうか、蘭学の自在な気風に慣れていた私には、少々窮屈に思えまして」

「欲をとり去れば、ただ人とて聖《ひじり》となり得るか……僧ですら日々の修行を積み重ね、ようやく達する頂きだ。言うほど易くはなかろう」

　俗人がなし得るには過ぎた高みだと、利位もまたそのように言った。

　高い理想は、雲に覆《おお》われた山の頂きに似ている。ふもとからは見えぬ高みを、大塩は本気で目指している。ひどく立派なことなのだが、世人にはついていけぬ者もいる。これをふり返り、慮《おもんぱか》る寛容が、大塩には欠けていた。

「まあ、よい。これから尚七には、存分に働いてもらわねばならぬからな。学問する暇なぞ、のうなるぞ」

　利位が、機嫌よく笑う。このころから主君は、第二の『雪華図説』の刊行を目指していた。ここ大坂では、屋敷も執務も同じ城内で済む。評定などの御用もなく、利位はその暇を雪華のために費やしていた。

　なまじ大らかな主君をもったがために、洗心洞の厳しさについていけなかったのかもしれない。内心でそう呟きながら、ともに雪華図の整理にあたった。

「昨年の冬はいまひとつであったが、大坂は江戸より暖かい。いたしかたなかろうな」

　去年の冬は、図にできた新たな雪華は、わずか一種にとどまった。しかしその前の天保三年と四年は、江戸でかなりの数を見出し、先に刊した図説には、すべてを載せられなかった。いまふたりが整理しているのは、そのころに描き写したものだ。

「先の冬は、たったひとつと、確かに寂しゅうございましたが……それでも私は、少しほっとしております」

尚七は、正直に口にした。雪華が観察できるのは、ひときわ寒い冬に限られる。そして冬が厳しければ、翌年の稲作は必ずといっていいほど障りがあった。長い経験から、尚七も身にしみてわかっていた。

「新たな雪華に会えず、我らは切のうございますが、民百姓が切ない思いをするよりは、よほどましにございます」

「うむ、そのとおりだな」

利位も手を止めて、しみじみとした面持ちでうなずいた。


主従の見込みどおり、この年、天保六年は、東北では凶作が続いたものの、他の国々では平年並みの作柄を得た。だが、稲刈りが終わったその年の冬、尚七はふたたび不安に襲われた。

十二月、二度ほどまとまった雪が降り、主従は大坂城内で二十九種もの新たな雪華を記録した。

「ご家老、この数は、三年前に勝るとも劣らぬものにございます」

尚七は、家老の忠常にそう報告した。雪華の美しさに触れれば心躍《こころおど》るはずが、忠常も、そして利位も、浮かぬ顔で空をながめることが多くなった。

「おそらく来たる年は、三年前の先の飢饉と同じ、いや、それ以上の不作となるやもしれぬ」

その言葉どおり、翌天保七年は、未曽有《みぞう》の大凶作となった。


この年ははじめから、大坂周辺でも風水の天変が相次いだ。

春から夏にかけて嵐や長雨が頻発し、水の町である大坂は、そのたびに洪水に見舞われた。市中では橋が落ち、堤が決壊。淀川筋が船止めとなり、商いにも大きな支障をきたした。低い村々は床上まで浸水し、田畑は一面水浸しで、もとより夏の気温の低さで作物はさっぱり育たなかった。

収穫より前に米価は上がりはじめ、常には銀五十匁《もんめ》から八十匁を行き来していたのが、九月には百四十匁に急騰《きゅうとう》した。つまりは倍から三倍にも跳ね上がったということだ。この後も米価は上がり続け、ついには天明の飢饉の折を二十匁以上も超えて、ほぼ百八十匁にまで達した。

前回の天保四年は、西町奉行がいち早く危険を察知し対処した。しかし頼みの矢部駿河守は勘定奉行を任ぜられ、この年の七月に大坂を離れていた。後任の奉行も決して手をこまねいているわけではないのだが、やはり矢部にくらべれば大きく見劣りした。飢饉に対する従来のやり方では、焼け石に水に過ぎない。ついに九月末には、米屋や雑穀《ざっこく》屋十三軒が打ちこわされ、八十人余が入牢《にゅうろう》する騒ぎとなった。

それでもまだ、ましな方だ。東北は目を覆う有様で、津軽《つがる》や南部《なんぶ》にいたっては、平年のわずか一分という大凶作となった。飢饉は国中を覆いつくし、飢餓と疫病《えきびょう》による死者は、二十万とも三十万とも言われる。

故郷の古河の惨状もまた、弟の便りを通して、尚七の耳にも届いていたが、遠く離れた大坂の地では何もしてやれない。尚七はただ、日に日に荒《すさ》んでゆく大坂の町に、心を痛めることしかできなかった。

大坂も師走《しわす》には米穀が底をつき、金持ちですら購《あがな》えず、ましてや下々の困窮ぶりはさらに極まっていた。行き倒れの死人の数は、多い日で百五十人を超え、あまりの多さに検屍《けんし》におよばずとの沙汰《さた》が奉行から下されたほどだ。死体を焼く煙が、市内の寺々から立ちのぼり、その煙は大坂城からもながめられた。まるで陰《いん》鬱《うつ》な龍が、何匹も上っていくようで、目にするたびに気が塞《ふさ》いだ。

そんな師走半ば過ぎ、尚七は城下で見知った顔と出会った。

城の大手門の外に、城代の中屋敷と下屋敷がある。利位は堀の内の上屋敷に住まっていたが、鷹見忠常や尚七は、中屋敷の内に家族とともに起居していた。大手門を出て、中屋敷の長屋に帰ろうとしていたとき、反対の方角からその男は歩いてきた。尚七が目礼すると、相手も足を止めた。

洗心洞で世話になった大塩の門弟、竹上万太郎である。同じ城中に出仕していても、役目が違えば顔を合わすこともない。竹上に会ったのは、洗心洞をやめてから初めてだった。

「長らくご無沙汰してしまい、申し訳ありませぬ。大塩先生は、息災にしてらっしゃいますか」

尚七はまずそう詫びたが、芳《かんば》しいこたえは返らなかった。門下を離れた尚七を、怒っているわけではなさそうだ。

「箕輪殿が通っていたころの面影は、いまの洗心洞にはありません。このところは、先生の講義も途絶えております」

そのまま別れる気になれなかったのは、竹上の顔に強い屈託《くったく》を認めたからだ。尚七は竹上を連れて中屋敷の門をくぐり、門脇に据《す》えられた腰掛にともに腰を下ろした。

「もしや先生は、お加減を悪くされているのですか？」

尚七はたずねた。肺の病をまず心配したが、竹上は違うと首を横にふった。

「おからだには障りはありませんが、近頃の先生のごようすが、どうにも気になりまして」

「気になるとは、何がでござる？」

「今年に入ってから、先生は次々と不幸に見舞われて、ひどく塞ぎ込んでおりました……一心寺《いっしんじ》の騒動は、ご存じですね？」

「はい、耳にしておりまする」尚七は、うなずいた。

一心寺はもともと、家康とのゆかりが深い。大坂城攻めの折、家康はこの寺を陣としたのである。現住職は家康を祀《まつ》る東照宮廟《びょう》を寺内に建立せんとしたが、当然、幕府の許しが要る。このとき住職のとった方法が問題となった。東の与力を賂で抱き込み、彼らを通して町奉行にとり入ったのだ。後にこれが露見して、幕府の怒りを買った。他ならぬ権現さまに関わることだ。幕府の追及は厳しく、当の住職や奉行はもちろん、東の町与力も次々と江戸に呼び出され、厳しい訊問《じんもん》を受けた。

東の与力同心は、大塩にとってはもと同輩であり、いまも結びつきが強い。与力の中には大塩の伯父もいて、また洗心洞の門弟も何人もいる。清廉を旨とする大塩だ。当の与力たち以上に、深く傷ついたに違いない。

訊問は数ヶ月におよび、今年の三月上旬、住職は死刑に処され、奉行は罷免《ひめん》された。

しかし町奉行所与力らは、何の処罰もされなかった。できなかったのである。

町方与力は市井《しせい》を隅々まで知り尽くしたいわば玄人《くろうと》であり、おいそれと替えがきかない。何十人もの与力を一斉にお役ご免にしては、大坂の市政が立ち行かなくなる。ひとりふたりを処罰するのも難しく、結局は無罪にするより他なかったのだ。

与力同心は表向き一代限りとされるが、実態は世襲であり、さらに富と権力においても大坂の与力同心は際立っている。その事実は幕府を震撼《しんかん》させた。彼らの盤石《ばんじやく》の権勢に、わずかでもひびを入れたい。幕府の意図を、新奉行は汲んでいたはずだ。罷免された奉行に代わって東町奉行となったのが、跡部山《あとべやま》城守《しろのかみ》だった。

東の与力同心たちは、跡部の思惑を敏感に感じとり、その不安は隠居した大塩にも伝わっていた。さらに大塩は、このころすでにもうひとつの事件のために、すっかり参っていた。

跡部が大坂に到着するよりも前、五月のことだ。大塩の門弟である東の同心ふたりが、捕えた掏摸《すり》に少々酷い罰を下した。このところの賊の横行が目にあまり、憤りに駆られた上での行いであったが、上役からは行き過ぎだと咎《とが》めを受けた。若いふたりには屈辱であり、日頃より大塩から潔《いさぎよ》くあれと教えられている。ふたりは死をえらび自刃《じじん》した。

世間はこの責めを、師の大塩に向けた。与力であったころの大塩は、能吏の評判をとっていた反面、咎人への苛烈な仕置きや、容赦のない言動が目立ったからだ。大事な弟子を失った上に、世間から非難を浴びる。大塩の落胆は、察するに余りある。

「何とも、皮肉な……ふたつの件はまるで、裏と表のように見えまする」

尚七は、そう呟いていた。悪をなした与力が罰せられず、善をなしたはずの同心が命を落とす。学問や理想と違い、世の中は不条理で成り立っている。まったく相反する始末が、大塩の均衡《きんこう》を崩したのかもしれない。

「講義も休みがちとなり、人と会うことさえ厭うようになられました」竹上も声を落とした。「加えて世情は、日一日と悪くなる一方です。大坂の傷《いた》ましい姿にも、我が事のように心を痛めておられます」

生一本な男だ。もと同輩の罪も、門弟の自害も、民草の窮状も、世人の何倍もの重さで受けとめているのだろう。純粋に過ぎるその姿は、白い炎を思わせた。別れ際、大塩の目の中にあった色のない火だ。赤や青よりも熱をもち、一切を焼き尽くす——。

「黙って見過ごすことは、できぬ性分です。民百姓を救わんと、息子の格之助さまを通して、奉行の跡部さまにたびたび申し上げておるのですが、はかばかしくないようで」

民百姓という文句が、自分でも驚くほどに尚七の心を打った。かつて古河にいたころ、その苦悶《くもん》と疲弊を誰より身近で見ていた。数年前の飢饉の折も、故郷の惨状を目にしている。あれ以上に悲惨な景色が、いまは広がっているのかもしれない。いても立ってもいられないほどの焦燥が、くるおしいほど胸にこみ上げた。

甲州《こうしゅう》で大きな一揆《いっき》が起きたのは、八月のことだ。二千人余が雪崩《なだれ》を打って、百以上の村々で略奪や打ちこわしが行われた。近年稀《まれ》に見る規模の一揆だが、やむにやまれぬその気持ちが、尚七にもわかる気がした。食えぬ切なさの向こうには、死が口をあけている。人としてではなく、生命《いのち》あるものの本能が剝《む》き出しとなる。一揆とはつまり、ただ生を乞う思いが形を成した姿だ。

「思い返すと、甲州一揆の後でした」

ふいに竹上が言った。まるで心を読まれたかのようだ。思わずびくりとしたが、そうではなかった。

「一揆の仔細《しさい》を知らされてから、先生のごようすが、がらりと変わられたのです」

顔色は心なしか、青ざめていた。竹上は、二十三年も前に洗心洞に入門し、大塩を誰よりも慕っていた。だが、その竹上でさえも、昨今の師が何を考えているのかわからないという。竹上の屈託は、そこにあった。

「急に砲術演習を、思い立たれて」

「……それはまた、どうして」

「先生は学問ばかりでなく、槍術や砲術にも優れておいでですから」

そういえば、尚七も耳にしたことがある。ことに槍術は腕前が高く、また中島《なかじま》流の砲術も若いころから学んでいた。予断の許さぬ世情故、大坂近在でもいつ甲州のような騒動が起きるかわからない。その折にはいち早く、騒ぎを鎮《しず》めるために尽力したい――。

目的は演習だが、門人にはそのように説いてもいた。

「なるほど、甲州一揆の報の後、仕度をはじめられたというのも得心がいきますな」

尚七は納得したが、竹上の顔色はやはりさえないままだ。

大塩は中島流の師範を招き、砲術稽古《げいこ》のみならず火薬の調合も学ばせている。演習には火薬も必要だから、おかしなことではない。

「ただ、その入れ込みようが、いささか度を越えておりまして」

火薬の材料となる白焔硝《はくえんしよう》や硫黄《いおう》や鉛《なまり》を、大量に買い込み、知人が伐採した松の大木から、二挺《ちょう》の巨大な木砲を拵《こしら》えた。火薬の製法が漏れてはいけないと、屋敷の一角は人の出入りを固く禁じ、外界から遮断した。塾生たちも講義の代わりに、ひたすら演習準備に明け暮れする毎日だ。

今年の前半、大塩の消沈でひっそりしていた組屋敷は、妙な方向に活気を帯びていた。

「もともと何事にも心血を注ぎ、周りが見えなくなる性分でしたが……」

竹上はぶるりと身震いした。

「ですが、この頃はまるで何かに憑《つ》かれてでもいるような、恐ろしきものを感じます。あれではまるで、戦仕度《いくさじたく》です」

「まさか、そのような……」

こぼした笑みが、中途半端に途切れた。竹上の怯《おび》えが、本物だったからだ。

このときはまだ、竹上をはじめとする弟子たちは、大塩が見ていた敵の姿をしかとは捕えてはいなかった。尚七も同様だ。『治国平天下』を願う大塩の、幕府への忠誠を誰も疑いはしなかった。

それでも長年、師を見てきた竹上には、狂気に近い何物かが見えていたのだろう。

不安げな竹上の背後に、尚七は一瞬、白い炎を見たような気がした。洗心洞を去るときに大塩の目の中に揺れていた。ささやかなその火が、ふいに大きく燃え上がったような、そんな錯覚にとらわれた。

竹上の憂いが本物となったのは、ふた月後のことだった。

翌天保八年二月十九日、大塩の乱が起きた。

大塩がいつ挙兵を決意したのかはわからない。ただ、前後の状況から推すると、ちょうど尚七が竹上から話をきいたころかもしれない。

江戸廻米に腹を立て、民のために決起した――。

その伝のとおりなら、少なくとも師走以降ということになる。幕府が大坂町奉行に、江戸廻米の命を伝えたのは十一月の末だからだ。

江戸では新将軍家慶《いえよし》のための、将軍宣下の式典が控えていた。この仕度金のために、どうしても米を必要とした。このころすでに東町奉行の跡部山城守によって、大坂からの出荷米は制限されていた。京、伏見《ふしみ》、堺《さかい》など、それぞれ一日に流す量が決められて、これは三年前に矢部も行っている。ただ、その統制があまりに苛酷だった。三年前の四分の一というわずかな量で、当然足りるはずがない。大坂へとわずかな米を買いにきた者たちを、跡部は非情にも捕縛の上、処罰した。

そのような惨状を前に、大塩が黙っていられるはずもない。米蔵を開放し窮民に与えるよう、息子を通して奉行にくり返し上申していたのは、竹上が語ったとおりだ。しかし跡部はきき入れず、「これ以上よけいな口を出すなら、強訴の罪に処す」とまで達した。

それればかりではない。奉行を見限った大塩は、今度は鴻池や三井《みつい》をはじめとする豪商たちの説得にあたった。その甲斐《かい》あって、六万両の借銀の約束をとりつけたが、跡部がこれに待ったをかけた。六万両という借財を、返す当てなどいまの幕府にはない。おそらくはその理由だろうが、跡部はあくまで大塩の勇み足として、隠居の身で出過ぎた真似《まね》をするなと頭ごなしに叱責した。

万策尽きた大塩は、無念の一切を檄文《げきぶん》にしたためた。

『四海《しかい》困窮いたし候《そうら》わば天禄長く絶たん。小人に国家を治しめば災害並びいたると……』

この文言からはじまる檄文は、一月八日に乱の同志に披露され、連判状となった。息子の格之助と、東町奉行所の与力同心、百姓、医者、浪人と、四十数名が署名した。

二月初めになると、蔵書五万冊を売り払い、金六百二十両余を得て、一万の窮民に金一朱ずつを施与した。そして二月十九日、天満の町与力組屋敷から火の手があがった。

日の出から一刻後のことだった。自邸と向かいの与力邸に火矢を放ち大砲を撃ち込み、一党は挙兵した。先頭の旗には「救民」「天照皇太神宮」と大書されていた。

東照宮を祀る建国《けんこく》寺を砲撃し、難波橋《なにわばし》から淀川を越えた。組屋敷で蜂起《ほうき》したのは、若党や中間を加えてざっと百人であったが、行き合った衆人が加わって、船《せん》場《ば》に至った昼過ぎには七百ほどに数を増していたという。船場では、鴻池や三井などの豪商や米屋に、大砲や焙烙玉《ほうろくだま》、火矢を見舞い、金や米を貧民がとるに任せた。

当日は快晴。大坂城では、弓の大的を射る定日であり、城代の土井利位もこれに出ていた。町奉行所から乱の知らせを受けた利位は、ただちに東西両奉行に出動を命じ、番衆を指揮して城の門を固めさせた。城内の兵数は千五百ほどだったが、やがて尼崎《あまがさき》や岸和田《きしわだ》などから藩兵四千人ほどが到着。城に入りきらぬほどの大変な人数で、炊き出しだけでも大事だった。古河の家臣もほとんどが利位のもとで城内警護に当たったが、尚七ら少数の家臣には別の役目が与えられた。中屋敷にいた家中の妻子を、平野郷《ひらのごう》の陣屋へと避難させることである。

平野郷は、城から南東へ二里、古河藩の飛地であった。土井家はここに陣屋を設け、郡《こおり》奉行をおき、大坂にあった蔵屋敷も移していた。尚七は妻子とともに平野郷への道を辿りながら、はやる気持ちを懸命に抑えつけていた。

「救民」の旗を掲げて、大塩が起《た》った。自分もそこへ連なりたいという思いが、胸中に確かにあった。大塩の理《ことわり》に、諸手を挙げて賛同したわけではない。それでも下々のための「救民」とあらば、思いは同じだ。

しかしいまは、大塩に背を向けて大坂から逃げている。利位の家臣たる己には、できはしないと頭ではわかっている。それでも忸怩《じくじ》たるものは焦りとなって、尚七を苛《さいな》んだ。

東西町奉行が出役したのは、昼を一刻過ぎたころだった。大砲の音で落馬するという体たらくであったが、駆けつけた城の定番与力らに助けられ、わずか一刻で乱を鎮圧した。

大塩の兵はほとんどが烏合《うごう》の衆であり、役人の姿を見るや蜘蛛《くも》の子を散らすように四散した。大塩一党は三人が斬られたが、大塩親子を含め他の者たちは、やはりばらばらに遁走《とんそう》した。

だが、火事は翌二十日も収まらず、夜半になってようやく鎮火した。

尚七が大坂城へ戻ったのは、二十一日の早朝だった。

大坂は未だ呻《うめ》いているように、煙を吐きながら横たわっていた。


「よいか、草の根を分けてでも、大塩親子を探し出せ！」

この家老にしてはめずらしいほどの大声で、忠常が檄《げき》をとばす。

ちりぢりに逃げていた一党は、日を追うごとに召捕《めしと》られ、あるいは自害したが、大塩親子だけは何の手がかりもない。江戸からの命を受け、利位は親子の捜索に乗り出していた。

「ご家老……我ら古河の家中が、大塩殿を捕えるのですか」

家臣らが方々に散ってゆくと、尚七は家老にそう申し述べた。

「あたりまえだ。いまの我らは、大坂の守護を任された番方なのだからな」

その面には、強い決意が表れていた。こと情報において、この男の右に出るものはいない。忠常が本気になった以上、大塩親子は必ず見つかり捕縛される。尚七にはその顚末《てんまつ》が、はっきりと見えた。

「ご家老、もし捕縛に至った折には、どうか温情あるお裁きを、江戸表にお願いしていただけませぬか」

　座敷を出ようとした忠常が、足を止めた。その背中に向かって、尚七は懸命に訴えた。

「大塩殿は、救民のために立ち上がったのです。大坂の窮状を見るにみかねて、御上には救米《すくいまい》を、商人には施しを乞うたのです。大塩殿は、民草の意を代弁したに過ぎませぬ。それでも御上は何もせず、あろうことか江戸への廻米まで命じた。大塩殿の怒りは民の怒りです。大塩殿は民百姓のために、自身をかえりみず一切をなげうって、乱に身を投じたのです」

長い嘆願を、忠常は黙してきいていた。尚七が口を閉ざすと、背中を向けたまま忠常が問うた。

「尚七、大塩は、何をした？」

「え？」

「大塩は、何をしたかと問うておる！　こたえよ、尚七！」

障子が震えるほどの大声とともに、忠常がふり返った。常には静かな面差しが、朱を帯びていた。長らく傍にいたが、こんな声をあげるのも、初めてだ。憤《ふん》怒《ぬ》に呑《の》まれ、尚七は茫然《ぼうぜん》と忠常を仰ぎ見た。

「わからぬなら、教えてやる。来い、尚七！」

半ば引きずられるようにして向かったのは、城の西外堀に突き出した乾櫓《いぬいやぐら》であった。二階に上がり、物見台に立ち外を示す。

「見よ、尚七。これが大塩のなしたことだ」

眼前には、焼けただれた景色が広がっていた。

火は城の西側一帯と、淀川を越えた天満を舐《な》め尽くした。実に町の二割に達し、大坂では百年ほど前の享保《きょうほう》の大火に次ぐ大火事で、「大塩焼け」と呼ばれた。

「いかに立派な大義とて、頭の中にあるうちは虚に過ぎぬ。虚をふりまわした果てがこれだ。大塩の所業は、弱りきっていた大坂の町を、足蹴《あしげ》にして踏みつけたに等しい」

白炎《びゃくえん》は、町を灰色に変えた。理想のなれの果ての現実が、目の前にあった。

「大塩は、救民のために乱を起こしたわけではない。わしは、そう思う」

忠常は、本気で憤っているのだろう。大塩を通して描いていた尚七の幻を、容赦なく断じた。

「大塩の真の狙《ねら》いは、東西の町奉行だ。『救民』の旗印のもと、大塩は私事の恨みを晴らさんとしたに過ぎん。証《あか》しもあり、明々白々だ！」

大塩の乱には、ひとつ手違いが生じていた。挙兵の刻限が、予定よりも半日以上も早められたのだ。当初は同日の夕刻に、起つはずだった。

この日は新任の西町奉行が、着任恒例の市中視察を行うこととなっていて、東の奉行跡部良弼《よしすけ》も同行する。その休憩場所が、洗心洞の真向かいにあたる天満の組屋敷であった。これを襲い、両町奉行を討ち取り、町奉行屋敷や豪商宅を焼き払う――。それが大塩の立てた計略だった。

しかし決起を前に、怖気《おじけ》づいたのだろう。門弟のふたりが裏切って、両町奉行に注進《ちゆうしん》した。逆に奉行所内にいた別の門弟が、大塩のもとに走り火急を告げた。まもなく捕方が駆けつける。やむなく挙兵を早めるしかなかった。

「檄文にあった小人とは、跡部さまのことだ。己の訴えを受け入れず、頭ごなしに叱責し、江戸への廻米に走った。死ぬに値する所業だと断じたのだ。だが、そればすべて大塩の側からの偏った見方だ。他方から、いや、御上の側から見れば、跡部さまはあたりまえのことをしたに過ぎん」

大塩が救米を訴えたころにはすでに、出せる米はすべて出し尽くしていた。豪商たちへの直談判《じかだんぱん》も、与力であったならともかく、隠居の身では明らかに分不相応だ。また廻米に至っては、命じたのは幕府である。もしも旗本の跡部が、飢饉につき一年待ってもらいたいなどと意見すれば、それこそ厳しい咎めを受ける。また跡部は決して、大坂の米を廻米したわけではない。自身が出荷を限っておきながら、手の平を返す真似はできないことは、よく承知していた。跡部は腹心だった西町の与力を播磨《はりま》に遣わし、買米にあたらせ、江戸に廻送したのである。決して悪い方法ではないと、忠常は評価した。

「跡部さまは、世間で言われるほど悪辣《あくらつ》でも愚かでもない。先の矢部さまにくらべれば、凡庸《ぼんよう》というだけのこと。これはいかなお奉行も同じであろう。だが大塩は、跡部さまを槍玉《やりだま》にあげられた」

跡部は大塩を頼ろうとはせず、また認めることもなかった。自身の才をたのみにしていた大塩の誇りは、著しく傷ついた。

抜きん出た才をもち、どんなに努めても報われることはない。身分の壁にさえぎられ、与力という地位にあまんじるより他なかった。能ある自分が登れぬ道に、胡坐《あぐら》をかいているのは凡愚《ぼんぐ》な者たちだ。強い嫉妬と深い落胆――。弟子の身分を問わぬのも、その鬱憤《うっぷん》の裏返しと言える。おりしも去年のはじめから、大塩には不運が続いた。そのすべての不満を、跡部に向けたのだ。少なくとも忠常は、そう考えていた。

「いわば私憤に過ぎぬ。それを大塩は、跡部さまに、ひいては御上に向かって投げつけた。己の憤った腹の内を、救民という名目にすりかえてぶちまけたのだ」

「ですが大塩殿は、己の書物を売って施しを……」

喘《あえ》ぐように反論したが、たちまち忠常に応酬《おうしゅう》される。

「あれは施しではない、人集めの策だ。決起の直前に、まわりくどいやり方をしたのがその証しぞ」

大塩は、ただ金をばらまいたわけではない。まず引換札をくばり、これを持参した者ひとりひとりに金一朱を渡した。その際、「天満に火事あらば必ず駆けつけよ」と命じている。

実は当日、その命に従い、五百人以上もの農民が天満に向かっていた。しかし密告により計画を早めたことにより、間に合わなかったのである。もしもこの者たちが加わっていれば、騒ぎはさらに大きくなり、大坂城すら無事では済まなかったかもしれない。

「思うほど人が集まらなんだから、当ては外れたろうがな。まことに施しを旨とするなら、何故もっと早《はよ》うから致さなんだ。大筒や焙烙玉を製する金を、何故施しに充てなかった」

力のある相手と、碁を打っているようなものだ。たちまち詰められて逃げ場がない。だが、まわりを黒で固められて初めて、尚七の中でくすぶっていたものが白い炎をあげた。

「それでも！　大塩殿のなしたことは、決して町を焼いただけではございませぬ！」

忠常に向かって、叫んでいた。

「御上の側にいた者が、民の味方についた。それがどれほど下々の慰《なぐさ》めになったことか。町を焼かれても、ようやったと手をたたく者がどれほど多いか。此度《こたび》の乱は、世の歪《ひずみ》の表れです。大塩殿は、天下に向かってそれを示されたのです」

これ以上は、御上を非難するに等しい。口にしてはいけないと、頭ではわかってはいたが止められなかった。

「大塩殿の志は、決して無駄にはなりませぬ。いつかきっと、思いを継ぐ者がおりましょう。大塩殿は、その布石となられたのです」

町々は鎮火しても、白い炎は消えない。尚七と同様、その火を胸に大事に抱く者がきっといる——。

怒りに任せた妄言《もうげん》に過ぎなかったが、皮肉にもその言葉は本当になる。

この乱が呼び水となり、同じ年のうちに、備後《びんご》や越後、摂津《せっつ》などで一揆が起きた。

大塩自身は、自らの蜂起を一揆ではないと檄文に明言している。一揆は公儀に楯突く立派な罪であり、徳川大事の大塩にその腹はなかった。ただ主君のために奸物《かんぶつ》を除き、世の危うさに早鐘《はやがね》を鳴らさんとしたに過ぎない。

けれど噂という魔物は、広がるごとに虹のように色を変える。

『救民』の旗のもと、義のため民のために戦った英雄——。

華々しくきらびやかに飾られた大塩の乱は、ここからひとり歩きをはじめる。

忠常もまた、尚七の中の白い炎の断片を、見たのかもしれない。口調を変え、落ち着いた声音で告げた。

「いまは、異国の足音が迫っている。そのような折に国乱れれば、それこそ雪崩《なだれ》をうって攻め込んでくる。我らは国を守らねばならぬのだ」

あれほどの才をもちながら、現実という時代を見通せなかった。忠常はそれを嘆き、惜しんでいるのだった。

「死罪はむろん、切腹さえ許されぬであろう」

そう言い残し、忠常はその場を去った。

眼前にはやはり、灰色の町が広がっている。

けれどたくましい浪花っ子は、早くも瓦礫《がれき》から立ち上がりはじめていた。


大塩と倅《せがれ》の格之助が見つかったのは、乱からひと月以上が過ぎたころだった。

尚七の読みどおり、忠常は親子に辿り着いた。きっかけをくれたのは、家臣の家族が避難した平野郷だった。

平野郷の歴史は古く、平安の時代にさかのぼる。室町のころには堺や博多《はかた》とならぶ自治都市であった。当時から七つの名家があり、中の二家の者が陣屋へと、ある話を知らせた。

平野郷の十七になる娘が、大坂油掛《あぶらかけ》町の美吉《みよし》屋という太物問屋に奉公に出た。娘は親の病で暇《いとま》をとったが、郷に帰ってきてこんな話をした。毎朝、神前に供《そな》えるために、飯櫃《めしびつ》いっぱいの飯を奥にはこんでいたが、お下がりがひと粒もなく、毎日からっぽの飯櫃が戻される。美吉屋は、大塩らが乱の折に身につけていた揃手拭《そろいてぬぐい》を染めた店で、主人は町預かりとなっていた。これは怪しいと、話をきいた郷の者がにらみ、陣屋に注進したのである。

大塩は間違いなく、美吉屋の離れに潜んでいる。確かめた忠常は、すぐさま捕方をさし向けた。古河の家中から九人、町奉行所から四人が出たが、直々に召捕りを命じられ、捕方の中心となったのが目付の時田肇であった。尚七は後になって時田から、捕物の仔細をきかされた。

十三人の捕方は、三月二十七日の早朝、表口と裏口に分かれ、離れへと忍び寄った。しかし大塩は捕手に気づき、戸を固く閉めて立てこもり、戸を打ち破ったときにはすでに、倅の格之助は父親に刺し殺されていた。

「座敷の手前に、坊主頭の死骸が仰向《あおむ》けに横たわっておった。胸のあたりは血に染まり、何とも酷いありさまだった。死骸の上に着物や障子が重ねられ、煙を上げていた」

大塩が、火薬を散らして火をつけたのだ。倅の向こうに、壁を背にした大塩がいた。一瞬、大塩と目が合って、時田は心底ぞっとしたという。

「座敷の隅の暗がりで、ぎらぎらと目が光っていてな……あれは、尋常な者の目ではない。物狂いの目に相違なかった。大塩が乱心して騒ぎを起こしたと言う者がいるが、おれもあのときそう思った」

親子そろって僧に身をやつし、頭を丸めていたが、少なくとも大塩は、仏とは程遠いところにいたと時田は語った。自刃のさまも酷く、自身の喉《のど》を二度、三度と突いて絶命した。

「殿からは、生け捕りにするよう命じられていたのだが……骸《むくろ》が焼けぬよう、努めるしかできなんだ……」

侍らしい潔《いさぎよ》さもなく、正気ですらなかったのかもしれない。見苦しく哀れな最期だが、それでも尚七は、あたりまえの人らしさに、どこかで安堵《あんど》を感じていた。理想を求め高みを目指し、常に他者に敬《うやま》われる立派な人物であらんとした。死に際に半ば乱心しながらも、大塩はようやくただ人になれたのかもしれない。

そう感じたのは、竹上万太郎のことがあったからだ。

竹上は決起の日、いったん洗心洞へ赴《おもむ》いたものの、家族を逃がし後顧《こうこ》の憂いを絶ちたいと、また家に戻っていた。だが家族を逃がしてからも、乱に加わる決心がつかず、途方に暮れたまま町をひたすら逃げ惑うていたところを捕まった。

大塩を裏切ったのは、竹上だけに留まらない。連判状に記した四十人のうち、乱に加わったのはわずか半分だった。大塩に脅されて、嫌々署名した者も多かったのである。竹上のように逃げ出した者もいれば、裏切って密告した者もいる。

無様であり卑怯《ひきよう》だが、それが人というものだ。追い詰められれば、誰しもきっと情けない姿をさらす。おそらく自分もそのひとりだ。

ひどく遠くに思えた大塩という男が、初めて身近に感じられた。

尚七はただ、大塩平八郎と竹上万太郎の冥福《めいふく》を祈った。

ひと月後、利位と家中の者たちは、大坂から江戸への道筋を辿っていた。大塩捕縛の功を認められ、利位が京都所司代に栄転したのである。江戸で正式に叙任を受けて、それから京へと旅立つことになる。一行は江戸参府の途上にあった。

東海道由比《ゆい》宿に近い薩埵峠《さつたとうげ》に着いたときには、暦は五月に替わっていた。そろそろ入梅に近いころだが、空はさえざえと晴れていた。

尚七は忠常とならんで、峠から海をながめていた。

「ご家老、覚えておりますか？　昔、愛宕山に上り、こうして海をながめておりました」

「ああ、よう覚えておる」

風にほつれた忠常の髪には、白いものが目立つ。尚七も同様だ。あれから二十四年が過ぎていた。

「あのとき、世界は広いと教えてくださったのはご家老です。されど私は、この歳になっても足許《あしもと》ばかりに目が行きまする」

大塩の件ではさすがに口が過ぎた。その詫びのつもりだった。忠常が、尚七をふり返った。

「おまえは、そのままでいろ」

「え……」

しばし言葉を失った。遠い昔、幼馴染みから同じ台詞《せりふ》をかけられた。突き放されたように思えたが、忠常の眼差しはいつになくやさしかった。

「おまえのようなものを、傍においておきたかった。殿のためにも、わしのためにもな」

「私が『何故なに尚七』であった故、殿の御学問相手となさった。ご家老は、そのように……」

「そのとおりだ。だが、もうひとつわけがある。おまえが禄の薄い、郡方の倅であったからだ」

「何故それが、お側仕えのわけに？」

「いわば国許の民百姓に、もっとも近いところにいた。そういう者が傍におれば、おまえを通して民の思いは自《おの》ずと殿にも伝わろう。下々がまるでわからぬようでは、主君は務まらぬからな……それは、わしにとっても同じこと」

「ご家老にとって、とは？」

「わしは遠くばかりに目が行きがちであるからな。こうして海の向こうを見ながら、足許がおろそかになれば、崖から落ちるやもしれん。おまえが足許に目を配っていてくれるからこそ、わしは心ゆくまで遠くを見渡せる……だから尚七、おまえはそのままで良い」

「……私も、殿とご家老のお傍におれて、何より幸いに存じます」

礼を述べながら、声が詰まった。ありのままの己を受け入れ、認めてくれる。

何よりも有難く、得難いものに思われた。

「おまえが思う以上に、殿もわしも、おまえを頼みにしておる。何か褒美《ほうび》を与えねばと、殿にご相談申し上げたのだが」

「いえ、いまのままで十分にございます」

利位とともに雪華を記し、忠常と同じ場所で蘭学に勤《いそ》しむ。これより他に望むことはなかったが、せっかくの好意を無にするなと返された。

「半ば無理やりに小松の家を出させたことが、かねがね気になっておってな。そこで箕輪から、小松に戻すことにした」

「……もしや、お役ご免となり、郡方に戻されるのですか？」

尚七は青くなったが、忠常は違うと笑う。

「おまえを当主として、新たな小松家を立てるのだ。わずかだが禄も加増し、十三人扶持《ぶち》とする」

「私が、小松を……」

「さよう。おまえは今日より、小松尚七だ」

忠常の声がとぶ。

不思議な感覚が、尚七を襲った。見えたのは、白い炎だ。

鷹見忠常の向こう側で、それは静かに白く揺らめいている。

狐火か、大塩の無念が見せた幻か――。尚七はしばし、その火に見入っていた。

「どうした、尚七？　あまり嬉しそうではないな」

「え、いえ、滅相《めっそう》もない。思ってもおらなんだ褒美でした故……有難く頂戴仕《つかまつ》りまする」

青い景色から吹く海風が、白い炎を穏やかに吹き消した。

一行は無事に江戸入りし、六月半ば、京都に向けてふたたび江戸を旅立った。

忠常と尚七は、この間、江戸の知己をまめに訪ねた。行く先々で、乱鎮圧の功績と主君の昇進の祝いを受けたが、忠常が何より喜んだのは、渡辺崋山の祝儀であった。

崋山は見事な筆で忠常の姿を写しとった。

「いかがでございましょう。我ながら、よい出来と自負しておるのですが」

「何とも見事な。ご家老にうりふたつにございますな」

尚七は手放しで褒《ほ》め、後にこの『鷹見泉石像《せんせき》』は、崋山の代表作となった。泉石とは隠居してからの忠常の号で、その名を名乗るのは、九年先のことである。

「京ではどのような雪華と出会えるか、楽しみにございまするな」

崋山がほっこりとした笑みを浮かべた。

「いや、さすがに今年ばかりは、雪華よりも陽差しが欲しゅうございます」

「去年よりは空模様も落ち着いておる。平作とは行かぬまでも、少しは凌げよう」

忠常の言葉に、尚七が安堵する。

「雪華と米が相反するとは、まことに世の中とはままならぬものにございまするな」

絵師は感慨深げにため息をついたが、理不尽な世の犠牲となるのは、他ならぬ崋山であった。

崋山はわずか二年後、蛮社《ばんしゃ》の獄《ごく》に巻き込まれ、自ら命を絶つ。その悲運を、この場の誰もいまは知らず、三人は存分に蘭学の話に興じた。

薩埵峠で尚七が見た白い炎は、予感だったのかもしれない。

混じりのない純粋な石でしか、砕《くだ》けぬ楯もある。皮肉なことに、大塩が丹精して磨き上げた玉は、乱という鏃《やじり》に姿を変えて、絶対であった徳川という楯に小さなひびを入れた。

打ち寄せる波が、固い岩を少しずつ削ってゆくように、大塩の乱は、この先もくり返し立ち現れて、倒幕と、さらには民主主義の旗印とされる。

しかしそれを、利位も忠常も尚七も、見ることはない。

梅雨空にもかかわらず、どこかで揚雲雀《あげひばり》が鳴いた。

世は幕末に向けて、ゆっくりと傾いていた。

あとがき

東武新古河《とうぶしんこが》駅から古河歴史博物館に向かう途中、車窓から渡良瀬《わたらせ》川が見えた。頭上に広がる青空から流れてきたような、のびやかに広がる美しい川だった。泉石《せんせき》はこの地で生まれ、晩年を過ごし、ここに没した。

鷹見《たかみ》泉石という人物を知ったのは、六、七年前になる。面白いと思った。江戸幕府は蘭学を認めておらず、闇雲に弾圧し続けていた――。悪名高い「蛮社《ばんしゃ》の獄」の印象が先行し、幕府と蘭学は決して相容れないものと以前は考えていた。

しかし泉石は蘭学者でありながら、幕府とは敵対していない。彼は決して学者ではなく、あくまで政治家だった。老中を務めた土井《どい》家の家老として、蘭学を政治に生かそうとした。それが私には、面白いと思えた。

小松尚七《こまつなおしち》という実在の御学問相手を主人公に据えたのも、庶民に近い彼の目を通して、できるだけ客観的に泉石を描きたいという意図があったからだ。

この強い興味が執筆の原点ではあるが、いかんせん作者の筆力不足は否《いな》めない。その不足分は、実にさまざまな方々に補《おぎな》っていただきました。

泉石のご子孫で第十一代当主の鷹見本雄《もとお》氏と、その姪御さんで泉石の番組を製作なさった鯛谷美代子《たいたにみよこ》氏。泉石の小説化を快く了承し、たくさんの貴重な資料を提供してくださいました。

泉石研究の第一人者である青山《あおやま》学院大学名誉教授の片桐一男《かたぎりかずお》先生と、明海《めいかい》大学教授の岩下哲典《いわしたてつのり》先生には、細かな部分までご指導ご鞭撻《べんたつ》を賜り、時代考証に関して一方ならずお世話になりました。

前記の皆様方をはじめ、多くの方々にご尽力いただきました。この場を借りて深く御礼申し上げます。

最後に、私の良き友人である歴史作家の植松三十里《うえまつみどり》氏と、祥伝社の担当者の方に。植松さんの協力があってこそ取材に漕《こ》ぎつけることができましたし、担当さんは何かと心強い相談相手として、拙《つたな》い筆者をずっと支え続けてくれました。おふたりにも心より御礼申し上げます。

西條奈加

解説——雪への興味が古河藩の命運を決めた

書評家　東《あづま》えりか

新潟県南魚沼《うおぬま》市塩沢《しおざわ》に青木《あおき》酒造という蔵元《くらもと》がある。２０１７年、創業３００年を迎えた老舗で「鶴齢《かくれい》」という酒が有名だ。だが、毎年、本数限定の大吟醸酒が発売されている。

その名も「牧之《ぼくし》」。江戸後期に越後の雪国生活を活写した書籍『北越雪譜《ほくえつせっぷ》』を著《あらわ》した鈴木《すずき》牧之はこの蔵元の祖先に当たる。この書に収められている雪の絵図こそ、古河《こが》藩主土井利位《どいとしつら》の『雪華図説《せっかずせつ》』から謄写《とうしゃ》したものだ。

２０１４年の秋、私は青木酒造を訪れ、たまたま現在の当主と出会い、その家の居間で『北越雪譜』の原本の写しを見せていただいた。和綴《わと》じのその本はとても美しく、雪の絵柄の美しさに息を飲んだのだ。

奇縁とはあるものだと思う。それからひと月ほど後のこと、西條奈加《さいじょうなか》の『六《りっ》花落々《かふるふる》』を何の情報もないまま読んだのだ。「あの雪の絵が完成するまでが小説になったのか」。私は不思議なシンクロニシティを感じていた。

本が好きで、たくさん読む人ならわかるかもしれないが、時々、本自体に呼ばれることがある。それは書店でなんとなく書棚を見ている時だったり、電車のなかで中吊《なかづ》り広告を見ている時だったりするのだが、まさか近未来に読む小説のため、そんなお膳立《ぜんだ》てを誰かがしてくれるとは思いもしなかった。

もともと西條奈加は大好きな小説家だ。第17回日本ファンタジーノベル大賞を受賞した『金春屋《こんぱるや》ゴメス』（新潮文庫）は、すごい新人が現れたと興奮したし、第18回中山義秀《なかやまぎしゅう》文学賞を受賞した『涅槃《ねはん》の雪』（光文社文庫）で、天保《てんぽう》の改革の下、苦しむ市井《しせい》の人々を描く物語に胸を打たれた。

『六花落々』が上梓されたすぐあとの2015年3月、第36回吉川英治《よしかわえいじ》文学新人賞が発表され、西條奈加『まるまるの毬《いが》』（講談社文庫）が受賞した。私の中では「西條奈加押し」の気分が湧き上がってくる。授賞式の二次会にお邪魔し、少し興奮気味にお祝いの言葉を述べさせていただいたのは、そんな背景があったのだ。

主人公の小松尚七《こまつなおしち》は古河藩郡《こおり》奉行配下で物書見習い。彼は十一月のある日、渡《わた》

『正・続《雪華図説》 雪華図説・考』
著者：土井利位 小林禎作（築地書館）

良瀬《らせ》川のほとりでじっと空を仰ぎ雪の降るのを眺めていた。彼は六花と呼ばれる雪の結晶が、なぜ六角形なのか、その秘密を知りたいと願っていた。

一刻半《いっときはん》も経ったころだろうか、位の高そうな武士に声をかけられる。古河藩江戸詰のお物頭《ものがしら》、鷹見十郎左衛門忠常《たかみじゅうろうざえもんただつね》（後の泉石《せんせき》）と名乗るこの青年武士は、雪の形に並々ならぬ関心を寄せる青年に興味を持つ。「何故《なぜ》なに尚七」と異名を持つほどこの青年の好奇心が強いのは、忠常の耳にも届いていたのだ。

尚七にとっては、この世は不思議に満ち満ちている。なぜ、どうしてという言葉が自《おの》ずと口からこぼれ出る。忠常の持つ蘭書に雪の姿が詳しく描かれていると聞き、見せてほしいと思わず口走る。貸してくれるという約束を交わし、その場は一旦別れた。

印象的な出会いの場面だ。

古河藩の居城は江戸城から日光《にっこう》街道を北に十六里ほど行った街道沿いにある。徒歩で二日ほどだから全国諸藩の中では交通が利便の土地である。また徳川歴代将軍の祖である家康《いえやす》を祀《まつ》った「日光東照宮《とうしょうぐう》」への道筋にもあたるため、幕府は古河の地を重く見ていた。大老、老中など幕府重職を務めた者が多いのもそのためである。（早川和見『古河藩』（現代書館））

尚七は忠常に推挙され、古河藩の養子で後継ぎとなる土井利位の御学問を務めることとなり、江戸に住むことになる。風変わりだが人一倍の探究心を持つ藩主は話し相手を求めていた。御側医《おそばい》の箕輪《みのわ》家に養子に入り、名を「良幹《りようかん》」と改めた尚七は、身分の差を越えて利位と語り合い、蘭学の勉強を始めた。

鷹見忠常もまた蘭学の知識を吸収していくが、彼の目的は政治に活かすことだ。利位と尚七が純粋に雪の姿を観察し、六角形の謎を解きたいと願うのに対し、忠常は世界を知ることで、古河藩だけでなく日本という国を導くための知識を得たいと願っていた。彼の卓抜した政治的手腕はその知識から生み出されたものなのだ。彼らは時に集い、時に反目しながらも学問への情熱は続き、二十五年もの歴史を紡《つむ》いでいく。

三人が江戸で暮らし始めたのが文化十年。第十一代将軍家斉《いえなり》の頃である。鎖国状態にあった日本に、ロシアの遣日使節レザノフが長崎に来航したり、イギリスの軍艦フェートン号が長崎に入港したりと外国の学問が否応なく入ってきていた。蘭学者たちも次第に増え、江戸を中心にした町人文化が栄えた時期と一致する。

本書にも、初めて世界の形や真理を知った尚七の驚きが描かれているが、新しい知識を吸収していく喜びがどれほど大きかったか、想像に難《かた》くない。

伊達《だて》家お抱えの蘭医、大槻玄沢《おおつきげんたく》家で行われた「おらんだ正月」――太陽暦による一月一日――を寿《ことほ》ぐ席で、生涯の伴侶《はんりょ》となる天文方《てんもんかた》の娘、学問への情熱を持つ佐野多加音《さのたかね》と出会ったのも、尚七に生涯に大きな幸運を呼び込む。

本書の大きな読みどころは外国帰りの日本人や外国人との交流である。「おらんだ正月」で出会った一人に、伊勢の廻船問屋である大黒屋光太夫《だいこくやこうだゆう》がいた。天明二年に嵐に遭い七カ月も漂流後にアリューシャン列島の小島に漂着する。そこから十年の時を経て帰国するのだが、その記録は蘭学者の桂川甫周《かつらがわほしゅう》によって『漂民御覧之記《ひょうみんごらんのき》』としてまとめられた。

紅葉山《もみじやま》文庫で書物奉行を務め、北方の地理や政情に詳しい近藤重蔵《こんどうじゅうぞう》、画家の渡辺華山《わたなべかざん》、医者の宇田川榕庵《うだがわようあん》などと交流を持つ。

江戸参府の折のフィリップ・フランツ・フォン・シーボルトとの出会いは尚七にとって最大の経験となる。後にスパイとして告発され国外退去となり、関わった蘭学者には死罪を宣告された者も出た「シーボルト事件」。近年、シーボルトの蒐集《しゅうしゅう》した品々の研究が進み、2017年にはシーボルト没後150年を記念して「よみがえれ！　シーボルトの日本博物館」と銘打たれた特別展が千葉、東京、長崎、名古屋、大阪と開催され評判を呼んだ。この展覧会をまとめた『よみがえれ！　シーボルトの日本博物館』（青幻舎）には、出品されている事件の発端ともなった日本地図や日本辺境略図や蝦夷松前一円図《えぞまつまえいちえんず》ばかりでなく、武蔵国《むさしのくに》全図が掲載されており、シーボルトの精力的な活動を窺《うかが》い知ることができる。

外国の知識を吸収したいと強く願う人々が、彼を熱狂的に迎え入れ、歓迎した気持ちは、本書の第五話「びいどろの青」によく著されている。そしてそのことを危惧した鷹見忠常の心痛も理解できるのだ。

だが藩主となった利位も、家老を担った忠常も、そして誰よりも長く六花と触れ合ってきた尚七も雪の六角形の姿に対する興味は失われなかった。醒《さ》めない熱意は、やがて気候の変動を予期し、古河藩の命運を救うことに繫《つな》がっていく。政治家として、鷹見泉石と名を改めた忠常の功績である。二十年にもわたる研究も『雪華図説』『続雪華図説』として完成し、後に『北越雪譜』にも謄写されたのは前述したとおりである。

「雪の殿様」と言われた利位は大坂城代時代に大塩平八郎《おおしおへいはちろう》の乱を収め、京都所司代を経て、幕府の老中となった。天保15年（１８４４年）、老中を辞任。日本は幕末と呼ばれる時代に突入していく。

本書の主要な登場人物は尚七を含め、実在の人物である。単行本の発売直後、

「週刊文春」の著者インタビューで西條奈加は創作の秘話をこう語っている。

——三人とも実在の人物ではあるのですが、やはり資料が残りすぎている人だと創作するにも制限があります。その点、尚七は自由に書ける幅が広いので、彼の視点から見ることで物語が動きやすくなりました。下士の家柄出身という設定にしたのも、より庶民的な、現代の私たちに近い人にしたいなと思ったんですね——

綿密な資料の下調べに加え、現代の私たちの感覚にも馴染《なじ》みやすいストーリー展開は、古河藩地元の書店では大評判となり、村上春樹《むらかみはるき》を超す勢いで売れていると、毎日新聞の地方版で紹介するほどであった。

本書上梓後はさらに旺盛《おうせい》な執筆量で時代小説ばかりでなく、現代小説やファンタジーなどジャンルを超えた様々な小説を発表している。特に驚いたのは『刑罰0号』（徳間書店）という近未来小説だ。死んだ人間の脳から、記憶に関わる部分を取り出して再合成し、他人の頭の中で再生し、それを刑罰にするというSF的な発想を見事に料理した。

様々な顔を見せてくれる西條奈加という作家が、次はどんな小説を書くのか。わくわくしながら楽しみに待っていることにしよう。

参考文献

『鷹見泉石日記』全八巻　古河歴史博物館　吉川弘文館
『オランダ名ヤン・ヘンドリック・ダップルを名のった武士　鷹見泉石』　鷹見本雄
岩波ブックセンター
『蘭学家老・鷹見泉石の来翰を読む　蘭学篇』　片桐一男　岩波ブックセンター
『平成蘭学事始　江戸・長崎の日蘭交流史話』　片桐一男　智書房
『雪華図説　正＋続　［復刻版］　雪華図説新考』　小林禎作　築地書館
『古河市史　資料　近世編（藩政）』　古河市史編さん委員会編　古河市
『新修大阪市史』　新修大阪市史編纂委員会編　大阪市
『江戸参府紀行』　ジーボルト著　斎藤信訳　平凡社（東洋文庫）
『大塩平八郎と陽明学』　森田康夫　和泉書院
『大塩平八郎　その性格と状況』　半谷二郎　旺史社
『日本地理学人物事典』［近世編］　岡田俊裕　原書房

（本書は平成二十六年十二月、小社から四六判で刊行されたものです）

一〇〇字書評

切・り・取・り・線

六花落々

購買動機（新聞、雑誌名を記入するか、あるいは○をつけてください）

□（　　　　　　　　　　　　）の広告を見て
□（　　　　　　　　　　　　）の書評を見て
□ 知人のすすめで　　□ タイトルに惹かれて
□ カバーが良かったから　　□ 内容が面白そうだから
□ 好きな作家だから　　□ 好きな分野の本だから

・最近、最も感銘を受けた作品名をお書き下さい

・あなたのお好きな作家名をお書き下さい

・その他、ご要望がありましたらお書き下さい

住所	〒				
氏名		職業		年齢	
Eメール	※携帯には配信できません	新刊情報等のメール配信を 希望する・しない			

この本の感想を、編集部までお寄せいただけたらありがたく存じます。今後の企画の参考にさせていただきます。Eメールでも結構です。

いただいた「一〇〇字書評」は、新聞・雑誌等に紹介させていただくことがあります。その場合はお礼として特製図書カードを差し上げます。

前ページの原稿用紙に書評をお書きの上、切り取り、左記までお送り下さい。宛先の住所は不要です。

なお、ご記入いただいたお名前、ご住所等は、書評紹介の事前了解、謝礼のお届けのためだけに利用し、そのほかの目的のために利用することはありません。

〒一〇一－八七〇一
祥伝社文庫編集長　清水寿明
電話　〇三（三二六五）二〇八〇

祥伝社ホームページの「ブックレビュー」からも、書き込めます。
www.shodensha.co.jp/bookreview

祥伝社文庫

六花落々《りつかふるふる》

平成29年10月20日　初版第1刷発行
令和3年10月15日　第5刷発行

著者　西條奈加《さいじようなか》
発行者　辻　浩明
発行所　祥伝社《しようでんしや》
東京都千代田区神田神保町3-3
〒101-8701
電話　03（3265）2081（販売部）
電話　03（3265）2080（編集部）
電話　03（3265）3622（業務部）
www.shodensha.co.jp

印刷所　堀内印刷
製本所　ナショナル製本
カバーフォーマットデザイン　中原達治

 ISBN978-4-396-34361-3 C0193